当代陕西文学评论文丛 | 编委会

主　编　贾平凹　齐雅丽
副主编　韩霁虹　李国平　李　震
编　委　（按姓氏笔画排序）
　　　　仵　埂　齐雅丽　李　震
　　　　李国平　杨　辉　段建军
　　　　贾平凹　韩霁虹

当代陕西文学评论文丛

笔耕拓土

文谭风景

王仲生 著

陕西师范大学出版总社　西安

图书代号　WX24N2326

图书在版编目（CIP）数据

文谭风景 / 王仲生著. -- 西安：陕西师范大学出版总社有限公司，2025.6. -- （当代陕西文学评论文丛 / 贾平凹，齐雅丽主编）. -- ISBN 978-7-5695-4811-2

Ⅰ. I206.7-53

中国国家版本馆CIP数据核字第2024FY6520号

文 谭 风 景
WEN TAN FENGJING

王仲生　著

出版统筹	刘东风　刘　定
策划编辑	马凤霞
责任编辑	王西莹
责任校对	高　歌
封面设计	周伟伟
出版发行	陕西师范大学出版总社
	（西安市长安南路199号　邮编 710062）
网　　址	http://www.snupg.com
印　　刷	中煤地西安地图制印有限公司
开　　本	720 mm × 1020 mm　1/16
印　　张	19.5
插　　页	2
字　　数	280千
版　　次	2025年6月第1版
印　　次	2025年6月第1次印刷
书　　号	ISBN 978-7-5695-4811-2
定　　价	69.00元

读者购书、书店添货或发现印装质量问题，请与本公司营销部联系、调换。
电话：（029）85307864　85303629　　传真：（029）85303879

文脉陕西，评论华章（序）

贾平凹

从延安文艺的烽火岁月，到新时代的文学繁荣，陕西文学以其独特的风格和深邃的内涵，赢得了国内外的广泛赞誉。在中国当代文学史上，陕西不仅拥有一支强大的文学创作队伍，同时也拥有一批占领各个历史阶段文学批评潮头的评论骨干。他们以敏锐的洞察力剖析文学现象，参与文学现场，解读作品内涵，为陕西文学的发展注入了源源不断的活力。在新时代文化浪潮中，文学评论作为党领导文学事业的重要途径和方式，作为文学繁荣发展的重要推动力和引导力，正凸显着越来越重要的作用。

为了贯彻落实习近平总书记关于文艺工作和文艺批评的重要论述，以及中宣部等五部门联合印发的《关于加强新时代文艺评论工作的指导意见》，进一步加强和改进陕西文学批评工作，打磨好批评这把利剑，把好文艺的方向盘，同时也为深入总结和发扬陕派文学批评的历史经验，全面呈现陕西当代评论家队伍及其丰硕成果，推动陕西文学批评再创佳绩，助力陕西乃至全国文学发展，陕西省作家协会精心策划并编辑出版了"当代陕西文学评论文丛"。

在选编过程中，丛书编委会始终遵循着精编细选的原则，力求每篇文章都能代表作者个人的最高水平，同时也能反映出陕西文学评论的独特风格和时代特征。所选文章以研究和评论承续延安文艺传统的陕西作家、作品为主，也不乏对中国文坛或域外文学研究的独到见解。丛书汇聚了三代文学批评家中三十位代表批评家的学术成果。他们或生于陕西，或长期在陕工作。他们以笔为剑，以墨为锋，用睿智深刻的见解，共同书写了陕西文学批评的辉煌华章。他们的评论文章，或激情洋溢，或理性严谨，或高屋建瓴，或细腻入微，共同构筑了这部丛书的独特魅力与丰富内涵。

丛书将陕西老中青三代评论家分为"笔耕拓土""接续中坚""后起新锐"三个系列。三代评论家有学术师承，亦有历史代际。每个系列都蕴含着不同的时代气息和文学精神："笔耕拓土"系列收录了陕西文学评论界先驱和奠基者的成果，他们如同手握犁铧的开垦者，为陕西文学评论的沃土播下了希望的种子；"接续中坚"系列展现了新一代批评家中坚力量的风采，他们的评论既有深厚的理论功底，又有敏锐的时代洞察力，为陕西文学评论的繁荣发展注入了新的活力；"后起新锐"系列则汇集了新一代批评家的文章，他们敢于创新，勇于探索，为陕西文学评论的未来开辟了广阔的空间。

"当代陕西文学评论文丛"的出版，不仅是对陕西文学批评历史的一次全面总结和回顾，更是对未来陕西文学发展的有力推动和期待。相信这部丛书的问世，将激发更多文学评论家的创作热情，使陕西文学创作与批评携手并进，比翼齐飞，为推动陕西文学批评事业的繁荣发展，为陕西乃至全国文学的发展贡献新的智慧和力量。

2024年11月8日

目　录

第一辑　小说评论

002　历史，在这里呼唤史诗
　　　——重读《保卫延安》札记

012　坦克与口红
　　　——金庸小说面面观

024　波峰与浪谷
　　　——1984年获奖短篇小说疵议

033　东方文化和贾平凹的意象世界
　　　——评贾平凹的小说近作

042　《废都》
　　　——一个意象的世界

052　叙述密度与意象空间
　　　——《病相报告》的一种解读

059　从与农民共反思走向与民族共反思
　　　——评陈忠实80年代后期创作

076　《白鹿原》：民族秘史的叩询和构筑

090　勘探在民族历史的深层厚土
　　　——浅谈陈忠实的《白鹿原》

094　人与历史　历史与人
　　　——再评陈忠实的《白鹿原》

104　创作的直接性
　　　——从陈忠实的《日子》谈起

109　两棵大树的召唤：《白鹿原》与《大地》比较研究

131　贫穷不能扼杀童话
　　　——关于《最后一个匈奴》的对话

149　寻觅比预约更值得珍重
　　　——评京夫的《八里情仇》

157　民间视野的风景
　　　——评赵熙的长篇小说《狼坝》

163　献给大地的歌
　　　——评王宝成的《梦幻与现实》

175　贺抒玉，艺术生命长驻
　　　——评小说集《山路弯弯》

180　《状元羊》：温馨、悲凉之歌

185　智慧温情的《青木川》

200　对生存的一种解读
　　　——评安黎的《小人物》

203　欲望的陷阱
　　　——《老坟》的一种解读

206　"十字架"上的拷问
　　　——评王海的《人犯》

210　一路风雨一路歌

　　——《鹰眼》序

215　倾听历史的"金石声"

　　——读《铁血儒将——共和将军蔡锷传》

第二辑　散文评论

220　勘探勘探者　追踪创造者

　　——评李若冰散文的艺术世界

226　论匡燮的散文（二则）

232　人生，是一本无标题的书

　　——评匡燮的《无标题散文》

250　审美征服与精神拯救

　　——匡燮《记忆蛛网》序

260　人的现代化的坚守与呵护

　　——谈李天芳的散文创作

263　世纪之交的英雄谱

　　——评莫伸《大京九纪实》

267　我看方英文的散文

275　高贵的深度

　　——读杜爱民的《眼睛的沉默》

279　潇然的是慧雨

　　——读庞进的散文

281　与雷涛同行

283　异域眼光里的欧洲

　　——《欧行三记》序

-3-

第三辑　诗歌评论

288　痛苦而又幸福
291　诗歌，作为一种信仰
296　守望中的担当与思考
　　　——评沈奇诗评论集《拒绝与再造》

298　后记

第一辑

小说评论

历史，在这里呼唤史诗

——重读《保卫延安》札记

稍许了解当代文学的人，都不会忘记，1954年长篇小说《保卫延安》的问世，是当时轰动文坛的一件大事，从此一颗文学新星升起，杜鹏程也确立了在当代文坛的地位。严格地说，杜鹏程文学活动的真正开始，应该以这部小说为起点，虽然，在此之前，他就发表过一些作品。但构成杜鹏程作品艺术独特性的一切因素，都几乎可以在这里找到。更为重要的是，这本书连同它的作者，所经历的曲折、沉浮，可以说是我国当代文学发展道路的一个缩影。这样，重新认识《保卫延安》，将有助于我们真正把握杜鹏程创作的基本特征，也为我们进一步认识当代文学的发展历程，提供一个参照系。

一

我们的时代，是一个需要史诗的时代。《保卫延安》的发表，是这一需要的呼应。虽然带有不可避免的新生的稚嫩，却自有它勃勃生机的诱人魅力。

《保卫延安》动笔于1949年，那年，杜鹏程28岁。一个文学青年，在文学样式的选择上，几经试笔——他原来发表过通讯报道、短篇小说和戏剧，之后就毅然地向着长篇小说挺进。这在文学史上，虽不乏先例，却仍然显示了杜鹏程宏大的文学抱负和庄严的使命感。

别林斯基曾经认为："我们时代的长篇史诗是长篇小说。"成功的长篇小说，应该具有长篇史诗的规模、气势和内在机制，成为历史的宏阔摹写。那些优秀的长篇小说，往往以标志民族命运变迁的重大历史事件为内容，通过广阔的社会生活场景的描写和富有典型意义的人物形象的塑造，显示一个时代的风貌，传达出一种深邃的历史和哲学的整体思考。正因为这样，长篇小说成为衡量一个时代、一个民族、一个国家文学水平的重要标志，诱人地吸引着一代又一代文艺巨匠去营造这艺术的宏伟殿堂。30年代，我国现代文学曾经涌现了一批有才华、有魄力的作家，着力于鸿篇巨制的构建。这里，我们首先要提到茅盾，他的《子夜》代表了我国新文学第二个十年的最高成就。其后，又有端木蕻良的《科尔沁旗草原》和李劼人的"大河小说"第一部《死水微澜》，表明了现代文学发展的趋势。这一浪潮，在40年代，以路翎的《财主底儿女们》、沈从文的《长河》、丁玲的《太阳照在桑乾河上》为波峰，向前涌动，至50年代，老舍的《四世同堂》。当共和国刚刚宣告成立，杜鹏程就义无反顾地扑向这一宏大艺术工程。这种艺术家的勇气和意志力，正是跃身于文学制高点所不可或缺的。"这一场战争太伟大太壮烈了。随便写一点东西来记述它，我觉得对不起烈士和战争中流血流汗的人们。"[①]。是战争本身激发了杜鹏程的创作热情，成为他创作这一长篇小说的巨大感情冲击力。当然，仅仅只有热情，还远远不够。虽然，动笔之前，杜鹏程在生活积累和艺术素养上，不是没有一定的准备，但他仍深深感到"要写一部长篇巨著，并且在我们现有的描写战争作品的水平上有所提高、有所创造，又谈何容易！"[②]可贵的是，杜鹏程知难而进，历时五载，九易其稿，坚持不懈地构筑起了这座有英雄史诗精神的文学大厦，从而把我国当代文学，特别是军事文学的水

---

① 杜鹏程：《保卫延安》，花山文艺出版社，1995年，第456页。
② 同上，第456—457页。

准推向了一个新的高度。

不论从我国当代军事文学发展的要求着眼，还是从50年代我国长篇小说创作的水平衡量，都不能低估《保卫延安》在当代文学，特别是军事文学发展过程中的突出地位，都不难看到杜鹏程文学起步、文学抉择所显示的热忱、魄力和责任感。

二

史诗性长篇小说，着重表现的是一个阶级、一个阶层或一个集团社会一代人的历史命运，不能局限于个人的悲欢。它要求的是对时代生活的总体把握和历史态度，即"巨大的思想深度和意识到的历史内容"。一个阶级或阶层、集团的起落、消长，一个社会的衰荣、兴亡，总是通过一定的历史进程来显示其运行轨迹，重大历史事件往往成为这历史链条中的关键一环或重要标志。因此，史诗性作品的情节框架，几乎都立足于重大历史事件。

延安保卫战是决定我们民族命运的人民解放战争从战略防御走向战略进攻的重大转折。从某种意义上说，过去与未来的现实交结点，就在这样的历史时刻。杜鹏程以这个交结点构筑了《保卫延安》宏阔的稳固支架。

小说对延安保卫战的艺术扫描，虽然集中于几次关键性战役，但这并没有妨碍作家以宽阔的视野，从延安保卫战的全局，从全国解放战争的全局，进行总体观照。小说牢牢立足于解放战争的整体，把延安保卫战置于人民解放战争历史进程这样一个时空大背景上予以艺术把握。山东战场与西北战场的遥相呼应，刘邓大军的挺进中原，陈赓部队的转战晋南、豫西，都成为小说描写的有机组成。小说也围绕这场战争的始末，在三条情节线上，展开了全局性描写。一是我军最高决策机关将士的活动：从毛主席、周副主席、彭总的运筹帷幄、决胜千里，到周大勇连队的出生入死、浴血苦战。一是敌军统帅部及士兵的活动：从蒋介石、胡宗南飞抵西安、坐镇西安到国民党军普通兵士的溃败。一是李振德老汉祖孙三代为代表的陕北人民的游击战争与支前活动。小说又始终把我军将士的英勇战斗作为三条情节线的中枢，以周大勇连队的活动作为情节展开的核心，由此辐射出陕北战场的错综复杂格局和全国解放战争其他战场的全貌。小说对延安保卫战横向展开的宏大规模和气势，应该说，在此之前描写革命战争的其他作品，无从比拟。

尤为重要的是，如果把《保卫延安》和诸如《洋铁桶的故事》《新儿女英雄传》等作品加以比较，更可明显看到，《保卫延安》已不再囿于战斗场景的直接描述，摆脱了战斗加爱情的传统模式，努力向着战争所蕴含的内在精神掘进。这就是说，小说表现了一种对历史精神的自觉探索，并获得了一定程度的深刻性。

这首先表现为小说生动地反映了我军军事思想的正确及其巨大威力。小说告诉我们，我军将士和陕北人民是如何从对撤出延安不理解到理解的，又是如何运用人民战争思想所指导的运动战、游击战赢得一场又一场的胜利的，这就把一般战斗生活的经验性描述上升为理性指导下的现实生活的艺术概括。

这还表现为，小说集中表现了我军民高昂的革命英雄主义和革命乐观主义精神。这既是审美客体的深刻内涵，也是作为审美主体的作家审美思想的体现和外化。它传递了那个时代的普遍社会心理和审美需要。

最后，也是最根本的，作品在灌注一种强烈的时代精神的同时，努力渗透着一种明确的历史精神，尽可能地揭示这场战争的内在实质和胜利的历史必然性。

战争，作为政治斗争的延续和炽热化，它的胜败，虽然并不排斥种种例外和偶然因素，但它总是体现了一种历史的要求和这种要求的现实可能性。鸦片战争以来，我们民族历经磨难，艰苦备尝，前赴后继，英勇斗争，终于来到了历史的分水岭，正在迎来民族解放的晨曦。无疑，陕北军民团结一心，夺取胜利的顽强决心和英雄气概正来自灾难深重的人民大众的历史要求。正是在这些方面，小说以战争题材作品从未曾有过的自觉和深度予以艺术的反映。陕北人民以及那些穿了军装的农民子弟兵之所以如此热爱党中央，如此决心以生命和鲜血捍卫根据地，难道不正是因为这场战争集中表达了我国人民，特别是广大农民要从反动统治下解放出来的共同心愿和意志吗！蒋介石、胡宗南数十万大军惨败在我两万西北解放军手下，实在是因为，他们违背了潮流，而历史是不可逆转的。

当然，用今天的眼光来要求，小说在历史的纵深感上，还有着进一步拓展和深化的必要。如果作家能以一种更恢宏、深远的历史家、思想家的穿透力，从政治的、经济的、文化的与心理的不同层次，对这场战争的敌我双方，尤其是农民主体进行剖析与揭示，并且不回避我方的失误，不把敌军写得过于无能、不堪一击，不忽略对陕北农村风俗、风情的描画，那么，无论是在社会生活的广阔性上，还是历史精神的深刻性上，小说将以一种更完美的审美形态出现。

三

历史是人创造的，这种创造又是在一定的历史条件制约下进行的。所谓史诗性作品不侧重个人的际遇，是指不以个人命运作为小说的支撑点，它要求把人物的命运放在广阔的社会生活中，与阶级的、阶层的、集团的升降，与历史的走向纠结在一起，以塑造出一系列的典型形象。换言之，史诗性作品的形象群体必须富有历史感、时代感，透过人物，写出历史。

历史事件挑选人，有如大潮之把社会形形色色的人卷进旋涡；同时人又参与、推动着历史事件，在历史的规定性下创造着历史。

《保卫延安》的成功，一个重要的原因，是通过延安保卫战这一事件，相当出色地塑造了我们时代的英雄群像。他们具有浓重的英雄传奇色彩。尤其是它第一次塑造了彭总的光辉形象，在当代文学中，这是一个开拓性的贡献。

彭总形象的成功塑造，给《保卫延安》投射了一个耀眼的光环。

如何塑造国家领导人形象，曾经是长期困惑我们的文学难点。杜鹏程对此做了成功的突破。彭总形象的意义，当然不仅仅在于它的率先地位，更在于这一形象的丰富内涵和作家塑造这一形象的艺术思维、艺术表现的独创性、启示性。

小说深刻理解并准确把握了作为一个伟大的无产阶级革命家、军事家的彭总的精神风貌和性格特征，并在一个广阔的艺术空间内，多侧面地予以艺术的再现。

小说忠实于历史的本来面目，正确处理了最高领导集团各成员间的相互关系，从而既突出了彭总在陕北战场上最高指挥员的历史地位，又有力地表现了这一切都是在党中央的集体领导下进行的。这样，彭总作为一个军事家，我们军队的缔造者之一的卓越军事思想和才能就得到了恰如其分的表现。

小说忠实于人物的性格规定性，正确处理了领导人与人民群众的关系。作品虽然集中笔力描写了彭总在指挥机关在前沿阵地的活动，但并不局限于从军事行动这一角度落笔，而是适当地腾出笔墨捕捉生活的细节，插入生动的画面，展示彭总与人民群众的血肉联系，这就把彭总精神内核中最光彩照人的一面，揭示了出来。

"我们要像扫帚一样供人民使用，而不要像菩萨一样让人民恭敬我们，抬高我们，害怕我们。"彭总这一朴素而闪耀着真理光芒的话语，至今仍灼热着每一个读者的心扉。它的出现在50年代，更显示了作家对彭总形象理解所达到的深刻性和洞察力。

小说忠实于生活的本来逻辑，正确处理了统帅与士兵的关系。从戎马生涯中成长为我军统帅的彭总，始终保持着我们民族，特别是劳动人民的优秀品德，并在革命斗争的烈火中，使之焕发异彩。小说在表现彭总性格中威严一面的同时，又表现了深藏在威严后面对人民、对同志的真挚的、深沉的爱，表现了他那农民式的质朴与无华，老兵式的机智与乐观。

这样，作家笔下的彭总，就以他既是天才的统帅，又是忠诚的革命家，还是人民的普通一员，一个久经征战的老兵这样一个浑然的艺术形象征服了千百万读者。

如果从彭总形象的进一步完善的角度考虑，形象也不是没有扩展和深化的余地。我们目前所看到的彭总形象，总是在行动，在集体中，我们看不到独处中的彭总，更看不到那博大而壮美的内心世界，那本来是一个更具魅力的艺术领地。这当然同作家对审美对象的近距离感和仰视角有关。由衷的崇敬之情束缚了作家，使他在彭总的丰富内心活动面前搁笔。更主要的还是作家对领袖、对英雄的理解，不能不受50年代普遍认识水准的影响。那是一个崇拜英雄，真诚地把领袖讴歌为人民救星的时代。在这种崇拜和歌颂里，刚刚获得新生的人民表现了对自己所从事的革命斗争和所创造的民族历史的自信和深深敬意。把英雄、领袖作为一个人，一个杰出的人，一个历史的人来认识，我们还需要再经过二十年的痛苦思索。这就造成了作家未能从更高的历史角度，把彭总作为一个历史的人物，进行审美的评价。毕竟，现实的人同时也是历史的人，彭总如此，作家也仍然如此。

其次，我们要提到周大勇，这是作家倾注了全部激情的理想化的完善型英雄。为正义事业而献身且英勇无畏，构成了周大勇性格的本质特征，崇高的目的与动机，坚定的信念与意志，忘我的强烈的行动，使他在一场接一场的战斗中筑起他生命价值的金字塔。从人类的普遍意义来看，这种为正义事业而忘我献身的人生态度与意志力量，有它的合理性与崇高性。小说令人信服地描述了周大勇是怎样走向延安保卫战的最前线的，描述了周大勇性格形成的基础：苦难的童年、"年轻的老革命"的经历……小说也尽可能地揭示了周大勇作为一个连队基层干部的成长过程。这样，这一形象就成为我们英雄战士的群体意识的生动体现，成为我国人民，特别是我们军队成长史的艺术概括。就作家赋予这一形象的丰富社会生活容量和崇高精神品格而言，周大勇形象承载着的艺术使命，在我国同时期小说的人物形象中，可以说是罕见的。他的多年的斗争经历，在很大程度上，概括了一个普通战士成长为连队基层干部、优秀下级指挥员的普遍历程；也概括了挣扎在求生存的起码权利中的我国农民，是怎样在人生的机遇中，以偶然的方式（这偶然，正是历史的、阶级的、社会生活的种种必然的交叉）寻找到自己的归宿，寻找到了确立个人的也是阶级的生存的正确道路，并一步步从自发的反抗，走向自觉的斗争，终于为理性所照耀，成为一个为共产主义事业而献身的人生斗士。如果从审美的特征看，阳刚之美，构成了周大勇性格的显著特色，使这个形象焕发着我们民族、我们军队的浩然正气。撼山易，撼周大勇们难！在我们某些反映军人生活的新时期作品中，我以为，这种阳刚之美，浩然正气，很有张扬的必要。当然，这应该是在一个新的层次上的复归！

但是，这个形象仍然有它的缺陷。一方面，应该肯定，如周大勇们这样的战士，在当时的历史条件下，是一种现实存在。部队生活的高度集体性和战斗的高频率所形成的军人群体意识往往将个体挤压，消融在生与死的集体战斗中。另一方面，作家面对审美对象，进行审美判断时，需要一种超越和透视现实与历史的能力。小说对周大勇们性格把握上的某种欠缺正是这种超越与透视不够所致。

由于作品构思与人物性格设计的单一，一切服从于战争，在这一总体框架下，周大勇们除了战斗，几乎失去了作为一个人的生活。正如作品所说："战斗和学习"成了周大勇生活的全部内容。不错，小说也写了周大勇与战友，与老乡的感情，特别在与李振德老伴的交往中，触及了他对母亲的思念，对母爱的依恋，但所有这一切也完全被直接纳入更勇猛的格杀的渠道。如果小说能从事业中的一个人这样一个角度来写，如果小说能将周大勇的感情世界放在一个更显著地位来写，那么周大勇肯定会更有血肉，更具个性光彩一些。

小说也写了周大勇的成长过程，但这个过程几乎无例外地都是通过外部冲突完成的。他的急躁、他简单的工作方法，除了不成熟，是否还有更深层的因素？总之，我们看不到周大勇内心的复杂矛盾和感情纠葛。英雄，从历史的深处，从现实的泥土中走来，他应该具有作为一个人的生命的全部丰富性、复杂性、多样性。

小说对周大勇们历史主动精神即革命军人群体意识的表现，较之于过去的军事题材长篇是一个明显的提高。而在周大勇们性格的塑造上存在着不足，也并不奇怪，作家只能在历史和现实所提供的思想材料基础上从事创作。不要忘记，他是在那个时代的文艺思潮哺育下走向文学的。他不能不受那个时代英雄观、典型观的影响。

四

史诗性作品的史诗风貌，应该呈现为一种开放性的审美特征。它既是审美客体——史诗性题材本身蕴含的生活多样性、广阔性、深邃性的审美观照，又是作家对审美对象总体把握进行艺术再创造的多棱晶体。这种观照和再创造，首先指的是审美理想。审美理想，不仅是作家艺术创作的目的追求，有如照耀在艺术夜空的一颗明星，而且体现在他目的追求的实践过程中，那是支配作家创作的精神内驱力，以作品这一外在形态而对象化。

《保卫延安》的史诗精神，表现在人物塑造、场景描写、结构支架与情节设置上，这些设置都呈现为一种崇高美的追求。

他总是驱使人物在尖锐、激烈的重大冲突中，经受考验，铸造一个崇高的灵魂。生活是严峻的，战斗也是严峻的，即使大自然，也都扮演了严峻的角色，进入杜鹏程的艺术天地。对这一切，杜鹏程又以一种凝重而激情充沛的笔力描绘之，能不能写得疏朗而更有情致一些？史诗性作品理应有一种恢宏的大家风度。

崇高、严峻而炽热，《保卫延安》所具有的这一审美风格，为延安保卫战本身的特征所规定，也同杜鹏程的心理气质和审美旨趣相吻合。

杜鹏程是一个生活态度谨严的人。对人生苦难的超越，他采取的是积极变革的态度。因此，他总是投身于斗争和集体，并把自己融入群体之中（这也是那个时代的共同追求）。苦难使他不苟言笑，斗争赐给他严峻而深邃的目光，对外界信息的反馈，他可能并不十分机敏，却持久而有力度。他不是那种锋芒毕露的人，他内向而持重，外表的冷静并不能掩饰汹涌在他心头的激情，也许因为不愿喜怒形之于色，激情也就蕴藏得更为深沉又炽烈。一旦感情有了宣泄口，他本应表达得恣肆汪洋，但，也许是他过于矜持，也许是他深感自己文学修养不够充分（这本来是一个永无止境的过程），于是感情的文字表现便显得凝滞而庄重。在审美情趣上，他远清淡而趋浓重，疏轻快而亲沉稳。这大约与他来自古老淳朴的黄土高原，来自农家不无关系。对传统审美意蕴的批判继承多于对外国文学的吸收借鉴（虽然苏联文学的影响显而易见，但我们民族的英雄传奇小说的潜移默化早已渗入血液）。正是这一切，形成了作家创作的优势，也带来了局限与不足。《保卫延安》为我国军事文学发展所铺设的这块基石，也因此深深留下那个时代与杜鹏程的印痕，历经岁月的风霜而不泯其光辉。

杜鹏程的声誉因《保卫延安》而确立，但《保卫延安》也为作者带来了长期的苦难。1959年的一场政治风暴，致使小说被禁止印发，1963年又被下令烧毁……党的十一届三中全会后，这本书连同它的作者，才得以重见天光。对这段历史，我们不会遗忘，也不能遗忘！

原载《唐都学刊》1988年第2期

坦克与口红

——金庸小说面面观

金庸的小说拥有数亿读者，印数数千万册。各种载体（书写文本与电子文本影视）竞相传播，在国人读书率不断下降的状态中仍居于榜首。所谓老少皆宜，男女皆悦。在华人世界，金庸的小说成为民族文化认同的通渠与管道。

仅从文学现象、文化现象论，就值得重视。

主流话语提供的文学产品、文化产品，也就是说传统文学的教化为一般人所厌弃。日益市场化、商业化的文化产业与重压下的消遣性文化、娱乐性文学的需求，不断上升。

所有这些，构成了金庸作品备受欢迎的文化背景，凸显了金庸作品的重要地位。而中断了三十多年的以休闲、娱乐为目的的小说阅读传统终于得以继承并发扬了（想想当年张恨水小说之走红）。

从文本的深层看，历史语境与现实语境的契合迎合了当代读者的文化意愿、文学需求。华人捧读金庸已成一大景观、一大奇观。

就文学意义言，作为一种精神现象的存在，值得深思。

当代文坛的地平线，包青天与武侠、宫廷戏特别繁忙，这是文学本身的结构与功能性问题，还是民族心理、民族文化的某种象征？或者是作为观察者、思考者的视角与方法存在了偏差性失误？

放在全球一体化背景下，放在东西方文化交汇的背景下，如何审视此一文化景观？

当西方以科幻小说，以《哈利·波特》吸引了世人眼球，以展望未来的可能性引领着受众的想象空间时，我们仍然在旧日的过去式的武侠梦幻世界里沉醉，这个时间性差距与空间性生存有无内在联系？

这些深层次问题，更是我们考察金庸作品所不应忽视的。

《书剑恩仇录》起笔，当时并未曾设想也未曾料到会继续写下去，然而在华人圈里，男人的、女人的、成年人的童话，竟如此令读者倾倒，终于使金庸作品从香港走向内地，继而走向全球华人圈，实在耐人深思。

问题在于，喜欢金庸者，大有文化精英在。其实，这种现象，具有普遍性。例如，维特根斯坦，不读纯文学，偏喜欢西部片与歌舞片，托尔斯泰与陀思妥耶夫斯基喜爱《格林童话》，就是典型例子。智旭《梵室偶读》"深者观浅法，浅法亦成深"，不同受众，阅读应是大不相同的。金庸作品，在精英们的眼光里，自有另一番风景。

维特根斯坦说：真正有自己的话要说的没几个人。他又说：真正言之有物的话也没有几句。这篇文章所论金庸，大约亦当如是观。

人类存在，情感存在，是相通的，又是变化的，文学的存在方式及其在社会中的地位及功能也是变化的。首先载体不同，文学的存在就不同。有无文字，有无印刷，有无电子媒介，是大相径庭的。其次，传播方式、市场与流通方式不同。读书变为读图（老照片之走俏），文字与图像之争。名著之竞相改编为影视，即为一例。反过来，影视为名著也带来了商业利润。金庸小说的走红，与影视脱不了关系。影视让金庸走进了千家万户。

"文学"这一概念，是现代产物，我国是在18世纪中叶进入近代（世界巨变在15世纪，西方于16世纪进入近代），而小说取代诗、文成为主要文体，则是在19世纪与20世纪之交。另一背景，2003年美国国家图书奖：小说奖，《大火》女作家雪莉·哈泽德以十年时间写成，几乎耗尽她全部精力与生活、艺术积累；终生成就奖，四十多部畅销书的作者斯蒂芬·金，55岁，富可敌国，每年一至两部小说，对于金来说，已成为惯例。

小说，作为虚构，是一个虚拟世界如网络之虚构。而武侠小说，则更是非现实的童话世界。俗文学的走俏，自古皆然。20世纪三四十年代张恨水小说的畅销，充分说明了这一点。金庸是承传了这一传统，而又予以了发展和提升。

《坦克与口红》，一座现代雕塑，是我1995年赴耶鲁讲学去华盛顿现代艺术馆所见。我以为是一个象征：它告诉我们，暴力与性，武力与爱情，男人与女人构成了20世纪文学主题。

先谈"口红"，即女性，柔情、爱情与性爱。捷克的米兰·昆德拉的小说，就是写的暴力与性。从这个角度看，陈忠实的《白鹿原》亦然。20世纪的名著，哪一部不是如此？回想《创业史》中的改霞，柳青对笔者说，改霞是"调和面"。意味深长。如果回忆一番当代文学，爱情如何走出禁区，是很有意味的。所谓"十七年"文学，我们能写爱情吗？《荷花淀》写一群妇女，寻找抗战丈夫，《百合花》写没有爱情的爱情，金庸写侠、写女人，不仅还原女人的自然权力，而且，从欲望层面写到审美层面，这与"下半身写作""欲望写作"显然拉开了距离。

男女爱情从诸多社会附加条件中挣脱还原为男女之纯情，这已是一种现代爱情，或者说回到其传统。写情而不写肉，不写性；写上半身，不写下半身，是高级趣味，是审美层面。且爱情已非理性所能解释。当然，将爱情处理为纯粹的当事人双方的情感纠葛，在现实生活中不能不是一种"善意的谎言"。作为文学完全能够理解。

元好问"问世间，情为何物？直教人生死相许。天南地北双飞客，老翅几回寒暑。欢乐趣，离别苦，就中更有痴儿女。君应有语，渺万里层云，千山暮雪，只影向谁去？"法国加缪"任何情感都同样混乱无序，同样变幻不定，不仅要凭借他的表演，还要凭借他的自发冲动"。自发冲动，在爱情中扮演了重要角色。看看《天龙八部》，写暴力写性。段正淳，处处真情，处处留下爱人与子女，却为情人、子女与自己带来无尽的灾难。《倚天屠龙记》同样，离不开暴力，离不开性。这部小说的全部关节点在哪里？成昆因情而仇，阳顶天因情而走火入魔（乾坤大挪移心法），阳夫人原为成昆师妹，早已为成昆情人，却为阳顶天所获，成昆与阳夫人长期幽会于密室。对阳夫人而言，这是婚外情，也是旧情难舍。对成昆而言，阳顶天是夺其所爱，是第三者。于是，演出了《倚天屠龙记》，杀得天昏地暗，无尽灾难，无尽痛苦，无尽恩仇，无尽欢悲，最后，成昆与谢逊一样失明，失去武功。谢逊出家，成昆被终身囚禁于少林寺。

如何看待阳顶天的悲剧？一个庞大的明教组织的一把手，竟然因情而死，如何评价这一意外又是意料之中的死亡？阳顶天有他的难言之苦衷。他事实上是原谅了阳夫人，表示了歉意。他的遗言，也指定了接班人，但多少意外，造成了明教的分崩离析，几近溃不成军。如果不是张无忌出任主教，明教岂非全军覆没？阳顶天让阳夫人出入于密道，可谓铸成大错，这是有悖于他自己亲手定的教规，但细想之下，似乎又情有可原处。作为一个公众人物，为维护其公众形象，阳顶天在私人生活与公众生活中，是戴有不同人格面具的。阳顶天爱其所爱，无可厚非；而夫人呢？爱非所爱，也无可责难。阳顶天因此不可能如英国的爱德华那样，不爱江山爱美人，国情不同。再看，成昆因情而成仇，仇视明教，尚可理解，而勾结元蒙，欲杀尽华夏武林人，则可以说是丧尽天良了。

再看，张无忌的爱情生活。先是周芷若，可谓少年情人（张周而言），周爱得疯狂，因忌而生恨，因恨而一步步走向毁灭自己爱情，毁灭自己人生的绝望之路。她在关键时刻以剑刺了心上人，刺了殷离（毁容），害了赵敏，害了成昆（先是夺得倚天剑屠龙刀）。新婚之夜，无忌因赵敏而出走，成为周芷若情感轨迹转折点。万安寺，灭绝师太的临终嘱托，让她在两难之中选择了当峨眉派教主，这是以事业为重的选择。她又以宋青书为幌子，处处进逼张无忌，几欲置之于死地。作为一个女性，她属于深情而决绝的阴鸷之人，让我们想起《雷雨》中的繁漪。

殷离，这是一个柏拉图恋情的变种。精神需求高于肉体之欲，她爱的是苦难中的那个"阿牛哥"，一生在"阿牛哥"的梦幻里求得慰藉。为此，她精神分裂。这是一种始终长不大的孩童的爱。在这部小说中，作为女性，她最让人同情。她一生的不幸，可以说超过了其他人。问题是，悲剧是谁铸成的？殷离自己能不负一点责？如果说，周芷若是自己选择了背叛（在其内心，她仍深爱无忌），但为了峨眉教的不致毁灭，她把自己放在了对立面，那么殷离的悲剧，纯属人生之不幸。她不幸成为金花婆婆的手杖（因对父亲的移情而出走），不幸似乎在父亲抛弃生母的一刻就已注定。

赵敏，不打不相交，机敏而执着，让无忌最终选择了她。如果周是因爱成仇，那，赵则是因仇成爱。敌对的双方，情感竟然大起大落。绿柳山庄初见无忌，赵敏即注意到了无忌。赵敏竟对郡主地位不屑，这种身份的转换，意味是多重的。至少在赵敏看来，她似乎是轻而易举地完成了异族联姻，突破了门第之见。与周的角逐中，赵总是技高一筹（当然灵蛇岛上也曾失算）；生死攸关之际，总是赵使无忌于危急中转危为安。她的恶作剧，也许是赢得无忌的一个因素。金庸告诉我们：女性的狡诈，有时也让人觉得可爱。而且，赵为爱情而丢弃了政治与周为了政治丢失了爱情，又成为对照。赵与周的文化背景的差异是形成这两位少女不同性格的重要因素。

小昭，无私的献身为其特点。始终以一个忠心耿耿的女仆形象出现，她与她母亲金花婆婆走了一条全然相反的人生之路。当初，黛绮丝身负波斯教之重任，为窃取乾坤大挪移心法而入中原，却爱上韩千叶，以至化装为丑婆，远遁灵蛇岛。明教的颓败之势，她负有一定责任。而且抛下爱女小昭，让小昭化装为哑女、丑女，在杨逍身边仍要承袭母亲之重负，伺机盗取心法。无忌救了小昭，恢复小昭原来身份，小昭因感恩而无私地爱上了无忌；为秉承母志，挽救无忌后却又远离中土，当上了波斯教新教主，将无尽的爱留在远方。

周的冷艳,殷的梦幻,赵的热恋,小昭的耿耿忠心形成了女性群体的对比与反差。无忌最终的归属是赵,岂非让青年男女从中读出诸多启示?问题在于张无忌周旋于四个女性之间似乎束手无策,不知所从,无从选择。他最后选择了赵敏,是明智的。仅从生活质量看,赵敏的生活方式,显然会赢得男子的爱。

个性的自由发展和人格价值的完善是衡量一个社会合理与进步的唯一标尺。马克思早就指出,每个人的自由发展是整个社会的自由发展的前提。

在金庸的小说世界里,所谓传统的道德观念显然失去了规范性、强制性,这使得他笔下的男女爱情能从世俗羁绊中解脱,获得相对的自由度,演出一个又一个爱情的悲喜剧。这里更多的是人性的复杂与人性的弱点。同样,无忌之母殷素素是怎样俘获了张翠山的,这一段恋情写得漂亮,雨夜追舟,舟中坐谈,皆精彩全极。殷素素刁钻而美丽,极有心计,不吝以歹毒手腕,迫使张翠山就范。正与邪的分立对峙,在殷素素这里,早已失去任何意义。在爱面前,任何障碍皆不存在。为此,张翠山、殷素素付出了生命代价。爱情的高奏凯歌是"教人生死相许"的,然而也因了这一机缘,为武当与明教,也就是所谓正与邪的相撞提供了可能。悲剧因此证明了它的合理性与正义性。

还有蝴蝶谷胡青牛与王难姑之爱,这种"专业人员""科研人员"的爱更是超出常规。专业领域的竞争,成为忠贞爱情的试金石,让人啼笑皆非,为之动容。金庸写爱情的多姿多彩,可见一斑。还有殷梨亭对纪晓芙的爱。纪晓芙与杨逍的结合,未婚而先孕,做了母亲的纪晓芙竟然让女儿叫杨不悔,正如被劫持者爱上了劫持者一样,这就是斯德哥尔摩综合征。纪晓芙爱上了杨逍,爱情真是一种神秘的力量,你无从预测丘比特之箭会从哪个方向射出,又以谁作为矢之的。《日瓦戈医生》里,日瓦戈最爱的女主人公,会与为之失身的那位男子结婚,同样令人不可思议,却又是生活的真实存在。而殷梨亭对纪晓芙那种一往情深,尤让人感动。也许六侠不够有男子汉气概，但他的痴情，一是感化了峨眉众女弟子，二是感化了杨不悔。这也是一种补偿吧。

我们还得提到张无忌的性的觉醒与少年的朦胧的初恋——朱长岭的女儿朱九贞。这位姑娘爱的是表兄，却以富家女子的自负引诱张无忌。在一个美少女面前，无忌对异性突然产生了激情，猛烈而不清醒，强烈而不自觉，金庸写少年男子的性意识的觉醒写得入木三分。其后朱女在父亲密谋下，从无意识的炫耀而成为有意的美人计中的诱饵，于是人格低下了。朱长岭的贪婪是以家破人亡为代价的，是以尴尬而死为代价的。朱女的下场，也好不了多少。

海涅在《莎士比亚笔下的女角》中论及朱丽叶的爱情，认为："爱一旦和死结为同盟，便无畏一切。爱，它是一切激情中之最崇高、最不可战胜者。它那征服世界的力量源出于无限的宽宏、忘我的无私和藐视生命的献身精神。"这为我们理解金庸作品的一些爱情故事，提供了情感依据。而且，如果爱是火，那么性爱是黄色的火焰，蒸腾于其上的蔚蓝色，则是情爱。较之黄，那蔚蓝色更加迷人！更为圣洁而诗意充盈！

"坦克"即武力，暴力，男性。司马迁说："今游侠，其行虽不轨于正义，然其言必信，其行必果，已诺必诚，不爱其躯，赴士之厄困，既已存亡生死矣，而不矜其能，羞伐其德，盖亦有足多者焉。"班固："放纵不拘，放意自恣，浮湛俗间。"甚至早期杜甫《遣怀》诗曰："白刃仇不义，黄金倾有无。杀人红尘里，报答在斯须。"《遣怀》也以肯定的态度写侠。可见，侠与专制统治是不可分的，它是专制统治的产物，是非法制社会的毒瘤。

在统治者秩序之外，一批精神自由、特立独行的人，就是"侠"。如果考虑到侠的言行，可以从两个层面来理解"侠"。

"武功可以事实上不可能，人的性格总应当是可能的。"金庸如是说侠的非凡武艺。极尽了夸张之能事，虽事实上不可能，而从人的性格潜能尤其是现代科技考虑，则又是可能的。小说不是写实在的生活，而是写可能的、想象的生活，从这一点看，应当说有其艺术的合理性。尤其是道义与人格层面的侠，则不仅是武艺超群，而且讲"义"讲诚信。金庸小说尤其强调"孝"。这个"孝"不只是父慈子孝，而是广泛地表现了一种伦理精神，一种理想的人伦规范。"为国为民，侠之大者"，则已从伦理变为人生态度、价值取向，如《射雕英雄传》中的郭靖。孝在这里，已与民族大义挂钩，这让杨康在人格上立即卑琐。

"江湖"本身有一个变换过程。庄子曰：相濡以沫，不若相忘于江湖。"江湖"是草野，是隐者栖居之所在；其后，变为四方，为市井；后演变为一种特定生活面、生活圈，即与主流社会脱离的，与草根阶层有着内在联系的下层群体中的一种生活方式和生存空间。事实上，江湖即社会，有它自己的游戏规则。

从形而上的高度来看，"知其不可为而为之"的那种杀身取义、舍身为仁的精神，尤其是在情势已不允许的情况下，为了"义"、为了"诚"，仍奋不顾身的，不计成败得失的精神，是一种进取精神、拼搏精神。例如屠狮会上，武林高手拼杀，三对三，明教对少林三渡。白眉鹰王殷天王，明知不可能取胜，仍与张无忌结盟。又如张无忌苦求周芷若与自己联手，与少林对打。

《笑傲江湖》中的令狐冲，不太追求权力权威，遇到什么环境，就解决什么问题，总是保持乐观，可谓特立独行于正邪之间，对江湖斗争的厌倦与叛逆，使他只能逃避江湖。看来，"浪迹江湖"始，又以"退出江湖"终，这中间包含的意蕴至少表明这个"江湖"绝非理想之境，虽然它自诩与主流社会保持距离，事实上是与主流社会处于同一社会结构与文化背景之中。它的那些游戏规则只不过是另一种形式的权力运作，就实质言，与统治者，并无轩轾。只要看看各派、各帮、各宗的内部关系及相互之间的关系，即一目了然。以明教言，教主之下有光明左右使，有四大护教法，又有五大散人，一种严密的宗派与军事组织网络，尊卑有序，等级森严。《射雕英雄传》中丐帮为人称道也是等级分明。

吸引读者眼球的，往往是那种放荡不羁、无拘无束、奋发向前、挥洒自如的人生状态。也许在想象世界、在理想世界里，个人才可以活得如此潇洒吧。但潇洒是以责任为前提的，不然，只能是乌托邦，是无政府主义。

就张无忌言，《倚》一书，就是无忌的成长史，随着江湖阅历的丰富，这个孤儿，如英国流浪汉小说写的一样，漂泊于天涯海角。不同的是英国小说的主人公终于跻身贵族，而无忌，在不断上当受骗、为人作弄之后，学得一身盖世武功，却又轻武功而重情义，逐渐走上了一条忘却武功秘诀的自由之路，以至于百无禁忌，最后企望在一种"两人世界"里默然度过一生。

《倚》书中那个口号："武林至尊，宝刀屠龙，号令天下，莫敢不从，倚天不出，谁与争锋。"含义是多重的。事实上，"倚天"在昆仑派手中曾一度拥有。当年黄蓉以杨过的玄铁重剑铸成，倚天剑内有九阴真经与降龙十八掌法精义，而屠龙刀内藏着岳穆兵法，只有相互砍击，始得秘藏之宝，而剑与刀本身又削铁如泥。灭绝师太的孤鸿子与杨逍斗，剑为商人汝阳王所得，赵敏即有剑在握。

为了这两件宝器（相当于"核武器"）武林各派可以说争斗不绝，使尽了招数，要剑刀干什么？"号令天下，莫敢不从"，称霸于武林，唯我独尊是也，这绝对不是民主、自由，而是独霸天下、专断独裁。整部小说，围绕寻屠龙刀展开，这是明线，暗线又包括了寻倚天剑。当然这里是以谢逊的复仇之路，也即无忌的寻父之路交叉而织成一个"密宫"。周芷若在小岛上将殷离毁容，盗得剑与刀，嫁祸于赵敏，这一笔，写得诡秘之极，直到救出了谢逊，无忌才明白真相。（赵敏早已识破，只是不说而已。不是不说，说不得也。世上的事，有多少是说不得的啊！）各帮各派，在屠狮会上充分表演了他们的阴暗心理与丑恶嘴脸（少林派倒是颇有置身事外之心，盖谢逊已为其所获之故也）。那个朱长岭为了这刀，付出了什么代价，读者该不会忘！

在这个武林之地，其实充满了邪恶、虚伪、残忍、冷酷、惨无人道、惨绝人寰。那个金花婆婆，动辄取人性命，恐怖到不动声色。为了刀，金花婆婆不惜加害谢逊。至于宋青书，为与无忌争周芷若，背叛武当，杀叔逼主；赵敏当年，也曾欲置张无忌于死地；等等。武林绝对不干净，江湖从来不平静。

"侠"不是要济贫扶困吗？怎么走上了这样一条肆无忌惮的害人、杀人的野蛮之路？一切阴谋，一切丑行，在这里展示无余！还没上得山，张无忌与赵敏藏身山下野村的那一对夫妇（化了装的武林前辈）是怎么惨死的？青翼蝠王韦六笑的寒冰绵掌，以及发功之后必吃人血，又有什么合理性、正义性？

无论成昆的复仇还是谢逊的复仇，从理性、从人道角度看，都是不可取的。为一己恩怨，可以用无辜者的生命染红双手，这不是恐怖主义又是什么？滥杀无辜是恐怖主义的最大特征。

在这个世界上，什么是最可贵的？生命！人的生命，一切生物的生命，大自然的一切生命！这不仅是环保主义，不仅是人类中心主义。问题在于，金庸笔下的世界，草菅人命等同于儿戏，人们也就只好想方设法去维护着自己那可怜的生存权，而寄希望于清官，寄希望于侠，这就是包青天以及三侠五义之流为百姓们喜欢的原因。

有人说："世何以重游侠，世无公道。民抑无所告诉，及归之侠也。"下层民众对侠的呼唤，诚然出于对公正社会的现实诉求，这里暗藏了一种政治的、道德的、人格的理想。有趣的是，如《三侠五义》中御猫南侠展昭、锦毛鼠白玉堂、翻江鼠蒋平、小侠艾虎、黑妖狐智化、北侠欧阳春等也是与包公即朝廷相互依存的。胡适从白话文学观点出发，对俗文学给予很高评价，就曾认为白玉堂这一形象写得非常成功，却不曾细想深究，包公也好，三侠五义也好，并不代表一种新的思想诉求、新的生存方式。

金庸的高明之处在于将这一表面结构包孕一种深层内涵，即元末的底层反抗运动，即推翻统治阶级的残暴统治。明教教徒之一朱元璋（后来成为明代开国皇帝），小说中就有对他的刻画，可谓写尽了他的权谋与野心。他轻而易举地就将张无忌的教主身份地位篡夺了，逼迫张无忌放弃了驱逐元蒙的重任，浪迹于江湖。张无忌原本就对权力无所企求，对政治并无抱负，他只是想过一种普通人的平平静静简简单单的生活，那么，他还是"侠"吗，还是已经从非侠而去侠了？金庸的这一深层意蕴，事实上并不曾为众侠认同。如灭绝师太，宁可从万安寺上纵身跳下自取灭亡，只是为了不辱个人声名，而且为了峨眉后继有人，强使周芷若受命于危难。

金庸的高明之处还在于，张无忌的侠而非侠而去侠成为金庸十四部作品的发展线索。金庸明确说，《鹿鼎记》已经并非武侠小说，也并非历史小说。金说："不顾一切夺取权力，是古今中外政治生活的基本情况，过去几千年是这样，今后几千年，恐怕仍会是这样。"人类过去几千年的政治生活倒也确实如此。这种权力之争在武林中以一本经书、一把利器、一个绝招为象征，"号令天下，莫敢不从"则是武林与集权政治统一的。

积数十年历史经验，以金庸的睿智与眼光，终于他笔下的侠从天上落到了人间，那种不知生计如何维持、不知日常生活赖何而进行的虚幻的英雄回归到了现实，回归到真实人生、真实人性。韦小宝呢？这个混混，也只好远走他乡了。不过，他还忘不了带上七个美女和数十箱珍宝，色与财，是不可舍的。权，可以不要了，必须交换为中国式的又一种幸福生活。

韦小宝这个人物，身份不明，父亲是谁？无解。母亲为妓女，韦小宝就是在妓院中厮混成长。意味深长的是，他凭着这优势在宫廷，在大内，在权力核心，如鱼得水，游刃有余。丽春院与朝廷，丽春院与武林，其游戏规则竟然如此相通相似，金庸寓意之深，足证金庸识见之高。

身份确证，一直为金庸笔下人物所困，杨康如此，郭靖如此，萧峰如此，虚竹如此。血缘关系之重要在东亚、东南亚文艺作品中，普遍存在。这种文化现象，在其他地区是否存在呢，如欧洲？哈姆雷特的身份困惑，让他无所选择。19世纪的欧美以及俄罗斯亦然，今天也以另一种方式即种族歧视呈现。可见，为全球现象。人类的前行，留下的问题多多，此为一例。

韦小宝，无数政治人物的集合体，鲁迅所谓中国人的主奴性在他身上表现得淋漓尽致。对于小宝，无所谓终极价值，也无所谓道德律令。欲望之满足与操守之缺席，表明人已非人，是人的现代性失落，还是人的异化，乃一历史的存在？

也许，生命的自由与狂欢，是人类共同的希冀。

英国历史学家卡莱尔说："作家……都知道一个可怕的事实，取悦于一百万个陌生人，比取悦于一个熟悉的人要容易。"《寒冬夜行人》的作者意大利作家卡尔维诺说："文学是一种生存功能，是寻求轻松，是对生活重负的一种反作用力。"

从他俩，我们看到：以娱乐消闲为宗旨的文学和以关怀人类、民族和底层为宗旨的文学完全可以并行。

选自《白鹿论丛》，三秦出版社，2006年

波峰与浪谷

——1984年获奖短篇小说疵议

文学是时代的橱窗,短篇小说是其中的一扇玻璃窗。

展现在这扇窗的1984年的获奖作品,显示了作家的努力,得到了人民的认可。

但是,我们也看到:同此年的中篇小说、报告文学的成就相比,短篇小说的分量显得轻了一些;同前几年获奖的短篇小说相比,这一年的一批作品在社会上引起的反响也不及前几年来得强烈。从创作的角度探讨一下差距及其原因,不会是没有意义的。

现实面前的犹豫、困惑与距离感

当作家拥抱现实,艺术地反映生活时,准确的观察和深刻的思考,无疑具有重要的意义。何况我们这个变革的时代,充满转机,也充满挑战。面对着除旧布新的社会,我们的作家提高对生活的理解能力,显得尤为迫切。"一个艺术家总借一条或多或少是微妙的线条,或多或少是内在的途径,而和正在准备中的运动联系起来。"巴尔扎克当年在《论艺术家》中提出的这一见解,应该为我们重视。把自己的创作和正在准备与行进着的运动联系起来,显然是一个相当高的要求,也应该成为社会主义文学无可推卸的崇高的使命。这里，关键仍然在于潜入生活的底层，把握准时代的脉冲，以自觉的历史意识，从宏观的而不仅仅是微观的，从广角的而不仅仅是单一的艺术视野，去俯视现实。否则，我们就将在现实面前产生迷误。

陈冲的《小厂来了个大学生》，从正面切入，反映了改革的复杂性与艰巨性，不失为优秀作品。小说成功地塑造了路明艳这个人物形象，这是陈冲在生活中的可贵发现。曾经是精明的、有魄力的路厂长，竟然被生活抛向了历史的对立面，成为改革路上的绊脚石。这不仅仅是她个人性格的缺陷所致，也揭示了我们的生活及制度本身的有待改革与完善。应该说作家在这个人物身上比较准确地捕捉到了改革巨流的潮头，相当有预见性地看出了社会发展的必然趋势。然而，我们也感到，杜萌这个形象显得单薄了。过多的书生气使杜萌单纯有余而实际能力不足，稚嫩当然难免，遗憾的是他对周围的生活如此茫然，以至无能为力。形象的失误反映了作家对生活中杜萌的理解的犹豫与徘徊。生活中的杜萌，也许还不及作品中的杜萌，问题在于，作家的预见性在这里似乎变得朦胧了，对新人的把握的缺乏远见，削弱了杜萌形象的光彩。

未能站在时代的座基上高屋建瓴地理解生活，不仅造成作家对现实的犹豫，而且带来了作家面对变革时的困惑与浅尝辄止。《一潭清水》里，徐宝册与老六哥的终于分手，从揭示农村实行责任制后，农民心理裂变的不同矢量的角度看，可以说是相当不错的。但，我以为这里也包含了作家在现实面前的某种迷惘。海涅在《莎士比亚笔下的女角》一文中，曾经指出一个真正的艺术家应该"更多地深入生活的底蕴，以锋利的精神利铲不断地向现象的底层深掘，将它们深埋的根须通通暴露在我们面前"。张炜是否停留在生活的现象这一步，而未曾将艺术思考的触角再向生活的底蕴延伸？无论如何，当老六哥因了承包而膨胀了私心，中断与瓜魔的交往时，作家至少还应该表现出徐宝册不只是仍然固守那传统的美德，继续保持与瓜魔的纯真友情，而且还应在一定程度上赋予这种情谊以新的色彩，也就是说，展现出责任承包对农民心理的冲击必然带来的新因素。

历史纵深感的获得，除了潜入生活，做纵深的开掘外，还必须有理性的指导，因此紧密拥抱现实审美，与客体保持一定距离，具有同等重要的意义。"入"而能"出"，历来是我国古代文论所提倡的。改革，当然并不一定要正面去写，无论正面或侧面，只要能追踪历史发展的轨迹，也都可以写出富有时代精神的精美之作。这种开掘与追踪，既需要热情，也需要冷静。清醒的思考要求作家在创作时，适当保持对创作对象的距离感。邹志安的《哦，小公马》，以体制改革、干部的人选配备为题材，为我们塑造了一位可爱的青年干部形象——郑全章。这个形象的出现标志着邹志安的创作迈开了新的一步。但是，郑全章重返岗位的转变，却写得不够有力。作者借一匹小公马的英姿，赋以象征意义，唤起郑全章的尊严和生命的冲刺力，无疑是一个很好的构思。如果能将这匹小公马贯穿小说始终，与主人公的性格相互衬托、交相辉映，也许会大大扩充人物形象的内涵，不至于像目前这样，转变显得突兀、生硬。而且，不妨设想一下，要是白书记不来看望他呢？他还会站起来吗？这就是说，对人物性格发展的契机，作家还掌握得不十分准确。问题不仅仅如此，影响人物性格的丰满与厚实的关键在于，作家过于黏滞于事件即围绕人选所展开的冲突。如果能对题材与人物稍稍采取一种超脱的态度，从更为广阔的视线落笔，会使小说从容活脱一些。这方面，我以为《白色鸟》的空灵而蕴藉，很值得效法。

民族心理结构的历史性与时代性

向民族心理结构的深层开掘，是新时期文学的一个重大进展。历史的反思沿着"史无前例"而上溯到反右斗争，现在更向前推进，大有刨根究底的气势。探寻形成民族心理的历史传统与时代变异，成为作家们共同感兴趣的课题。它实际上早已超出了反思的范畴，体现了社会主义文学与人民群众联系的日益加强与深化。特别是普通人的命运得到普遍的关注，一批批以往很少有人接触到的平凡的劳动者形象，进入了文学的殿堂。这是人的价值的肯定与重新认识。但是，民族心理本身是一个相对稳定又发展着的现象，受着诸多因素的影响与制约，因此对民族心理结构的艺术探索与表现，就存在一个准确把握它的历史性与时代性的问题。

1983年获奖的优秀短篇小说《我的遥远的清平湾》之所以受到读者的热烈称颂，我以为最根本的一点，在于史铁生成功地在破老汉和他的孙女小留儿身上，浓缩了一部我国的现当代史。他们的心理构成，可以说具有丰富的社会容量，民族心理的历史继承性与时代变异性被有机地融汇在他们的性格中。无论是破老汉还是小留儿，他们的感情，他们的意志，他们的坚毅顽强的生命力，他们的深沉执着的追求与信念，既有我们民族心理的历史积淀，更有我们民族心理的时代亮色。史铁生不仅注意了对人物与大自然、与黄土高原的水乳交融关系的描写，从更深的层次上揭示了人物与古老民族习俗与宝贵革命传统的血肉联系，更从现实的变革上展示了时代的变迁给他们心理、性格带来的影响。

《甘草》与《麦客》在1984年获奖篇目中，名列前茅，原因也在于此。它们在展示我国农民心理的递变上，的确各有独到之处。宋学武笔下的草甸子，由于融进了作家对故土、对乡亲的一往情深和独特理解，成为父老乡亲坚韧无私的性格的象征，成为对极左路线的深沉控诉，才如此激动了读者的心。而来自陇东高原贫瘠土地的吴东河父子的命运，如果不是同我们国家广大农民的际遇相通，就不可能受到千万读者的喜爱。但是，从更严格的意义看，我们就会发现：小草也好，大青哥也好，甚至连磕巴舅舅在内，他们的性格中，历史的遗传因子似乎占了主导地位，时代的投影却相对冲淡了、退隐了。他们的悲惨遭遇是极左路线造成的，但就性格自身说，那些动人的光点，更多地来自土地、来自历史，而缺乏时代的折光。请不要忽略，时代的特色一旦失去，那历史的纵深感也就无从取得。

磕巴舅舅惨死在饥饿的岁月，小草与大青哥也只唱出了爱情的悲歌，在这之前，他们的美好性格里，究竟有几许社会主义时期的成分？试将他们置于更为久远的年代，他们不是也可能演出同样的悲欢离合？这个问题，也存在于《麦客》中。且不说吴东河及其同伴，就以顺昌与水香言，除了贫穷压在他们心灵上的阴影外，很难看到，新中国成立以来的农村巨大变化对他们的传统心理有过多大的影响。水香的一见钟情，从顺昌身上发现自己，诚然融进了一定的历史内容，传递了新时期到来的某种信息，而顺昌与河东也将因此而引起性格的变异，但是，沉重的历史负荷的揭示，不应排斥人物性格中的时代色彩。这种时代色彩不仅表现为新的时期带来的人的觉醒，也应表现为三十多年来的农村现实对广大群众心理结构的必不可免的影响。

同《甘草》与《麦客》人物心理的时代性不够鲜明相反，梁晓声的《父亲》中的人物心理就显得历史性不足。《父亲》所塑造的那位老建筑工人，长年的生活重压形成了他默默无言的性格，他对党的认识也不是没有令人遗憾的一面，但那朴素的感情毕竟透露了新中国初期的时代气息。代沟因了生活的前行而日见深远，可惜，在新时期的巨变里，父亲的性格竟然看不出发展。在小说结尾，儿子的呼唤，应传达了历史的脚步声了吧，虽然有些迟了，但总归还是来到了。父与子的相互靠拢，是以80年代的"多余的人"为中介的。这也蕴含着深刻的寓意。然而，我总觉得，这父与子的性格与心理，欠缺着历史的厚实感，形象显得薄弱了一些。

人物形象的哲理性、抒情性与立体感

浓郁的主观性是新时期小说对人物形象塑造的一大特色。把时代的广阔画面推向背景以至淡化，人物的心灵图卷被置于艺术透视的焦点，带来了人物形象丰富的抒情性与深邃的哲理性。王蒙的小说《风筝飘带》正是以这个方面的独特追求而获得成功的。

李国文的《危楼记事》写出了荒唐年代里一则荒唐故事，这是一篇有关名利的寓言体小说。作家的褒贬与抑扬之情，流泻于笔端，贯穿在小说的每个组成部分，可以说以讽刺的形式，从一个侧面对那段迷乱的历史做了一个形象的勾勒。但是，我以为作者的行文显得不够节制，过多的叙述与议论，严重影响了作品的洗练与含蓄。这已成一种通病，在最近一个时期的某些作品中，程度不同地存在着。如果《危楼记事》能够通过人物自身言行的不合理性来达到讽刺与劝喻的目的，较之于作家自己站出来说话，不是会更具有艺术魅力一些吗？倾向性还是通过人物与情节自自然然流淌出来的好。作家的观点愈隐蔽，形象的说服力会愈强。看来，学会节制，让理智驾驭感情，很有必要。

《生死之间》可以说是一篇充满人生哲理的谈话录。在题材的开掘，人物的新颖和强化作品的思辨色彩几个方面，都是有意义的尝试。然而，我们看到，这种哲理主要还是借助以第一人称出现的主人公的口表述的。这种表述，如果同人物性格相吻合，也许还可以打动读者。即便如此，也有一个适可而止的分寸掌握问题。作家苏叔阳不是没有意识到这些。他让主人公不仅是一个火葬场工人，还同时是一个业余文学爱好者，一个诗人。虽然如此，我们仍然觉得，许多自述其实是作家附加于人物的，难免有作者代言人之嫌。哲理过于直露，而不是融化在性格的血肉里，将难以让人折服。也许这与作品的口语化有关。但口语化并不等于复沓烦冗。老舍的小说，素以口语见长，他仍然写得精粹而含蓄。艺术的创作，就是把多余的删掉，就是严格的筛选，这对改变短篇越写越长的趋势，是一剂良方。

同抒情性、哲理性的追求相连的是对性格的复杂性与立体感的关注。

《惊涛》在塑造人物上，的确取得了突破。陈世旭准确地把握了他笔下的人物内心世界的闪光点，采用人物之间的对比、人物自身的强烈反衬，借鉴欧·亨利的表现技巧，在小说的结尾，做大幅度跌宕，把人物性格推向了新的高度。但是，无论是春甫，还是秋霞，从人物性格的完整性来看，从复杂中求统一就显得弱了一些，性格本身就是一个完整的世界。性格的发展是一个多元方程式。疯狂而又迷乱的"史无前例"造成的人与人之间关系的断裂与错位，无疑给人们的精神带来了伤害与变形，但这并不能泯灭潜藏在人民心灵隐秘处的真、善、美，或是春风，或是暴雨，都有可能将它们释放出来，焕发光彩。陈世旭正是从这样的理解出发来描写他的人物的突变的。但是对这突变心理的注脚提供得是否充分呢？显然，并不充分。

同样在塑造人物上存在欠缺的，还有《姐姐》及《同船过渡》。张平以善于通过家庭关系刻画女性而引人注目。但姐姐形象的完成太多地诉诸行动和语言，我们几乎捉摸不到姐姐的内心世界。虽然，在动态中展现性格，是我国小说的传统手法，但必要的内心描写毕竟不可缺少。问题不只在这里，还在于姐姐性格的刚强一面写得有余，而她内心的矛盾与反复，则写得远远不足。人，毕竟是复杂的，怎能设想，她没有痛苦与烦恼？揭示出姐姐感情与理智的冲突，也许会使这个强者的个性更具有特色，会蕴含更丰富的社会意义，从而更具典型性。至于《同船过渡》，由于人物过多，在短短的篇幅里要刻画出每个人物的性格，显然是一种苛求。但因了平均使用力量，从而造成目前这种每个人物都没能写好的教训，值得记取。

呼唤艺术家的勇气和良知

真正拿出艺术家的勇气，是一切进步作家的共同心声，也是新时期文学的显著特色之一。

列夫·托尔斯泰就曾经庄严地宣告："我将在历史的封面上写上这样的题词：'我无所讳言'。"

前几年的获奖短篇小说之所以在社会上产生强烈震动，从根本上说，难道不正是由于作家们以真正艺术家的勇气大胆触及并深刻揭示了关系到我们国家、民族前途命运的尖锐冲突,广大人民群众十分关注的重大社会矛盾吗?我们不会忘记像《笨人王老大》这样的作品,勇敢地、真实地反映了王老大在极左路线的沉重挤压下喘不过气来,以致悲惨地死去的悲剧。正因为小说对广大农民在特定历史时期的苦难做了清醒而深刻的艺术概括,它才赢得了人民的欢迎。

回顾1984年的获奖作品,在正视现实,忠实于生活和人民这一根本点上,无疑取得了可观的成绩,但是应该看到,我们仍然努力得不够。不是说1984年的短篇小说脱离了人民,而是说在人民赋予文学的庄严任务前,我们有些作家有过一定程度的回避与退缩。

《打鱼的和钓鱼的》《六月的话题》的作者金河与铁凝对我们干部队伍中的不正之风,以及这种不正之风对我们社会生活的严重侵蚀,做了勇敢揭露和批判。但无论是前者还是后者,都采用了侧面切入的手法,这种艺术构思上的不谋而合,颇耐人寻味。金河还有一篇《典型形象》,虽不曾得奖,但那艺术角度,与得奖的作品也有惊人的相似之处。为什么一定要在旋涡的边缘落笔,何以都在尖锐的冲突面前止步?如果,即便是副局长史正斌这样的勇士,也存在懦夫的弱点;如果新上任的覃副县长也只能在明显的错误之前,徒叹奈何,那么我们不妨想想,我们的作家呢?通过主人公的矛盾与无奈,更深一层地反映出不正之风危害之烈,这是作品的意图所在,应该肯定。可是,我们的作家是否可以对自己提出更高的要求,写出鞭辟入里,切中时弊,令人振聋发聩的艺术作品?还是铁凝说得好,写好短篇小说的条件是苛刻的。这里起重要作用的是机智,而首先是勇敢。她说:"这勇敢的发问将使我在今后的生活和写作中深深地思索。"是的,有了"创作自由"的春风,作家思考的种子,必须勇敢地冲破土层,茁壮成长,收获坚实的艺术之果。

毫无疑问,从1984年度的短篇小说的整体看,得奖的十八篇小说,代表着这段流程的波峰。我们将它们与前几年的得奖作品相比,侧重探讨它的不足,似乎过于苛刻,而且也给人一种印象:在新时期的短篇小说编年史上，1984年跌进了浪谷。即便如此，我们也无须气馁。正如王蒙所说："我们不会陶醉在已有的成绩里。"何况，永远活跃着的流动着的文学长河，浪谷也并不可虑，它往往正是一个聚集点，一个积蓄力量向新的波峰冲刺的准备和前奏。我们确信，短篇小说的更大成就必将同我国整个文学的黄金时代一同到来。

原载《文学时代》1985年第1期

东方文化和贾平凹的意象世界

——评贾平凹的小说近作

1990年，贾平凹先后发表了《白朗》《五魁》《美穴地》三个中篇和一个短篇小说《烟》。这是继《古堡》之后，贾平凹为我们构筑的意象世界，标志着贾平凹永不安分的艺术追求跨入一个新的领域。这就是对人的生命奥秘执着而痛苦的探询。

人的生命究竟是什么？它的价值和意义何在？对于人类来说，最难解决的问题恐怕还是这些来自人类自身的盘诘。由生命来阐释生命的存活以揭示生命的神奇，这不能不是困难而又充满诱惑的。对于贾平凹这样把艺术看得如同生命的作家来说，他不能拒绝这个诱惑。他要在自己的审美创造里，为寻找生命的奥秘提供一份自己的思考。

在探索生命奥秘的天地里，贾平凹是一位孜孜以求的跋涉者。早在80年代初，以《厦屋婆悼文》为代表的几篇作品，就已萌动了这种求索的最早的胚芽，而1989年的《太白山记》表明这胚芽已经抽枝吐叶了。正是沿着这样的创作轨迹，贾平凹创作了《白朗》等这样一批作品，以较为集中的方式，深化了他对人的生命本体的思考。

寻觅不仅仅是为了获得，寻觅本身也是艺术家的生命需要和生存方式。贾平凹对生命本体意义的探寻，不是以抽象而是以感悟的方式进行的。他营造的意象世界正是这种生命感悟的艺术建构。这是因为，艺术不是哲学，文艺创作是一种诉诸感性形象的精神劳动，它所重视的是从特殊与个别中发现与领悟到普遍与一般，而不是把特殊与个别作为一个例子、一个比喻去表现或说明普遍与一般。换言之，作为它的"那一个"本身就是一般的显现与藏匿。

贾平凹曾经表白过："艺术家最高的目标在于表现他对人间宇宙的感应，发掘最动人的情趣，在存在之上建构他的意象世界。"这个意象世界甚至不再是存在本身，而是作家营造的"第二自然"，镕铸着作家对存在的感应和领悟。以感应和领悟去渗透生命的奥秘，不能说是唯一的方式，但却是一种审美的方式。正是这种方式赋予贾平凹这批近作以浓郁的东方文化的底蕴，并且与西方当代文学、哲学的走向取得了某种默契。在这个意义上，我们可以说，贾平凹的近作是与世界文学展开对话的一种努力，一种追求。

顿悟与陡转：生命的飞跃

生命作为一种存在，永远是一个过程。这个过程积累着生命的渐变与突变，它为艺术家驰骋自己的想象和创造力提供了广阔的可能性。如何把这种可能性实现为可读的文本，不仅取决于时代与文化背景，同时也成为衡量和测定作家艺术才能的标尺。《白朗》等一批作品表明贾平凹并不缺少这种潜力，他拥有向着生命的渐变与突变奋进的艺术家的悟性与才气。

《白朗》围绕着狼牙山寨主被劫，众弟兄、众百姓为救出白朗而发动了一场轰轰烈烈的悲壮斗争而展开。小说开篇所渲染的白朗的非凡气势与结尾白朗悄然遁世的迷离恍惚，形成了情绪与氛围的巨大跌落，给读者留下了一个沉重的压抑和深长的回味。

当白朗重返狼牙寨，他知悉为了他，死了那么多、那么好的男人，那么多、那么美的女人，他自问："我胜利了吗？我是王中之王的英雄了吗？""他一下子衰老了，身子摇晃着，最后倒在了地上。"从此没有了狼牙山寨主，却有了一个苦行僧。事业把白朗推向了人生的峰巅，英雄的殊荣也使白朗淹没在众多生命的鲜红血泊里。在生命的天平上，二者孰轻孰重？作品在这里提出的问题，已经不是一般社会政治或伦理道德意义上的，而是掺和着这一切又超越于这一切的本体意义上的对人的生命价值的思考。

白朗是在一瞬间完成他的顿悟的。这种从刹那走向永恒的顿悟，是介于感性和理性之间的对宇宙、社会、人生的整体领悟，充满了个体经验的独特性。白朗被推到人生体验的绝境之后的豁然觉醒，是企望从有限的个体存在跨越到无限的超个体存在，展开对人的生命本体的形而上的思考。没有绝境，没有痛苦，也就没有顿悟，没有超越。对于白朗来说，当他抛开了对世俗的依恋，割断了与尘世的联系，从热衷于外部世界的追逐转向内心世界的自我审视时，实际上，他是在一种把自己与自然与宇宙融为一体的境界里去关注自我，完满自我。这里，无疑有着某种理想人生的寄托，有着东方传统文化老庄哲学与禅宗教义的印痕。

继《白朗》之后，贾平凹发表了《五魁》。这是对《白朗》的补充与反证。作品展现的是五魁走向人生突变的漫长渐变过程。正是"五魁做人的规矩"带来的自我克制和无欲的爱，酿成了无可挽回的悲剧：女人跳涧自尽了。女人的死所唤醒的，已经远远不只是性爱，而是整个人的生命意识的觉醒。

莫言在《红高粱家族·高粱殡》里曾说："想活命，复仇，反复仇，反反复仇，这条无穷循环的残酷规律，把一个个善良懦弱的百姓变成了心黑手毒、艺高胆大的土匪。"五魁的占山为王，抢掠女人，一反过去驯良百姓的生活态度，不正是出于一种报复的疯狂？这种报复，首先指向的是自己"做人的规矩"，同时也是指向形成这"做人的规矩"的社会秩序。

白朗的顿悟，五魁的陡转，都是在遭逢了人生的巨变之后生命的飞跃。人的命运变幻莫测，猝然的打击往往会出人意料地改变人的生活道路、生活方式、生活态度。所有这一切，还只是小说的表层意义，其深层意蕴上是从对人的生存状态的描绘里触及一些更为内在的生命的体验与思考，这就是超越世俗功利，跨越时空的人生的真谛、生命的真谛的寻找。在这种寻找里，我们看到了贾平凹的耐得寂寞潜心求索的艺术家的自信力。

困惑与超越：生命的内涵

人生充满诱惑，也就充满追求。诱惑永无止境，追求也就永难停歇，在诱惑与追求之间，横亘着的是不可穷尽的形而上的距离。于是，有了困惑，也就有了超越的需要。生命在某种意义上不正是不同形式的困惑与超越拼装组合的吗？

白朗曾经有过生命的辉煌，但那是以他人生命的占有为代价的。五魁曾经有过道义的崇高，但那是以自我情感的牺牲为代价的。无论是占有，还是牺牲，它们或构成了生命的悲剧，或涂抹了生命的苍白，但是在完成了生命的飞跃之后，他们就真的获得了人的生命的终极价值了吗？

小说《美穴地》的主人公柳子言的生命历程，为这种困惑与尴尬，又提供了一个形象的注释：越是认真与执着，越是难免失落与虚无。

"柳子言踏了一辈子墓地真穴，但一心为自己造穴却将假穴当真穴，儿子原本是要当大官，威风八面的官，现在却只能在戏台上扮演了。"命运给柳子言开了一个残酷的玩笑，但这只是问题的一个方面。如果换一个角度看，过于急切的亲子之情造成的心理障碍完全可能导致柳子言的失误，这不失为一种解释。其实，小说的真意并不在此，作家无意于为这种差错提供答案，作品传递给我们的是作家对人生的一种感悟：在其最终意义上，究竟什么是真穴、假穴、官场、戏台，你能说清楚，讲明白吗？还是常言说得好："舞台小天地，天地大舞台。"这一切，你能说，孰真孰假？

沿着《美穴地》的思路，贾平凹写出了《烟》。

《烟》避开了生命过程的铺陈，从生命的本源、生命的形式立意。边防战士石祥蛰伏于猫耳洞，在幻觉与梦境里恍恍惚惚，与前世的山大王，来世的囚犯取得了灵魂的沟通。小说认为石祥也好，山大王也好，囚犯也好，甚至于一切有生命的存在，他们都不过是那个第八意识"古赖耶识"的具体显现，在其生命的本源上，他们其实是融为一体的。这当然是作家对生命现象的一种解释，在这种解释里，《美穴地》的真穴、假穴，官场、戏台的真假无形中消失了意义。

《白朗》与《五魁》的困惑也失去了它的必要。重要的不是作家的解释，不是结论，而是破译生命之谜的追求。一个并不热爱生活、并不耽于沉思的作家是不会对这种形而上的追求发生兴趣的。只有深深地沉迷于生活，并且对生活有着深刻理解与憧憬的作家，才能真正领悟到生活之中的哲理内涵，并且在审美感应里去探寻事物的本质。正如黑格尔所说："在感性直接观照里同时了解本质和概念。"这是作家审美地把握世界的方式，也是作家审美地生存的方式和权利。

当然，这不是说，贾平凹全然消解了人生价值的判断。石祥并不放弃对人生的选择。他军人的一生，虽然短暂但活得充实而富有价值。他是在射杀了两名敌人，出色地掩护了阵地上的战友后英勇牺牲的。

似乎是对上述作品中生命困惑的某种回答，作家通过《烟》在提醒我们，不论生活中有多少执着后的失落，追求中的虚无，我们所需要的，只能是对个体生命价值的完满。这无疑是一种积极进取的人生态度。它与东方传统文化中的生命哲学有着不可分割的内在联系。

贾平凹认为穿过云层，就是普照万物的阳光。重要的是要穿越云层，才能进入人生和艺术的大境界，去俯视人生，参透生命，洞察世界。《烟》表明，作家努力以宽阔的胸怀，豁达的态度，理解的眼光，冷静地去观照人生而又超越人生。至少，他认为困惑与超越应该互渗互补，这样生命才会五彩斑斓。

女性与美：生命的光源

人们历来称道贾平凹善于塑造女性形象，它反映了贾平凹审美追求的个性。在贾平凹的近作中，我们看到，他笔下的女性依然是那样美，那样可人。

《白朗》中的那位黑虎山的压寨夫人，美艳照人而又侠骨柔肠。《王魁》中的那位俏娘子，艳丽而多情，拒绝丈夫的纵欲于前，绝望五魁的禁欲在后，终于魂断危崖。这些女性不仅容貌姣好，而且心地善良、柔情似水而又很有心计，欲的热切追求与满足往往给这些女性形象精神上的丰富性带来了媚与俗的奇妙结合。媚与俗可以说是贾平凹笔下女性形象的共同审美特征。这不是那种高雅的、有文化教养的上层女性、知识女性的美，而是世俗的、底层的女性的美。也许正是由于置身于远离都市文明的荒村野地，她们身上保留了更多的原始的、生命的活力。不同于张贤亮西部荒原上的马樱花们的是，贾平凹作品的商州女性更多了一份神秘和朦胧，有如缠绕于高山之巅的云和雾，细蕴着商州地域的文化气息，反映了平凹的个性特征。

与这些女性形成对照，贾平凹近作中的男子，在他们的生命旅途上，总是凭借女性去支持他们的精神大厦。女性成为点燃他们生命之火的光源。白朗曾经坚持对女性的歧视，"他克制自己是为了自己的一番勃勃大业"。黑虎寨死而复生，彻底动摇了他"女人真是英雄的罪恶"的信条。对女性的重新认识，是促成白朗顿悟的关键因素。五魁的突变，也是在情与欲、灵与肉的分离导致了美的毁灭之后才实现的。我们还要提到《烟》中的那个小烟斗，且不说烟是不是作品所说的"古赖耶识"的隐喻，就以小烟斗论，它的被留在人间，难道只是一时的疏忽？这是一个女人用自己的全部痴情甚至生命奉献给她苦恋着的山大王的。小烟斗因此具有了它的象征意蕴：爱与美的永恒。

我们看到，在性爱问题上，推而广之，在合理人性的追求上，障碍几乎总是来自男子。五魁的失去女人，不仅揭示了人类性爱在文明的铁律下受到种种逆天性禁锢所酿成的悲剧，而且充分表明，这种悲剧往往是由男子的怯弱或暴虐一手实现的。在贾平凹的近作里，所有的男主人公，无一例外地被推向了尴尬的人生境遇：白朗雄踞一方后的英雄末路，五魁面对奉若神明的女人自戕的空前失落，柳子言错将假穴当真穴的阴差阳错……既反映了作家对生命现象纷纭复杂的思考，也流露了对男子阳刚之气匮乏的焦虑和对人的生命能量充分释放的热切呼唤。

老庄、道、禅被认为是一种柔静形态呈现的哲学，阴柔的外壳裹着的是活泼的生命力的内核。因此，在传统文化的某些方面，并非如过去习惯认为的那样歧视妇女，恰恰相反，倒是相当尊重女性的。在老庄、道家那里，女性曾经一直被认为是美的化身、生命的象征。这种文化心态积淀了远古母系社会的深沉记忆，作为一种集体无意识，渗透在我们的历史文化中。屈原之所以把自己幻化为香草、美女，李商隐往往以女性角色出现在他的诗篇，其文化心理的契机正在这里。

如果我们承认老庄、道、禅的美学相当重视人与生命，总是通过对人的透视去妙解生命的密码，宇宙的密码，美的奥秘，那么我们就不难理解，从女性与生命的天然联系中，老庄、道、禅的美学何以会偏重阴柔和谐之美。贾平凹倾其全部美好感情去捕捉与展示女性精神世界的美，如同他的前辈沈从文、孙犁那样，在深层动机上正表明了他对老庄、道、禅美学的迷恋。不同于沈从文、孙犁的是，贾平凹更多地是以一种"非常态"的描绘，对文学传统中的"有意省略"进行了填补与反拨。

传统与现代：走向世界

如前所述，贾平凹的近作较之于他以往的作品，鲜明的东方文化情调已经成为他作品的底色。但是，我们看到，这是在现代意义上对传统的扬弃，或者说是传统在现代条件下的蜕变。传统文化是一个复杂的构成，贾平凹是从当代文化的困惑中有选择地到传统文化中去寻找参照物的。这不是对传统的简单回归，而是从更新我们民族文化的时代需要出发，引入一套传统的价值观念以参与现实，并在这种参与里赋传统以新的内质。而且，这种引入，在更大程度上，主要是美学意义的。他从自己的生存体验、审美追求着眼，依据自己的个性、气质与审美机制，选择了老庄、道与禅，加入了自己的理解与改造。正是这样，在现代意识的契合点上，他找到东方文学与世界文化交流、对话的可能性。

贾平凹认为："知道了中华民族的传统精神的东西，再知道了中华民族传统的美的表现方法，反过来，我们就可以在马列主义的理论指导下，大胆地有取舍地吸收外国的东西了。如果再将两者结合，我们民族的文学是可以走向文学的'奥林匹克运动会'。"显然，对越是民族的越具有世界性，贾平凹有他自己的理解。他认为关键在于搞清究竟什么是民族的传统精神和美的表现方法，以及如何将它发展到、提升到与世界沟通的水平。这不应该只是对西方的靠拢，而应该是东西方的双向交汇、平等对话。

对传统文化的精神特质，美的表达方式，可以从不同层面、不同角度切入。如果从审美思维方式看，传统美学，尤其老庄美学从一开始就强调主客体的合一而不是分离与对立。将主客体分立，是在近代接收西方文化之后才出现的。在审美表达方式上，我国传统文学更是以善于表现而著称，所有这一切，恰恰是现代西方文学所企求的。当然，这并不意味着我们要回到传统。事实上，现代西方文学也是从它们自己的文化背景和文学传统出发向东方文学借鉴的。这种借鉴，显然是双向的交叉的互补的。我们共同居住在同一个地球上，我们必然面临着一些我们共同关心的问题，例如人与自然的关系，人的生命奥秘，等等。正如丹尼尔·贝尔所说："这些问题困扰着所有时代、所有地区和所有的人。提出这些问题的原因是人类处境的有限性，以及人不断要达到彼岸的理想所产生的张力……答案尽管千差万别，但问题总是相同的。"在这些方面，我们完全可以通过不同的方式展开交流去寻找解答。试以海德格尔为例，他认为，以往的西方文明，传统的本体论是建立在"在者"基础上的，因此，他认为必须用"本体论差异"予以彻底改造，而代之以"在之悟""在之思"。这种"悟""思"是将人的情、知、意三维统一于原始整一性，凭借这种"悟"就可达到"在"的境界即超越境界。海德格尔这种天、地、神、人辉映合一的世界理解，对于东方人来说，显然不会陌生。就以顿悟来说，不仅是我国传统哲学中的一个概念，也是我国传统美学中的一种审美思维方式。现在看来，已经不再是东方的专利品了。当然，海德格尔是从对西方近代文明的反思来提出问题的，这与老庄与道家学说并不是一回事。我们只是想指出，不仅东西方面临着一些共同的问题，而且在人类思维方式上，也不可避免地存在着相通处。只有这样，我们才能理解，贾平凹提出对外国文学的学习，主要不在表现手法与艺术技巧上，而是在精神头质上。表现手法与艺术技巧当然需要引进，但是将内容与形式剥离，一味去照搬，模仿形式，实在是舍本逐末，东施效颦。而所谓精神实质，就是对传统文化和文学用现代意识予以扬弃与重构，用马列主义予以改造与发展。不能说，贾平凹的近作，已经很好地实现了他的艺术主张。值得称道的是他的这种认识与其不断的操作。

迄今为止，贾平凹的创作已经走过了三个阶段。这就是从早期的社会政治层面到80年代中期的历史文化层面到80年代末的生命本体层面切入人生的三次转移。这种转移并不能是单线的、递进的，它自然会有回溯、有逆转、有交叉。只有把贾平凹的这批近作放在这第三次转轨的总格局中，放在东西方文化碰撞的背景下，我们才有可能较为准确地把握它们的审美价值和生命思考意义。

原载《当代文坛》1993年第2期

《废都》

——一个意象的世界

废都作为一个都市，在地图上并不存在，它是贾平凹创造的一个意象，而小说《废都》则是贾平凹以"废都"这个意象为基点营构的一个意象世界。

真正的文学作品，都是作家的审美创造工程。除了纪实性文学之外，虚构性文学或写现实生活（包括历史的现实生活），或写人的心灵世界。描写对象不论多么不同，都是审美的意义上被描述，而且这不同仍是就其主要倾向而言的。事实上，人的外部世界与内部世界是密不可分的，很难截然分开。但在创作实践中，由于作家观察、理解世界的思维方式与文学观念的不同，创作方法的不同，我们看到现实主义文学往往强调对客观世界的真实反映（虽然这种强调，并不妨碍托尔斯泰对人物心理活动的逼真刻画），而现代主义、后现代主义则显然把重心移向了人的精神世界的描绘、剖析，如卡夫卡、萨特、福克纳、乔依斯等的作品。这种由外向内的转移，又不同于浪漫主义。浪漫主义的主观抒情与对理想的追求，对虚幻世界的构筑，一般来说，往往表现了作家对人的信心、信任。作为古典主义的反拨，浪漫主义显示了人从神权统治下解放出来的乐观精神；而现代主义、后现代主义则在对世界、对人的认识上几乎可以说与浪漫主义采取了全然不同的态度。人，不再是人文主义者所认为的那样，是高贵的，理想的，可以信赖的；而是复杂得多，难以完全用理性分析得清楚的。之所以不厌其烦在这里絮絮叨叨地回顾中外文学的大致历程，是出于下述考虑：《废都》是贾平凹意象主义审美观的对象化，而意象主义，只有把它放在中外文学史的大背景下，放在东西方文化比较的大背景下，才有可能讲明白。

《废都》当然写了现实生活，为我们提供了当代社会都市生活的世相图、世态图，因此，有人喻之为"当代《清明上河图》"；《废都》也大量反映了，甚至说主要反映了当代都市人，特别是文化人的心态、心灵世界、精神世界，这使得《废都》获得了"当代《儒林外史》或《围城》"的美誉；还有不少热心读者，称《废都》为"当代《红楼梦》""当代《金瓶梅》"。所有这些比附，不能说全无道理，没有丝毫的合理性，但是，我认为，这都是一种错觉，一种审美误区的陷入。造成这种情况的原因，除了古典或现代名著的强大艺术生命力给一般读者带来了阅读定势，使得一般人很难摆脱名著阴影的支配外，还是因为有相当一些人并没有从艺术精神、艺术底蕴上真正把握《废都》。文学史已经证明一部真正有价值的作品，总是要经历一段时间的沉淀，才有可能被读者理解、接受。

《废都》就是《废都》。它不是《红楼梦》《金瓶梅》，也不是《儒林外史》《围城》……我们看到，《废都》除了对都市世俗生活与都市人心态、心理的描绘外，作家还写了一些以往文学作品中不曾或较少涉及的内容，作家进入了人的精神世界的新的层面，从而大大地扩展与深化了小说的艺术空间。人的精神世界，按照弗洛伊德的区分，包括了意识、前意识与潜意识三个层次。《废都》对它所塑造的人物的这三个层次都进行了艺术扫描，但又有平凹他自己的发现。从东方人的观念来看，平凹不只写了人的性格、气质、秉性，还开掘了一个新的领域，这就是灵性、神性。这是一个至今仍神秘莫测却又难以无视、难以拒绝的神秘世界。

读《废都》，一开头，你就会被那四个太阳的幻境所吸引，迷离恍惚中，你跟随着作家不知不觉地进入了废都的意象世界，全然不曾觉察你已经从尘世生活飞腾，徜徉于《废都》虚构的审美境界。不论是埙，是奶牛，还是牛月清的母亲，它（她）们加上那个拾破烂的老头，是否就是四个太阳呢？恐怕，作家自己也说不清楚，拾破烂的老头，以及老头所唱的民谣，虽然一般认为是为了贯串情节、结构作品的需要，是为点染小说的特定时代背景而出现的，但事实并非如此，对此我们暂不议论。我们还是先集中于埙、奶牛及牛月清母亲这三个形象。

埙，这个半坡时代的陶制乐器，久已失传，最近才被发掘。它出现在作品中，传递的是远古的悲凉、阴冷、荒茫、囫囵。简约的旋律、低沉的音阶构成的那种难以名状的、无可诉说的人世人生的大悲哀、大孤独、大痛苦，不仅仅铺染了作品的底色，而且浸润了、渗透了、弥漫了、笼罩了作品中每一个人物，每一个物象的精髓与腠理。这不只是一种氛围，一种基调，一种情绪，一种体验，事实上，它本身就是一种存在。埙的出现，无疑，在时间上，将小说的容量无限地推向了过去。而过去在某种意义上，就是现在，就是未来。

奶牛，一个现代哲学家。它的非人的或局外人的地位，使它的眼光来得分外冷静而客观，它能够一针见血地发现表象所遮蔽的本真，揭示现代人的生存困境。它对现代文明所持的历史性批判态度，对农村、土地、大自然的向往，对生态环境的破坏的焦虑，对心态环境的浮躁、近视的不以为然。概括地说，对都市文明及工具理性的否定性思考态度，是与当代西方哲学相通的。但，平凹的思考绝不能简单地判断为是西方现代主义或后现代主义，平凹所依据的主要是东方传统哲学，而东西哲学不仅在传统背景、现实情境方面不同，而且在未来指向上也存在着差别。虽然东西方哲学从当代人的眼光来看，有着许多相近、相似、相通之处，但，至少就平凹来说，我们还难以肯定，他是以一种西方的哲学意识来否定、批判都市文明、现代文明。这一点，留待下文再谈。至少，奶牛将作家的视野从都市推向了农村，这在空间上是一个扩展。

牛月清母亲，几乎一天里有相当长的时间生活在幻觉、幻象里。神神鬼鬼的，你很难分辨清她究竟是在尘世还是在鬼神界存活。鬼神是否存在，人死后是否灵魂仍在，这些问题，至今仍是一个未知的世界性之谜。这里，我们也暂且予以搁置。如果说，奶牛提供了一个对当代社会进行反思的参照系，那么，不妨说，牛母传达的也是一种来自彼岸的声音。康德说，我们永远无法抵达彼岸。但在东方古代人的思维中，此岸与彼岸其实是可以沟通的。牛母传达的鬼魂们的痛苦与需求，是否仍是尘世的人们的痛苦与需求的曲折反映呢？她的那些神秘兮兮的预言、预测，难道全然是虚妄的吗？其中，是否仍有它的合理性、预测性呢？

埙是地音，奶牛是天声，牛母是神鬼，拾破烂老头是凡人。天、地、神、人，被平凹艺术地整合到《废都》这一意象世界了。它是否与海德格尔追求的天、地、神、人辉映合一的超越境界吻合，或交叉重叠，或相互印证？这里也不预做断语。我只是想指出，这些意象是《废都》意象世界的有机构成，是《废都》系统中的子系统。它们不是一个孤立的存在，而是各自拥有它们自己的审美功能，并且相互转换，释放和实现较个体远为丰富的整体效应，甚至，只是在它们的相互关联中，它们才有可能激活它们的巨大功能。

无疑，构成《废都》的主体与重心的是以庄之蝶为代表的一群都市文化人的生存状况与心路历程。但是，必须注意的是，小说呈示给我们的，只是浮在海面上的冰山，还有一个淹没在海水下面的作者没有提及，支撑着或构成了冰山的庞大座基，它，虽然不曾出现，但，我们绝不可忽略或小觑了它的存在。

小说基本上没有什么情节故事，虽然一场文字官司可以说是一条贯穿线，却处理得若断若续，并不精心营构，过分强调。这种情节的淡化，故事的缺席，显然体现了平凹的艺术追求。

小说大量描述的是废都里的文化人的吃喝玩乐，饮食男女，生活起居，什么酒宴呀打牌呀跳舞呀玩文物古董呀追逐异性呀参禅拜佛求签打卦呀气功呀，等等，等等。废都的人都很忙，而且忙得严肃，忙得认真，忙得较劲；但是，冷静一想，你会发现，他们忙得毫无意义，毫无价值，他们几乎从来没有什么创造性、建设性的活动。一切都为了名利。金钱与女人是他们追逐的猎物。在他们的人生舞台上，除了消费，就是消费。小说主要写了四大文化名人，文化闲人。作家对他们的艺术活动、文化创造，可以说，一点也未曾涉笔。而每个读者都不难想到，如果他们的确不曾有过自己的艺术创作活动，他们就不可能会成为名人；因为，他们的确不是那种徒有虚名的伪文人，或只是文化掮客。或者他们过去有过艺术创造，如汪、龚、阮，或者他们现在仍未放弃艺术创作，如庄之蝶。虽然，呈现在作品里的他们，已经是文化掮客，文化闲人，但这并不意味着过去如此。他们毕竟经历过一个成长、奋斗的过程，他们原来就是以复杂的生活方式存活。一般新文学中写的庄严的、神圣的工作与事业，《废都》没写，这不是疏忽，而是有意的省略。一般不太写的，诸如衣、食、住、行、吃、喝、拉、撒、睡，反倒是大写而特写，这也不是一种偏爱，一种有意的标新立异，而是为了下述的考虑：第一，传统文学，尤其传统古典小说如《红楼梦》《金瓶梅》，正是以描写生活琐事而独呈异彩的。我们已经认识到，正是日常生活中的这些琐碎至极的言行习惯爱好，包含了极其丰富复杂的文化意蕴，储存了、透露了众多的社会信息量；第二，更为重要的是，作家似乎以有意的隐蔽与藏匿在暗示，在强调一点，即所有活动在废都里的人物，他们的生态、心态，他们的无事忙，他们的消费型文化，他们的丑恶、卑劣、沉沦、堕落，他们的相互不理解、不信任，特别是庄之蝶的孤独、失落、欲写作而不能，欲追求而不得，究竟是怎样形成的？废都人活得并不滋润，并不潇洒，虽然，他们想要滋润，想要潇洒。他们一个个都活得沉重，活得很累又活得无奈。他们一个个都染上了废都病，什么是废都病？它是一种现代病吗？一种现代生存困境形成的现代困惑吗？又似乎不全是。因为，它带有强烈的东方色彩。

正如我们能够意识到的，废都并不是一个真正现代意义上的都市。首先，这是一座历史名城。悠久的历史存在与沉重的文化历史传统的重负，压抑着、禁锢着、窒息着人的一切活力。其次，它与农业文化，与小生产方式为基础的自然经济有着千丝万缕的联系。它是一座都市里的村庄，或者说村庄里的都市。废都的人几乎主要来自农村，即使是那些世代的城市人在血缘上或精神上也仍然依托着农村。最后，这是一个正处在从农耕文明向着现代文明转型的过渡性城市、两栖型城市，一方面传统的文明正面临着历史的选择，一方面现代文明，诸如商品大潮、市场经济正如一头怪兽扑向废都。人们的价值观念要变而未变，欲变而难变，或正变而尚未彻底变，或已变而难以与未变的相适应。而这一切又与生活方式本身的新旧交错、新旧杂陈是一致的。旧的生活方式、价值观念轰毁了，新的却尚未建立或正在建立。在艰难的蜕变中，废都举步维艰，步履蹒跚。正是在这样的特定历史时期和特定空间范围里，诱发了、萌生了、滋长了废都人的废都病。而且，恰恰是这一切，《废都》全部把它们推向了背景，推向了作品的后面，藏而不见，隐而不显。于是，读者看到的只是病症，而病灶却被忽略了。这里正显示了作者的智慧与机敏。事实上，废都是作家营造的一个符号，一个意象，一个艺术的载体。

《废都》是由诸多意象聚集而成的意象世界，它是意象群落的集合，即使是主人公庄之蝶，他的庄生梦蝶一场空的精神苦旅，也是一个意象意味极浓的象征和隐喻。作品中关于庄之蝶的性追求、性行为、性心理、性生活的篇幅不少的描写，亦当作如是理解。作者不仅仅只是着眼于性。如果只是从性考虑，那么，汪希眠倒不失为一个很好的抒写对象，因为他对女性纯然只是一种性玩弄、性发泄、性占有，而庄之蝶显然不属于这一行列。在对女性表现的性爱里，是寄寓了庄之蝶的情爱和人生思考、人生追求的。它是庄之蝶从废都的重重包围中寻求突围的内容与方式，因而具有了形而上的意义。为了逃避名人之累，从异化中寻回自我，庄之蝶企望在美与爱的绿洲里确证自我的新的存在。然而，他不曾料到，在废都，美与爱也成了陷阱。既然他已失落，已异化，那么，他所爱的那些女性，从牛月清到唐宛儿、柳月、阿灿到汪希眠妻，她们也无一例外地被扭曲与异化了。从情与爱始,他得到的只能是大堕落、大沉沦、大陷入、大毁灭。是他与他所爱的那些女性一起创造了这爱与美的毁灭性的大悲剧。始于情而止于淫,他仍然在劫难逃;正如他希冀从废都出走,而只能中风倒在出走的那一刻。作品在这里所暗示给我们的,显然已超越了性而具有了更深刻的意义。这就是废都人的生存困境与生存困惑,这就是对废都的历史性批判所显示的作家的废都意识。

的确,《废都》写得很实。这一点,一般读者看得很清。小说实到很难再实的地步了,无论是食,还是色,都是如此。细致的描述表明了作者对生活的逼近,对真实的大胆追求。但,我们往往忽略了作品的另一面,这就是虚。正如前面分析的,无论是埙、奶牛、牛母、拾破烂的,还是作品中的每个人物,它(他)们无一不是符号,不是意象,构成了一个超越经验的虚幻世界。大实与大虚的结合,可以说是《废都》的总体特征。充斥于作品的就是诸如食色这类形而下的日常生活细节,它们来自经验世界。但是埙、奶牛、牛母及形形色色的人物,特别是性,又具有形而上的意味,它们或者来自超验世界,如鬼神,或者来自远古的回音,如埙,或者来自大自然的呼应,如奶牛的思考与盘诘,或者来自灵与肉的冲突与厮杀,如性爱。艺术原本就是真与幻、实与虚、美与丑、善与恶在临界线上的奇妙契合。而《废都》则更将形而下与形而上、经验与超验、可知与不可知、可言说与不可言说有机地纠缠为一体、渗透为一体了。构成《废都》的所有艺术部件已经不只是形象、物象、具象,而是提升为意象了。《废都》是意象主义的结晶,废都意识因意象主义而呈现,而敞亮,而对象化。意象主义承载着废都意识异军突起般地昂首翘立于当代文学的原野。

意象,在西方最早出现于现代诗歌理论中;而在东方,则可以说是早已有之。《周易·系辞上》[①]说:"子曰:'书不尽言,言不尽意。'然则圣人之意,其不可见乎?子曰:'圣人立象以尽意,设卦以尽情伪,

---

[①] 金景传:《〈周易·系辞传〉新编详解》,辽海出版社,1998年。

系辞焉以尽其言，变而通之以尽利，鼓之舞之以尽神。'"当然，"象"在那个时代，只是作为一个卦象而被理解，它完全是一种符号；但，它却潜在地包含了艺术形象的审美特征。所谓"见乃谓之象"（《周易·系辞下》），就表明它是具体可感的。"圣人有以见天下之颐而拟诸其形容，象其物宜，是故谓之象"（《周易·系辞上》），"象"是对对象世界的模拟，是"物"的反映与形象化。这就赋"象"以美的可能性，它是"相杂"而成"文"的，"至颐而不可恶"的，但"象"的内在的美的意义并不是绝对客观的。对它的理解即"神而明之"，在很大程度上"存乎其人"，是因人而异的，带有很强的主观性。

到六朝时期，王弼的《周易略例·明象》进一步提出："言生于象，可寻言以现象；象生于意，故可寻象以观意。言以象尽，象以言著，故言者所以明象，得象而忘言；象者所以在意，得意而忘象。"他对言、象、意三者关系的辩证分析，可以说深深影响了我国传统美学：意指创造的主体，象指创造的客体，言为其中介，构成了艺术活动的三个基本环节，它们流变组合，千姿百态，东方艺术之谜从这里不难窥得它的奥秘。

明代李东阳《麓堂诗话》分析："鸡声茅店月，人迹板桥霜。人但知其能道羁愁野况于言意之表，不知二句中不用一二闲字，止提掇出紧关物色字样，而音韵铿锵，意象具足，始为难得。"一般人论到我国传统文论，往往强调意境，但他们没有注意到意象才是中国艺术的核心。意境是意象的物化形态，即所谓"象外之象"。从根本上看，意象的哲学基础是东方的天人合一说，是东方生命哲学在审美领域的呈现。关于这一点，清代章学诚在《文史通议·易教下》有过论述："有天地自然之象，有人心营构之象……人心营构之象，亦出天地自然之象也。"

我国传统文论注重整体把握，强调作家的感应、感悟能力，正是从艺术实践活动尤其是意象建构中提炼出来的，是对审美主客体关系的高度概括。

平凹在当代作家中一直以审美意识的高度自觉，文体意识的高度自觉而为人称道。虽然先锋派作家同样关注于文体，关注于审美创造，但他们往往更多的是借鉴西方现代派、后现代派。平凹则选择了另一条道路，这就是从我国传统文化，特别是东方艺术精神中汲取营养。平凹曾经表白过："艺术家的最高目标在于表现他对人间宇宙的感应，发掘最动人的情趣，在存在之上建构他的意象世界。"这个意象世界显然已不再是存在本身，而是作家的"二度"创造，熔铸了作家对存在的感应和领悟。平凹的这一美学主张，是对东方艺术精神的发展，有着浓厚的传统文化底蕴。但我们必须看到，这是现代意义上的对传统的扬弃，或者说是传统在现代条件下的蜕变。贾平凹是在当代文化的困惑中有选择地去从传统中寻找参照物，寻找根基的。"五四"新文化运动以来，我们对传统采取了彻底的批判态度，我们对异域文化，尤其西方文化表现了巨大的学习热情，这当然有它历史的进步性，有它时代的合理性。但是，这也在不同程度上造成了传统的断裂。经过了近一个世纪的文化徘徊，我们终于醒悟到，虽然我们必须从传统中走出，但我们仍要在传统中存在，我们不可能割断传统，而只能从更新我们民族文化的时代需要出发，在借鉴域外文化的同时，继承传统的价值观念以参与现实，并在这种参与里赋传统以新的内质。平凹正是从自己的生存体验、审美追求着眼，依据自己的个性、气质和审美心理机制，选择了老与庄、禅与释，选择了意象，选择了东方艺术的精髓和内核，注入了自己的理解与改造，形成了他的意象主义的艺术观。如果说近代西方文学曾经走过了一条从古典主义走向浪漫主义、现实主义、现代主义、后现代主义的曲折道路，不妨说，在我国古典文学中，一直是意象主义处于支配与指导地位的。从《诗经》《离骚》以来，诗歌一直是古典文学的主要文体，大部分诗歌创作几乎无不是意象主义的产物。只是由于缺乏系统的理论阐发，由于汉武帝之后儒家诗歌的独尊地位，我国古代诗学未曾很好地从意象这一视角对诗歌与文学创作进行研究。平凹的意象主义的提出，无疑是极有文学价值的。

平凹不是学者，而是艺术家。他对我国传统美学、传统文化精神的理解主要是围绕着"审美创造"这一中心,他紧紧抓住了我国传统思维方式的特点,即天人合一的整体性、直觉性等,抓住了传统艺术表现的特点,诸如重表现、重意象等。他在这个摄取、融汇过程中并不十分强调系统性,而是往往显得较零碎、庞杂。他毕竟不是在整理遗产,不是搞学术研究。而且他常常不是从原来的意义上去理解经典,他更多情况下采取的是一种误读。正如钱锺书所说:恰恰是误读,创造性的误读,成为一种圣解。这当然不是说,我们不需要对对象进行符合对象实际的理解,而是在创造的意义上强调对对象做出新的发现。事实上,对任何文本的理解,都不能不带有主观因素,不能不受制于理解者的"前理解结构"和"现实情境"。

这就回到了我在前面谈到的平凹对"废都"所展开的历史性批判态度,即他的废都意识。如同他的意象主义是他从自己的创作实践中逐渐向传统美学回归和创造性发展一样,他对"废都"的批判、审视、反思,主要来自他对我们时代的理解、把握与焦虑。在"废都"理当被历史遗弃的痛苦批判里,我们可以看到平凹对这个都市所寄寓的厚望。他确信这个都市经历"涅槃"必将似火中的凤凰而重展雄姿。如果没有这个支撑点,这个内驱力,平凹不可能洞察"废都"的现实命运与历史走向,也不可能把这个历史进程在现阶段的挣扎与苦难展现给我们。任何批判,必定是由于批判者拥有他自己的价值尺度,因此问题不仅仅在于批判,还在于批判所赖以把握的尺度,既然,平凹在美学思想上表现了更多的对传统的倾斜与再造,那么,在未来发展的预测与展望里,是不是也同样有这样一种倾向呢?这是一个有待我们进一步探讨的问题。

在传统文明、文化与现代文明、文化既相联系又相冲突所形成的巨大张力中,平凹充分展示了庄之蝶一类知识分子的自戕与自赎,庄之蝶无疑是自己把自己推上了"废都"的毁灭的祭台。

选自《废都啊,废都》,甘肃人民出版社,1993年,原题为《〈废都〉构筑了一个意象的世界》

叙述密度与意象空间

——《病相报告》的一种解读

贾平凹的近期作品,长篇小说《病相报告》,给人的突出印象是叙述的密度很大,意象的空间却又相当疏朗,呈现为一种艺术的吊诡。

吊诡,最早出自《庄子·齐物论》:"丘也与女皆梦也,予谓女梦,亦梦也,是其言也,其名为吊诡。"意为自相矛盾,奇特怪异。这是一个既古老又具生命的词。在文艺批评、文学理论中,"吊诡"的运用频率相当高。

《病相报告》仅十五万字,叙事简洁,故事单纯,但艺术的含量很高,包含了丰富的生活经验与现象事实。而且,吊诡之处尤其体现在超越了经验与现象的层面,在小说所营造的意象世界里,形而下的细节、情节与形而上的人生思考、宗教情结是如此和谐地相互渗透,相互彰显,形成了明快与幽邃的奇特怪异的浑然结合。

《病相报告》避免了传统的叙述方式,以几个主要人物和第一人称叙述,结构了故事。这让人想起了福克纳的《喧哗与骚动》。

福克纳曾经说,他把康普生家的故事写了五遍。这是指,福克纳让三兄弟班克、昆丁与杰生各自讲一遍自己的故事。小说出版十五年后,福克纳又为小说写了一个附录,对上述故事进行了补充。这五个部分并不是重复的,即使有重叠之处,也是有意为之。这好比是把几种颜色不同的玻璃杂陈地拼装组合，构成一幅单色与复色拼成的斑斓图案，炫目而鲜亮。

《病相报告》共二十九章，分别由八个人物各自讲述着同一个故事。这不同人物的各自的故事，既有各自的独立存在的意义，又是对同一故事的不同视角的叙述与充实，这就避免了平面与单一，从而使中心故事更为突显而丰富。

平凹一直认为，每个人都是独立的存在，都有他存在的意义，但这意义，只有在他与我、与你的关系（即交往与对话）中，才能获得。正如椅子之配桌子，茶壶之配茶碗。它们一旦进入了"关系"，形成了"组合"，就会激活"场"效应，并在"场"效应中显现出不同于原来的静止、孤立状态中的审美意蕴，这也就是平凹《太白山记》以来所追求的"意象"效应。

平凹曾经说过，"我欣赏这样一段话：艺术家的最高目标在于表现了对人间宇宙的感应，发掘最动人的情趣，在存在之上建构他的意象世界"。意象的追求与建构，是贾平凹创造性继承中国传统美学的关节所在，也是他特立独行于当代文坛的深层缘由。《病相报告》中，我们依然可以看到东方审美精神、审美方式的意象创造。

有趣的是，《病相报告》同样有四章是重叠的。胡方与江岚的持续半个世纪的生死恋情，是小说的主要情节。訾林与景川作为胡方的忘年交，他俩作为独立的人，自有他俩的生活经历与情感纠葛，但他们在胡方与江岚的爱情悲剧中又扮演了不可或缺的重要角色。叶素芹是胡方的妻子。韩文是江岚的丈夫、胡方的战友。冬梅是胡方与前妻之女，胡亥是胡方与叶素芹的儿子，是冬梅同父异母的弟弟。仅从人物关系的设置来看，胡、江的悲剧人生与社会生活就联系起来，小说的空间与时间被编织为一种辐射结构，这就为小说容量的丰满提供了可能。"我之所以使作品中所有的人物统一以第一人称说话，是要将一切过渡性的部分全部弃去，让故事更纯粹。之所以将顺序打乱，是想让读者看得真切而又不局限于故事。"平凹的这段自白，说明叙述策略的选择与运用，是要引导读者从故事的层面走出来，沉潜于小说的意象空间、意象世界。

小说开端，胡方临终前脑出血突发，訾林与江岚深夜送胡方去医院。小说结尾，胡方的追悼会举行，胡方钟爱的狗——狐子也死了。这两章都是从訾林的视角落笔的，这使得小说的开端与结尾相呼应，形成了一个自足的审美世界。或者说，小说的开端就成为小说的结束，因为胡方一死，小说也就完成了。

玛格丽特·杜拉斯在《情人》中就是这样解构她的故事的。杜拉斯曾经这样说过，在《情人》这本小说里，"小说的开端就把全书关闭起来"，这与她以往的小说没有结尾是完全不一样的。

平凹是一位从不安分的作家。多转移，求创新，是平凹一以贯之的艺术追求，但他又始终让他的作品灌注着我们民族审美方式特有的意象思维。

在《病相报告》这个封闭的自足的文本中，由于采取多角度的自述方式，作者得以略去大量的过渡性的交代，在时空调度的自由度上，拥有了优游与从容。就时间言，从胡方的童年到老年，七十多个春秋的漫长岁月，小说并不是物理时间的线性铺展，而是借不同人物之口，以心理时间的跳荡穿插，来展开胡方悲剧性的一生。就空间言，从延安窑洞到青海格尔木热泵站，从陕南的荆子关到北京、到西安，空间的位移，如电影蒙太奇错位切割，完全无须过程而直接呈示。

这样，作家在叙述中就有可能腾出手来，把笔墨集中于人物的心理、情感与欲望的深层冲突，并且在时空的不断交错中给读者留下相当多的空白，让读者去自由联想与深思。

小说的第18章，江岚有一段独白："现在，我们是老了，太阳照在阳台上的时候，我常常坐在藤椅上回想往事……"岁月的苍凉与人世的沧桑感，就这样不经意地袭上读者心头，让我们不由联想到《情人》的开端："我已经老了，有一天，在一处公共场所的大厅里，有一个男人向我走来……"《病相报告》与《情人》在情感意蕴上有着如此惊人的相通、相似处。当然，因为中西文化背景的不同，这两部小说，各有自身的价值与审美合理性。不同于《红楼梦》写青年男女的纯情，也不同于《金瓶梅》写中年男女的欲的燃烧，《病相报告》写的是老年人的爱情，这是饱经忧患，充满了沧桑与悲怆的无望之爱、绝望之恋。人物命运的曲折与时代风云的变幻为小说铺陈了浓厚的民族文化底蕴，具有浓重的怀旧色彩，以"往事记忆"的形式折射现实生活的无奈。

《情人》的出版者曾指出，《情人》这本书的主题绝非一个法国少女与一个中国人的故事而已……情人代表着许许多多的人物。而在《病相报告》里，一个老头用他一生的苦难完成着一个凄美的爱情故事。在日益世俗化、平面化的今天，这个发生在20世纪的爱情悲歌，又是让人难以置信的。"过去的年代，爱是难以做的，现在的做，却难以有爱。"因为爱已被性、被欲所取代，所谓爱，除了机械性的操作，还能有什么？这样《病相报告》就成为一首爱的绝唱、爱的挽歌，成为爱情在商业大惊涛拍岸中的失落与畸变的反思与批判。

《病相报告》如同《情人》一样，其并不止于爱情。"我的生命，活着在追求自由，我的生命也就在这种自由中死去。"火葬了的胡方，竟然死难瞑目，对挚友訾林诉说自己无尽的哀伤。爱情在这里，是与自由血肉相连的，它象征自由，寄托了自由。贾平凹说："与其说我在写老头的爱情，不如说，老头有病，与其说老头病了，不如说社会沉疴已久。"胡方之所以戴有不同的人格面具，既是生存环境使然，也是他生存样式的自我选择。胡方是执着的，为了完美，为了自由，为了心中的理想，他付出了生命的代价。胡方又是软弱的，他不断地退却，又在退却中坚守。他的坎坷的一生，他的政治上的起落，他的爱情上的挫败，我们都很难做一个简单的判断。那枚戒指，以及送给江岚的小狗——狐子，也被作家赋予了多重含义。

特别值得注意的还有：胡方死后，訾林在胡方的住所永宁宫的房间发现，收留的几尺多高的画纸上，全画着陶瓶和陶罐，且陶瓶和陶罐的形状一成不变，他是长年累月地对着一只陶瓶和一只陶罐不厌其烦地画，重复地画。"在院的角落，那一棵枯秃其顶的梧桐树下，黑烟滚滚地烧焚了他的一大堆衣物，我最后一次坐在房间里的他曾经坐过的旧藤椅上翻阅那些画纸，在画纸中偶然发现了其中的四幅背面记有文字……"记的都是胡方与江岚的悲剧爱情，而且那最后的一段文字写着他火化后的事情。

这一段文字，在小说里重复出现了四次。不同的是，重复的文字后，胡方死后的独白有了延续与发展。胡方的生死之恋的悲剧性也因此得以汇成一浪又一浪的情感冲击波，但阴冷、恐怖、诡秘的氛围却又始终如一。每一次的重复都形成了一种巨大的心理与情感的撞击和威压。

消亡，是存在的明证。人的存在是向死而生。这是海德格尔的观点，平凹是否熟悉，并不重要。重要的是，平凹以他生命的感悟，艺术地将生与死的界限抹去了，打通了，而且把这种生死观呈现给了读者。"如何将西方的抽象融入东方的意象，有丰富的事实又有深刻的看法，在诱惑着我也在煎熬着我。"这正是平凹小说的艺术境界不同于一般当代作家作品的地方。

正是在这些意象构筑的艺术世界里，胡方这个人物获得了超越具象的普遍意义。他既是活生生的现实生活里的一个人，同时又是人类生存状态的一个象征，一个艺术概括。无论是在历史的风尘里，还是在当下的情境中，苦难都如影随形地与胡方的生命相纠缠。在不断的磨难与挫折下，他只有无奈，只有孤独，只有向内心世界不断收缩。内敛是他性格的显著特征。在心灵的孤岛，他的人格力量，有如他吞咽下的戒指，光芒只能照耀这幽暗的一角。全部原因，只是因为，他企求爱情，他企求自由地、有个性地活着。而外部生存条件与他自身的心理痼疾，使这一切成为不可能实现的虚罔。

平凹是一个热切关注着现实的作家，又是一个善于思考、耽于艺术的作家。当他将现实生活中的种种丑恶与苦难置于特定的时空条件下予以艺术地表现时，他并没有停留于生活经验，也没有局限于现象的表层，而是深入地探测和勘探了造成苦难的不合理人生,并从理想人性的高度,对病态社会予以了揭示和剖析。痛苦与悲悯,也在这尘世的苦难中,升华为一种宗教的情怀。

内容大于形式,在叙述的细密与空白所形成的吊诡中,我们看到了平凹小说的现代性创造。

韦伯在论述艺术的"自身合法化"时认为:"在生命的理智化和合理的条件下……艺术变成了一个越来越具有独立价值的世界,它有自己存在的权利。无论怎样来解释,艺术承担了这一世俗的拯救功能,即它提供了一种从日常生活的刻板尤其是从理论的和实践的理性主义的无力中解脱出来的救助。"

这就是说,艺术作为一个独立的存在,有它自身固有的规律性,而不应按照非艺术的非审美的合法化依据来运作。一旦将艺术从工具理性、实践理性中独立出来,按照表现的、审美的理性来进行,这也就意味着审美的现代性建构的展开。

当然,工具理性、实践理性与审美理性不可能完全割裂,毕竟,它们是相互缠绕纠葛着的,但它们又是不同圆心的圆,它们不可能也不应该重叠,而只可能相交又相错。越是错位,审美的价值也就越高,这在中国的文学名著中,可以说是一个通例。

《病相报告》之所以既是传统的,又是现代的,就是在这个意义上说的。

对政治、经济、法律、道德等等,平凹自有他的思考,但小说是审美创造,他追求的是审美价值,是文本的创新,是形式的创新。正是在这创新里,他疏离了传统的,即存在的工具理性、实践理性,呼唤着人的拯救。正如胡方的悲剧,不仅来自外部世界,更来自他的自身。胡方经历着他内心世界的痛苦厮杀,一方面,他渴望纯真的爱和自由,一方面,他恪守着传统的道德与信念。他的人的尊严的维护,也因此不得不屡屡受挫、受损,痛苦地走向死亡,而死亡又并不是他痛苦的终结,痛苦也因此与他生死相伴。

"一部好的作品，关键在于它给人心灵深处唤起了多少东西，不在乎读者看到了多少，在乎于使读者想起了多少。"这是平凹答记者问时的话。《病相报告》报告了病相，目的在于警示社会和人生，这是平凹的审美乌托邦，是现代精神的审美呈现，审美救赎。

原载《西安建筑科技大学学报》（社会科学版）2003年第2期

从与农民共反思走向与民族共反思

——评陈忠实80年代后期创作

1985年是新时期文学史的重要一年。创作喧哗，理论狂欢，书写了文学的光荣。

1985年被称为文学观念年。比较文学研究方法普遍引起了关注，系统论、控制论、信息论被引进到文学研究领域，西方各种文学理论被大量翻译和传播，传统文论也在新的眼光里被重新审视。创作的蓬勃发展向文学理论、文学批评提出了种种挑战，要求理论的阐释和指引。

随着反思文学的深入，文化寻根成为许多作家的共同追求。

王安忆的《小鲍庄》、韩少功的《爸爸爸》等一批作品问世以及韩少功的《文学的根》[①]的发表，汇聚成"反思文学"后的"寻根文学"，并由此引发了对民族文化的再思考，形成风靡于20世纪80年代后期的文化热。

文化寻根、文化热的出现有它的历史与现实机缘。

我们民族在20世纪开启的从传统向现代的历史转型的曲折道路上，曾不止一次在文化批判与文化传承中徘徊。"五四"新文化运动对文化传统的再思考正是这种文化创新中不可缺席的时代发言。

---

① 载《作家》1985年第4期。

文化反思与启蒙思潮互为呼应而形态不同，如果启蒙侧重于对文化传统的批判，那么文化寻根就呈现了一种复杂的形态，但它更多是与西方现代主义、后现代主义对西方工业文明的批判相联系的，更与我国社会转型中出现的种种问题相联系，这样，它对民族文化传统就拥有了既扬弃又传承的双向选择的可能。

文化热的出现是我们国家社会结构变化在文化上、文学上的一种必然反映，它也促进着社会变革。

1985年，刘再复的《文学研究应以人为思维中心》[①]和《论文学的主体性》[②]发表，把主体性问题凸现出来，成为这个时期文学理论探索的重大建树。

文学的主体性研究早在20世纪30年代后期胡风的一些论著中就已提出。它与卢卡契的对主体性的重视有着思想上的联系，卢卡契认为审美的客观性道路是回到人的主体性。

1985年，张贤亮的《唯物论者的启示录》九个系列中篇中的《男人的一半是女人》发表，引起了社会的热烈反响。小说以特殊年代一个青年知识分子"灵"与"肉"的尖锐冲突，形象揭示了饥饿（极度匮乏的食物与性）造成的本能需求和人的尊严的厮杀以及这种厮杀中呈现出的心灵的苦难历程。

小说在文坛引发了不同声音。作家张辛欣在《我看〈男人的一半是女人〉的性心理描写》一文中认为："单就这部小说的个体性心理过程的描述来看是合乎心理和生理逻辑的"，"人性中最基本的性心理的扭曲正揭示、控诉和剖析了那个特定时代的氛围"。韦君宜则认为："这本书的迅速出版、到处畅销，为近来一切严肃文学所未有，我心里只觉得紧张、惶恐，反而替我们的文学担心。"[③]

---

① 载《文汇报》1985年7月8日。
② 载《文学评论》1986年第1期。
③ 韦君宜：《一本畅销书引起的思考》，载《文艺报》1985年12月28日。

文化热、文学的主体性以及"性"对文学的必然渗透与张扬，为这一时期的文学勾勒了一个思想背景。它们为这一阶段的文学创作提供了一个"话语场"和思想资源。

从这一年获得茅盾文学奖的《黄河东流去》《沉重的翅膀》《钟鼓楼》等作品就可以看出这种时代气息。

1985—1986年获奖的中短篇小说，不少都是呼吸着这种气息出现于文坛。如《合坟》（李锐）、《系在皮绳扣上的魂》（扎西达娃）、《桑树坪纪事》（朱晓平）、《小鲍庄》（王安忆）、《红高粱》（莫言）、《灵旗》（乔良）、《红尘》（霍达），这些作品传递的是一种与"五四"新文学的乡土文学、社会问题小说遥相感应，精神气质又同中有异的时代变迁。

一直以来，陈忠实是以农民作家的身姿登上文坛的，这在当时的一些评论文章中，不时可以看到相关论述。陈忠实自己也不止一次说："我是一个农民的儿子。"成为专业作家后，他也基本上以家乡老屋为自己生活、创作的定居点。作为一个"农裔城籍"作家，那时的人们一直认为，陈忠实的成长经历，他的个性、气质、心理情感，他的审美感受和审美情趣，在当代中青年作家中，就算不是最富于农民群体心理结构特征和生活经验底色的，也是其中的佼佼者之一。就1985年以前陈忠实的创作实践看，这个判断应该说揭示了陈忠实审美特征的内核和创作心态的实质，反映了陈忠实艺术精神和艺术面貌形成的深层原因。

"我出生在一个世代农耕的农民家庭，进入社会后，我一直在乡村做工作，教书时，我当的是农村学校的民办教师，学生几乎清一色是农民子弟；做干部时，我又一直在区和乡政府工作，工作对象自然还是农民，除了农民就是和我一样做农村工作的干部。"陈忠实说，"这样的生活阅历铸就了我的创作必然归属于农村题材，我自觉至今仍从属于这个世界。"[①]

---

① 陈忠实：《创作感受谈》，陕西人民出版社，1991年。

与农民的血肉联系以及将这种血缘与精神上的联系上升为感知世界，对世界进行审美把握的艺术推动力与自觉使命感，特别是对农民在改革时代的命运的关注，赋予他的作品以鲜明的传统文化与现代文化交汇的驳杂色彩，而与农民共反思则构成了这一时期陈忠实创作的共同指向。

正如我们已经看到的，陈忠实的作品经历了一个从农民的社会政治生活向着农民的文化心理世界进行艺术扫描的转变，这在从《第一刀》《信任》到《康家小院》《梆子老太》的变化中不难发现。陈忠实是以历史和现实焊接点上农民精神历程艺术探索者的姿态活跃于20世纪80年代前期的文坛。

进入1985年，我们民族的历史与现实的生活流变与心灵变迁史已取代或者说包容了前者而处于陈忠实艺术世界的中心，这当然不只是题材意义上的开掘，更重要的还在于艺术精神的发展与提升。现代意识的获得与不断强化构筑了陈忠实80年代后期审美空间的新的精神素质和思想核心，它必然给陈忠实作品带来新的艺术风采。

以现代科学理性、人文精神为支柱的现代意识在改革开放的中国大地，主要是从皇权专制主义禁锢中，从极左思潮和文化专制主义束缚下解放出来的，获得了人的自由、平等和尊严。如马克思所说，个人的自由解放是一切人的自由解放的前提和结果。现代人文精神的思想资源不只是西方的，同时也包括了对民族文化传统的选择性承传和再造，以及马克思主义的人道主义思想。

现代人文精神、现代意识与后现代主义既相联系又相区别。后现代关注的是现代性本身存在的问题，它不是向人们说出真理，它只在排除通向真理的障碍，以驱散笼罩在现代主义之上的幻想与雾障。

后现代理论反对并质疑现代主义对历史走向和意义的预设，也就挑战了文学史写作的深层文化精神，即现代性的文化精神和人文理想。

对于陈忠实来讲，这种现代意识的获得，是与他对农民命运的思考逐步深入和扩大相联系的。所谓深入是指他从社会政治层面而深入社会生活的人性层面，又深入人性的心理结构和文化积淀。这同时更是一种扩大，他不再只是关注农民，而是推而广之，扩而大之，由农民指向了我们的民族，从民族的现在向着民族的过去与未来延伸。

以现代意识对我们民族进行整体性、历史性思考，这种自觉，始于陈忠实对农民命运的思考转向对农民赖以生存的土地的思考，土地在这里已不再只是耕种和生存栖息地，它是民族生存空间和时间的总体性存在、历史性存在。

在《灞桥区民间文学集成》序中，陈忠实表达了他对农民，实际上也是我们民族的生存的认识："这块土地既接受文明也容纳污浊。在缓慢的历史演进中，封建思想、封建文明、封建道德衍化成为乡约族规家法民俗，渗透到每一个公社每一个村庄每一个家族，渗透进一代又一代平民的血液，形成这一方地域上的人特有的文化心理结构。"没有现代意识的烛照，不可能取得对我们民族以及我们民族生存状态的这种历史性批判态度。只需对比一下当年，陈忠实步入文坛时对生他养他的这块土地的一往情深的礼赞，对与他朝夕相处的公社书记、生产队队长的真诚歌唱，我们就不难发现，陈忠实对生活、对人的认识与把握发生了多么巨大而深刻的变化。这种变化当然与前所叙说的1985年前后我国的文化、文学思潮密不可分，更与陈忠实自己的艰苦探索紧密相连。

一个作家要获得这种理性认识也许并不太难，关键在于如何将这种认识转化为作家主体的审美观念与感情并投入艺术创作中去。

陈忠实上述的一段话，以及1985年前后的创作活动的背后，其实都隐藏着这样一个问题：我们所生存的这个世界实际上在多大程度上是人的世界？他能肯定这个世界适合于他的人性到多大程度？

显然，陈忠实不再是仅仅从农民的尺度与价值标准对我们的生存进行勘探，而是逐渐从现代意识出发，展开对我们民族命运的整体性的、历史性的精神探寻。

作为一个现代的作家，他的思维的现代性是一个复杂的构成。这里，对进步的时间观念的信仰，是思考历史的前提，然而，在陈忠实这里，对进步这个观念有了更多的思考。尤其是在他的作品里，"人"作为个体生命存在在多大程度上是以"人"的尺度而生存，受到了陈忠实的拷问。人的独立存在，这是人的现代性标志。如马克思所说，人从对人的依附、对物的依附，到人的自由，是人类历史发展过程的必然。陈忠实关于人的思考，进入了这样的高度。

到20世纪80年代后期，这已成为陈忠实自觉的艺术追求。1985年后，他的创作实践在这条艺术道路上一步步前行。

陈忠实已不再只是农民的儿子，他正在成长为现代意义上的作家，我们时代的艺术家。

在20世纪80年代前期的思想资源与文化、文学背景上，在陈忠实创作道路进入新的阶段的起点，《蓝袍先生》向我们走来。

发表于1985年11月的《蓝袍先生》是陈忠实对人的历史性存在、整体性存在进行文化反思的成功之作；也是关于人，如何真正以一个现代性存在而被拷问的成功之作。

小说为我们塑造的蓝袍先生，是一位乡村小学教师。他跨越两个时期（新旧中国）的创伤性体验和苦难精神历程，可以说代表了被新旧两种文明纠缠的那一代乡村知识分子，或者说那一代乡村读书人的共同命运。他始终摆脱不了父亲为他取的名字"慎行"所象征的精神镣铐，也脱不了那件象征身份与地位的"蓝袍"。他是一个如孔乙己那样穿长袍的人，他不属于短衫帮。时代的巨变，为他带来了投身变革的春天的可能性，也为他带来了改变自己命运的可能性。

蓝袍先生却不能改变自己，不是不愿，而是不能。陈忠实审视我们民族的眼光，不再只是现实，而是推向了历史，推到了"文革"前，推到了1957年反右，推到了新中国成立前的旧中国。小说有了历史纵深感。

徐慎行是在父亲一手炮制下成为蓝袍先生的，他是父亲的复制品。

速成师训班为他提供了一个舞台。短短的二十天，这个有血有肉、有七情六欲的年轻男性，终于穿上了象征"解放了"的时代的列宁服，有了与"恶魔"结成伴侣的辉煌期望与行动。那"活蹦乱跳"的激情，那张狂不羁的冲动，让徐慎行焕发了"年轻男性"的生命魅力和光彩。

徐慎行仍然败下阵来，败在了父亲的"剃刀"下。

生命个体性存在的活力在与父亲及父亲所代表的社会力量、文化力量、道德力量的较量中，以伴随着惊恐与绝望的失败而告终。

父亲在这里是一个象征。漫长的皇权专制主义和小农经济所形成的我国文化传统、道德传统与皇权专制下的散漫社会组织、社会结构滋长了权威性的生存哲学——慎独。

父亲是"慎独"的执行者也是传授者更是监督者。"伦理"在这里代替了法律，具有至高无上的控制力。父亲的全部人生信条、道德观念与脚下的这块土地、这块土地上的生存，无从分割地联结在一起。正是在这块土地上历史地形成了小农生产与自然经济以及与之相通的文化伦理道德思想，它与皇权专制统治上下合力钳制了所有的变革要求与行动。它的权威性、不容抗拒性，通过父亲，统治着这个村庄、这个家庭，以及这个村庄和家庭的每一个成员。

蓝袍先生在顽固而强大的"父亲"面前，只能投降，只能重新穿上"蓝袍"，只能让活泼的生命被这种权威性、不可抗拒性吞噬。以六十年的漫长人生与二十天的短暂叛逆，这个强烈反差，了却其悲剧人生。

造成这种人性的失落与戕杀的，不仅是数千年根深蒂固的儒家文化的传统与伦理，还有儒家文化与极左思潮的奇特结合。作品的深刻在于：蓝袍先生自身的心理和文化机制既先天不足、受制于儒家礼教，又后天失调、受挫于反右斗争扩大化。

小说相当深刻地指出：徐慎行无从逃避的厄运，因为反右，终成定局。

写反右不从政治、爱情而从文化心理入手，这使《蓝袍先生》与写反右的反思小说拉开了距离。当然，小说也写了刘建国以情敌的嫉妒而欲置徐慎行于罗网，显得有些"落俗"，但小说仍然写了徐慎行对"慎独"的一时背离，这一点尤显深刻。

陈忠实自己曾对小说予以肯定："这个人脱下象征封建标志的蓝袍，换上象征着获得解放和新生的'列宁装'，在被囚禁在极左的心理牢笼之中，他的心理结构形态的几次颠覆和平衡过程中的欢乐和痛苦，以此来探寻这一代人的人生追求生存向往和实际经历的艰难历程。"

小说还塑造了一个女性形象田芳，这个形象在陈忠实以往作品中不曾有过。田芳敢于在宣传婚姻法的机遇里解除婚约，追求自己的爱情，敢于在反右斗争的凄风苦雨里借批徐慎行以揭发老同学支部书记刘建国，敢于不舍对徐慎行的苦苦追求。她义无反顾地冲决羁绊，机智泼辣地拒绝邪恶，这些让一个鲜亮的女性形象站了起来。略嫌不足的是陈忠实给这个形象着墨少了些。师训班毕业离开徐慎行后，她的生活如何，作品不曾交代，留下了空白。

与田芳相映生辉的是徐慎行妻子"前恭后倨"的戏剧性变化。陈忠实在这里，借徐慎行之口，表现了一种悲悯，一种对不幸妇女的同情和理解。作品涉笔不多而又让人深思的还有工友韩民民，借这个"变色龙"，书写了人在环境变化中的扭曲与丑态。这是一个可以作为某种符号或象征充分展开的形象，遗憾的是，小说为这个人物提供的表演空间少了些。

小说仍延续陈忠实作品理性照耀的特点。

小说有过如下一段夹抒情与议论为一体的描述：

> 眼前是渭河平原的壮丽的原野，坦坦荡荡，一望无际，一座座古代帝王、谋士、武将的大大小小的墓冢，散布在田地里，蒙着一层雪。他们长眠在地下宫殿里，少说也有千余年了，而他们创造的封建礼教却与他们宫廷里的污物一起排到宫墙外边来，渗进田地，渗进他的臣民的血液，一代一代传留下来，就造成了如我的父亲和田芳的父亲这样的礼义之民吗？

如何看待这种以礼教为代表的文化传统，小说对此保持了相当程度的清醒。

"病从口入，祸从口出"，父亲教导慎行，"谁都明白这道理，谁也难身体力行。""我只求我自己做一个正人君子。"人到无求品自高，这种人生信条，自合乎中国社会的合理性。尤其是关于"慎独"，儒家的这一重要人格信条备受推崇。

徐慎行以他失败的一生体悟到，险恶的生存环境，为"慎独"的合理性提供了说明。"慎独"的产生是因为生存的现实需要，然则它是生活逻辑的必然结果。而作为人格修养的慎独，其所具有的普适性也不容怀疑和否定。

这些都显示了陈忠实并不是对文化传统持简单的批判和否定，而是与文化激进主义保持距离。但陈忠实也并非以所谓的文化保守主义而对文化传统持全盘的肯定。

我们在《白鹿原》里看到的这种文化姿态，在《蓝袍先生》这里，有了它的滥觞。较之于某些寻根小说在深山僻林荒村野店或神鬼幽灵里的寻根，这种从农村、从现实生活与世俗社会里探寻的作品，更具艺术深度和思想穿透力，更具说服力。

爷爷留下的"房要小，地要少，养个黄牛慢慢搞"的治家训诫，在"耕读传家"的中国乡土乡村，是经验总结，也是中国历史长期止步不前的成因之一。

爷爷的不同一般，在于将"耕读传家"改为"读耕传家"，强调了坐馆先生的职业特征。

这些，都让我们联想到《白鹿原》关于耕读传家尤其是朱先生的人生训诫。

作家创作的内在联系性和创造性在这里又一次得到证明。

正如陈忠实多次说道："至今确凿无疑地记得，是《蓝袍先生》的写作，引发出长篇小说欲念的。"

在写作中，陈忠实意识到了以心理结构的颠覆和平衡的往返来塑造人物，这一点，我将在之后的分析里予以阐释。

小说也留下了巨大的艺术空间。

如，杨龟年的二儿媳"淡淡的香味"，"旗袍紧紧包裹着丰腴的胸脯和臀部"，给予徐慎行的嗅觉视觉冲击，以及"那双水汪汪的眼睛"让他神不守舍的细节描写。小说对此却终止了发展，如浪花一闪，再无后文，这在小说结构上是一种缺憾。

爷爷和父亲在杨徐村坐馆所树立起来的精神和道义上的高峰，比杨家的权势和财产要雄伟得多。

兀然站着的父亲，"像一截黑幢幢的古塔巍然不动"。

小说要告诉我们：父亲是一个复杂的存在。

慎行的被复制，是时代的错误，还是慎行的咎由自取？这是小说留给读者的思考。

小说在结构形式上也做了探索。

陈忠实说："每一部中篇小说都必须找到一个各各不同——起码区别于自己此前各篇的结构形式。"

"《蓝袍先生》不着重描写情节，以人物生命轨迹中的生活琐事来展示人物，当然不是那些无足轻重的扯淡事儿，而是努力寻找有心理冲击力的细枝末节。"

听听老年慎行的自白："我总觉得我还在牛王砭小学那间小库房里蜷着。……田芳能够把我的蓝袍揭掉，现在却无法把我蜷曲的脊梁捋抚舒展……"难以摆脱的旧的文化传统，压垮的岂止是一个人的脊梁，他对我们民族的振兴意味着什么？

通过"有心理冲击力的细枝末节"来展示人物的心理结构，这应该是《蓝袍先生》的一次艺术突破。陈忠实不会如西方意识流小说那样，也不愿如中国传统小说那样，或将意识、潜意识、前意识化为一个流动的江河，或在人物的言行中显示心理，《蓝袍先生》的心理描写是在彰显人物生命轨迹中的心理变化的几个关键节点上展开的。

我们看到，小说里的那些小标题，可以说起到了提示作用、推动作用。

1986年陈忠实完成了中篇《四妹子》。

1987年陈忠实在中篇小说集《四妹子》后记里说："农民在当代中国依然构成一个庞大的世界……农民世界是一个伟大的世界……在几千年来的缓慢演进和痛苦折腾中而能保持独立的民族个性，仅此一点，就够伟大了。"

基于这样的认识，陈忠实不无自豪地宣示："我关注的是农民世界的生活运动。"这种关注不只是因为农民世界的伟大，也是因为陈忠实的自信，"我曾经甚为自信我对农村生活的了解和感受"[①]，更是因为陈忠实的身世和生活道路。

正是这种文学的归属感，使得陈忠实始终关注着农村变革的当下生活。

农村经济体制的根本性变化，带来了20世纪80年代中后期农村生活的巨大动荡。个体专业户应运而生，这种经济领域里的新生事物和农村社办企业的蓬勃发展一道，构筑了乡村世界的风景线。

陈忠实的创作总是向着历史与现实两个方向展开，而无论是哪个方向，他的眼睛都离不了对农民的关注。

《四妹子》是一篇从报告文学中脱胎而出的中篇，小说对生活的反映显然不同于报告文学。

这位身为养鸡专业户的女性，她的开放性格，她因家族利益导致的无可挽救的破产，让陈忠实甚为震惊。但小说已不再是农村最早兴起的专业户的故事。"我已从生活原型的正宗关中腹地女人身上跳脱出来，写了一个陕北女子。"主人公的易地，是因为"我想探究不同地域人的文化心理结构"，以及这种不同地域的人"相处时引发的关于生活亲情的冲突"。

[①] 陈忠实：《创作感受谈》，陕西人民出版社，1991年。

小说为我们塑造了一个闯荡关中的陕北妹子，这个形象在陈忠实作品中仅此一例。就其陕北文化与关中文化的比较这个意义上说，四妹子的出现与陈忠实的文化心理结构的探寻互为开拓。明确的意图，似乎并没有演变为主题先行，也不曾限制了作品形象化的充分展开。

小说的上篇，集中笔力于四妹子的逃离贫穷。

陈忠实说：四妹子没念过书，自然不懂得关中有如此辉煌的历史，只知道关中比黄土沟壑交通方便，生活富裕，不吃糠面饼子，尽吃白面馍馍细面条。她冲着白面馍馍义无反顾地来到关中，思维十分简单也十分卑微。

小说有一个细节，写吃糠面饼儿。因为极度缺粮，陕北老乡把小米谷糠用石磨磨细，做成饼充饥。糠面饼儿难吃难咽倒也罢了，顶糟的是吃下去拉不出来。四妹子记得小时候妈给她掏屎，还记得爸给妈掏屎。

这一个细节足以勾起人们对20世纪六七十年代农村贫困的记忆，尤其是陕北农村贫困的记忆，更为四妹子出现在关中农村提供了生活依据。

四妹子由精明的二姑夫牵线嫁了相对富裕的关中农村青年吕建峰。

关中农村从相亲到订婚、结婚的全过程，从一个陕北妹子的眼光里写出，就有一番"新意"。无论是二姑的"教导"，还是四妹子的大大方方，都在关中与陕北因文化差异而导致的心理情感差别中，给小说渲染了一层新婚幸福感。

小说写四妹子向贫穷宣战，写四妹子发迹的第一步。关中传统农村父子、兄弟矛盾在吕家堡的吕老八一家演绎了同样的故事：分家。不同的是，"四清"运动中，这个富裕中农被"体现政策"，没有上升为地主富农。吕克俭总结的经验是因为他管家严，在吕家堡没有一个敌人。"文革"中，吕家堡的工分一年年贬值，成分却日渐升价：上中农无异于地主富农。

村子里，吕老八是一个鳖一样的人，在家却是神圣凛然的家长，治家严厉，家法大。陕北四妹子泼辣爽朗缺乏儒家礼教教养，当然被公公视为

"没家教"。矛盾扩大涉及大嫂、二嫂，终于分家。

四妹子以远远超过二姑的勇气和胆量，走村串户收鸡蛋，再卖出去。四妹子像贼一样悄悄卖鸡蛋攒下了钱，为自己盖起了新房，生下了儿子，有了一个自己的家。

从偷偷卖自己的第一颗鸡蛋起到贩卖各农家鸡蛋，四妹子的发迹史从一个侧面写出了农村变革步伐的必然与必然中的艰难，她为此曾受到批判与监督，但无所畏惧。

小说下篇，四妹子有了自己合法的空间，她摆脱了公公，她乘着农村搞活经济的春风，迎风成长，成了媒体宣传的致富带头人，成了公家扶植的"万元户"。

小说的成功在于：四妹子从卖鸡蛋到卖面粉到办起家庭养鸡场，媳妇为公婆发工资——中国农村家庭结构的质变，又一次让四妹子觉得她这个异乡女人在当地人中间活得像个人了。这一点，尤其触及中国家庭的内部结构和利益冲突。它与现代企业的经营是如此不合拍，可见一斑。

小说的成功还在于：兄弟三家的养鸡场散伙了，四妹子辛辛苦苦创下的家业，全让哥嫂们分赃盗包一空。较之于四妹子的成功，她的失败，更深刻地揭示了宗法家族制度与现代养殖业、现代企业焊接过程中错位与磨合的艰难。

小说的成功更在于：四妹子居然屡败屡战，承包起了百亩果园。"砸不烂的四妹子，又闯世事来了。"四妹子喊着，走向了果园。

四妹子到关中如愿以偿嫁了人，也吃上了白面馍馍，然而，她生活得并不自在。《四妹子》就是写她的人生的不自在，以及她从不自在走向自在的历程。四妹子要的是自在。人要活得自由自在，活出自己。这个时代性思考，让《四妹子》焕发异彩。

人的解放，不完全是经济上的解放，精神的、人格的解放与独立，具有更为本质的意义。

较之于《十八岁的哥哥》这种直面当下的作品，《四妹子》在思想深度上有了发展。《十八岁的哥哥》面对的是外部力量的干扰阻挡，四妹子面对的是公婆的家法、兄嫂的贪婪。四妹子以她的少礼教束缚的"闯王"精神，在关中这片沃土闯开了一片天地。四妹子富于商业头脑，善于寻找商机，卖面粉就充分显示了她的眼光。四妹子胸襟坦荡，将公婆以及兄嫂集合在自己旗下，就写出了她的不计前嫌的胸怀。尤其是鸡场散伙，果园开张，把这个陕北妹子的精神境界推向了新的高度。

不难发现，《四妹子》写得过于单一。四妹子似乎始终居于精神与道德制高点上，她是一个成长中的人，她的成长充满外部的艰难，但缺乏内在的困惑与动摇。

吕老八想要四妹子尽快学会关中的礼行，但并未实现。吕老八参与到养鸡场的活动，体现了农民的务实精神和传统伦理的包容性的一面。他终于从心里认可了这个陕北女人！四妹子身上的野性，呈现的蓬勃生命力，无论在关中，在陕北，都是民间文化孕育的。

四妹子这个形象，更多的还是因为她的泼辣与豁达帮助她实现了人生的突破。她毕竟生活在这个改革的时代舞台，离开这个历史的机遇，她的这些性格优势，很难说，免不了使她厄运重重；当然也可能让她在另外的领域展现她的风姿，但那将是另一部作品。

曾有论者以为《四妹子》是路遥《人生》的翻版，只是高加林变成了四妹子。此论显然是高抬了《四妹子》。这远不是性别更换的技术上的问题，《人生》给予高加林的双重困惑，从农村走向现代，从乡村走向城市的历史性纠葛，在四妹子身上，我们不曾看到。我们看到的是关中文化与陕北文化的矛盾和矛盾中的融汇。小说有一段文字：

"土门大路两边，绣织着野草、马鞭草、菅草和三棱子，香胡子拥拥挤挤地生长在路边上，车前草却长到路中间来，任车碾马踏人踩，匍匐在地上，继续着顽强的生命。"

"'这草——'四妹子说，'叫四妹子'。"四妹子在这里升华了她的精神。

我倒是觉得，小说让我们想到了王汶石的《新结识的伙伴》，那个同样泼辣而又风风火火的张腊月。张腊月这个文学形象，以及她的创造者王汶石，对于陈忠实来说，其影响，可以说是潜移默化，春风化雨般融进陈忠实的笔底。

《四妹子》仍然是一部歌颂当下生活变革的诗章。值得注意的是，陈忠实在这部作品里，尽力去剖析在吕老八身上折射的关中乡土文化中那积淀厚重、浓得难以化开的种种生活习俗和人生信念。

乡谚说："老子少不了儿子的一个媳妇，儿子少不了老子的一个棺材。"这是乡土中国基层村社难以颠覆的乡俗传统、家庭伦理。

可贵的是，贫穷让人邪恶，也可以让人高贵。贫穷的逼迫，促成了四妹子永不停步的奋斗。这是一种来自草根，来自底层的不竭动力。对这种近乎原始的生命力的发现与讴歌，显然又超出了一般性的对政策调整的歌唱，有了一种向文化心理结构掘进的努力。

和《十八岁的哥哥》一样，《四妹子》写满柔情和尊重。在陈忠实作品中，这样一类倾注着满腔爱意的还有《毛茸茸的酸杏》《到老白杨树背后去》。原来陈忠实并不总是板着爬满皱纹的脸，冷峻地审视着这个世界。他的爬满皱纹的脸，是从年轻时的光鲜历经风霜演变而来。

1985年，中篇写作间隙，陈忠实还写了些短篇。

《夜之随想曲》写得如标题所示般轻松。

一位月薪超过"我"四五倍的人，居然对"我"哭起穷来了。他一边抱怨自己的小孙女吃不到新鲜的水果和牛奶，一边又教导我（一位连糠了的苹果也吃不到嘴的孩子的父亲）要发扬延安精神，艰苦奋斗。

小说轻轻松松扔下一句话：这位地区中层领导，"四八"式干部，"未免虚伪得过于露骨"。

《广播体操乐曲算不算音乐》写一对老夫妻退休生活中的一段小故事：田部长爱跳舞，老伴反对他跳，又不便直说；部长呢，没勇气讲出为什么爱跳舞，于是编出什么锻炼身体的鬼话。

潜在的冲突，微妙的心理，借助广播体操乐曲算不算音乐的分歧曲曲折折传达了出来。

这两篇对城市生活的虚伪的轻微讽刺，让人想起沈从文笔下的京城知识分子的空虚无聊和虚情假意。

《灯笼》中，为一块庄基地，农民田成山挑了灯笼上访，名曰找真理。公社杨书记庇护坑害农民、欺压田成山的手下支部书记刘治泰，县委书记焦发祥怒斥杨书记以安定团结之名，行压制群众之实的卑劣行径。

小说接触到党政管理层中一种习惯性思维，一出问题，不是责问干部是否正确，而是板子从来都打在了百姓身上。

这是一个关于社会稳定的重大题材。小说尖锐指出化解处理干群矛盾常常会陷入责备百姓的窠臼。挑灯笼而寻真理，这种农民的智慧极具讽刺意味，这一细节的捕捉，显示了作家生活积淀的丰厚。

1985年，陈忠实写出了这类尖锐性作品，直指干部队伍中的种种恶习。他对现实的关注早已不是单纯的歌颂，不再是简单的揭露，而是复杂的审视。

从1985年的《最后一次收获》《蓝袍先生》，到1986年的《四妹子》，都充分表明陈忠实正在实现他创作的方向性转变。

如果说，自走上创作道路以来，陈忠实一直以业余作家身份关注着农民命运，即使在1982年成为专业作家后仍不改初衷，与时代同步，把农村体制变革中当代农民的喜怒哀乐放在作品的重心予以历史的、艺术的审视，那么，一个不容忽视的变化正在陈忠实1985年之后的作品里悄然出现。

仍然是写农民，从心底涌现的对农民的苦难的同情，以及从苦难中走向新生的喜悦这样一种情感倾向，始终不变；但面对同样的题材，陈忠实审视的目光和开掘的视角，无论在指向上，还是深广度上，都与1985年以前的作品不可同日而语了。

从1982年的《康家大院》开启的对文化传统与现代文明的冲突的展露，在《蓝袍先生》这里，有了更为鲜明又凝重的关注和思考，而《四妹子》已经不再是历史性地而是共时性地展示了关中儒家文化杂糅着游牧文化的陕北文化以及两种文化的交织、碰撞,陈忠实从政治与伦理方面向着日常生活中的文化心理结构的思考,无论在时间上,还是空间上,都有了发展,既是延伸,也是扩展。

《最后一次收获》如我们看到的,它的意蕴丰富而深刻。对体力劳动的诗性礼赞中交织着贫困年代极端痛苦的肉体与精神的双重折磨。新的生产方式的变革带来的生产力的解放以及旧的体制滋生的腐败对群众利益的侵害,改头换面,变本加厉,所有这些深层意味,把这曲赞歌唱得五味俱呈,复杂而深刻。

将《初夏》《康家小院》稍加比较,不难发现,陈忠实对现实的思考早已从政治层面、社会层面转向了精神与心理,从当下转向了过去,从关中辐射到了更为广阔的天地:这里有城市生活的"夜之随想"和"跳舞"带来的烦恼,还有四妹子裹挟的陕北强劲的风……

从农民共反思走向民族共反思,陈忠实迈开了坚实的第一步,他将在这条精神蜕变与自我剥离的道路上继续迈步,走向20世纪80年代后期,走向他的《白鹿原》。

原载《小说评论》1991年第2期

《白鹿原》：民族秘史的叩询和构筑

　　《白鹿原》，一部超越了陈忠实的过去，也超越了新中国成立以来问世的农村题材长篇小说的扛鼎之作。

　　陈忠实是在写出我们民族的总体性存在和心灵变迁史的宏大预设中构筑他的这部长篇小说的。他不只是着眼农村，还立足农村叩询我们民族生存的历史。陈忠实成功地实现了他的构想。他写出了一部我们"民族的秘史"。

民族生存的历史反思

　　历史是什么？历史的真实又是什么？历史的真实与我们想象中的、我们所理解的真实是不是同一的？这些困扰着一代又一代历史学家的问题，我们暂且予以搁置。我们所关心的是每个作家都不可避免地面对着与历史的对话，并以自己的创作介入历史。卡西尔说："艺术和历史学是我们探索人类本性的最有力的工具。"从人类本体的角度去破译历史之谜，不会是唯一的途径，但无疑是最有效的方法之一。而且，这里还有一个不容忽略的区分，就是文学毕竟不同于历史学。正如昆德拉所说，小说家是存在的勘探者，小说的使命在于"通过想象出的人物对存在进行深思"。虚构性的小说与实存性的历史既存在着联系又有着巨大的差别。《白鹿原》是陈忠实虚构的他心目中的我们民族的历史图景，通过它，陈忠实勘探了我们民族的存在，特别是如昆德拉所说，"揭示存在的不为人知的方面"。

当陈忠实穿越历史的隧道，从今天走向昨天的时候，他选择了白鹿原。应该说，这是一个非常明智的选择，这不仅仅因为，陈忠实生于斯、长于斯、存活于斯、思考于斯，始终不曾割断与白鹿原从血缘到精神上的联系；还因为，地处关中平原的白鹿原，几乎可以说集中代表了我们民族的文明和历史。蓝田猿人头盖骨化石是在白鹿原附近出土，我们民族也正是从黄土地上起步，这是一块记录了我们民族漫长历史的文化沃土。然而，这绝不意味着，仅仅有这一切就够了。作家对对象的谙熟与钟情，无疑非常重要，而尤为重要的是对对象的超越与审美发现。审美发现是一个主客体相互作用共同生成的过程，是主体在直觉和想象中建构超验世界的过程，也是作品的形而上意义向主体生成和显现的过程。艺术创造如昆德拉所说，是人类对自身存在的深层体悟。当陈忠实建构《白鹿原》这一超验世界时，既有原初意义上的生活、感情积累，也有大量阅读地方志的情感体验和历史审视（《白鹿原》的创作冲动最初正是来自对地方志的创造性阅读），而尤为重要的是陈忠实从自己的生存体验中，在"不仅感知过去的过去性，而且感知过去的现在性"[1]的历史联系中所获得的深沉而冷峻的历史意识和历史情感。这使得陈忠实有可能在我们民族的整个历史，特别是近现代史的长河中去把握他的对象。

但陈忠实又不能不在时间的历史性联系中割断历史。在小说的相对时空里，它不能没有起讫与边界。《白鹿原》的历史空间容纳了清末民初到新中国成立前夕半个世纪的时间跨度。其时我们民族正处在一个历史的转型期，从农耕文化向现代文化转换的艰难蜕变期。以这一新旧交替的特定时期为突破口，从我们民族历史的深层厚土的勘探里去透视，剖析与思考我们民族的过去、现在与未来。这种艺术选择无疑体现了陈忠实的历史眼光与宏大艺术魄力。因为正是在这种时间的切割里，我们分明看到了不可

---

[1] 托马斯·斯特尔那斯·艾略特：《艾略特文集》，上海文艺出版社，1982年。

切割的历史的连续性。艾略特说:"时间现在和时间过去,也许都存在于时间将来。"现在是历史向任何方向展开的起点和终点。过去、现在和将来面对面了。一个作家只有最敏锐地意识到他在时间中的位置,他才有可能面对他截取的那段历史进行历史的沉思和审美的创造。

按照传统的史诗性长篇小说的审美要求,作品的艺术构架应该是以重大历史事件为经,以重要历史人物为纬,交织渲染为特定历史阶段的社会全景图。面对这一创作模式和阅读期待,陈忠实却以他对历史和艺术的独特理解,走向了另一条艺术之路。

他不是写历史中的人,他写的是人的历史。他并没有在重大历史事件的规定性冲突里,听从既成的历史结论的指拨,铺展开人物对垒分明的矛盾;他艺术扫描的历史时空基本上框定在白鹿原这张小小的邮票上,追踪人物的行踪与命运,偶尔涉笔陕北与西安,插入"文化大革命"的补叙。总之,人,人的命运,始终居于白鹿原的中心位置,他们不再是历史事件中的工具性存在,历史结论的形象性注释,他们是活生生的历史存在和血肉生命。这反映了陈忠实历史意识的现代性。历史并不是如某些教科书写的那样,按照线性因果链发展,历史充满了偶然与必然,或然与定然。历史是如恩格斯所说由诸多力量的合力所形成的。马克思说:"任何人类历史的第一个前提,无疑是有生命的个人的存在。"[①] "有生命的个人的存在"被马克思予以了高度肯定,是因为虽然历史规定了人,但历史又是由人创造的。只有真正写出了人,我们才能真正写出历史。

写人的历史,当然不只是展开某个或某些人物的孤立存在,而是通过个体生命的全部活动写出历史的沧桑和时代的变革。《白鹿原》里的所有人物都只能从清末民初的历史背景中走来,他们的悲欢离合、生死沉浮始终是与20世纪关中地区的重大历史事件交织在一起的。事实上,重大历史事件在神经末梢上引起的震颤往往会比旋涡中心更敏锐、更细微地传递着

---

① 中共中央马克思恩格斯列宁斯大林著作编译局编译:《马克思恩格斯全集》第10卷,人民出版社,1982年。

时代变动和社会冲突的信息。

　　写人的历史，当然不仅仅限于人的社会政治存在和阶级关系，还要展示出人物的历史文化存在、个体生命存在。《白鹿原》所塑造的人物，尤其是十几个主要人物，都是带着他们全部的丰富性、复杂性和生动性走向我们的。这样，《白鹿原》提供给我们的历史画卷不再只是一部政治史、革命史、阶级斗争史，而是裹挟着历史的全部必然与偶然、定然与或然、有序与无序、可知与不可知的丰富深刻和多样性展开的。陈忠实绘给我们的是一条历史的河床，狂涛巨浪连带着泥沙俱下，一如生活的原初状况，以它全部的本色，让人难以简单地认识和判断，它不再是按照几条规律拼凑组合起来的某些历史教科书的标准艺术翻版。陈忠实写出了人的历史，他同时真正写出了历史。

　　这里关键在于准确地把握历史运动的总体情势即历史的走向与社会心态。离开这个总体审视，每个人物的命运将失去历史的依据和社会心态的说明。《白鹿原》以无可辩驳的生活逻辑告诉了我们，以血缘关系为纽带的家族制度和儒家传统文化是怎样与社会政治斗争盘根错节地纠缠在一起的。这样陈忠实也就通过这一段历史生活向着我们民族的总体生存掘进，探询究竟是哪些复杂因素构成了我们迈向现代化的内在动力，又存在着哪些历史的误区与陷阱，它们是怎么形成的。

　　作家的历史眼光在这里显示了它的穿透力，他并不停留在历史的短暂时间与表层现象，而是持一种历史的长期合理性观点来对我们民族进行历史性思考。所谓历史的必然性并不意味着我们可以将它置于一个与主体无关的客观秩序之中而消解价值的选择与判断。短时间的历史合理性一旦还原到历史的长河中也许会黯然失色走向它的反面。正是由于陈忠实努力摆脱有限时空的狭窄视野，把他笔下人物的命运搁置在一个更为长远的历史行程中予以审视，他才获得了一个更为坚实的历史基座和相应自由的历史时空，他对人物的理解也就逼近到历史的深处。

　　陈忠实显然是吸取了当代思维的优秀成果，在历史的远距离中对我们民族走过的这段历史进行回溯与反思。小说结尾写的那个当年白鹿原的农运带头人、临解放时保安团起义的发起者鹿兆谦（黑娃），竟然被窃居了新中国成立后第一任县长的白孝文以革命的名义枪毙了。这当然不同于白灵屈死于红军肃反扩大化的"左"倾错误。但这严酷的历史是否暗示着再一次的折腾的难以避免？那么，我们不禁要问：我们民族怎样才能走出这历史的怪圈？作家蒸腾于现实之上的历史眼光与历史运行的真实轨迹在这里相碰撞，那历史哲学沉思的火花照亮的正是陈忠实的民族挚爱和时代焦虑。

民族生存的文化反思

《白鹿原》为我们提供了关中地区传统文化的活标本，这是有目共睹的，但这绝不是一种炫耀，一种展览，它融进了陈忠实对我们民族传统文化的历史性思考。这种思考来自民族传统文化对现代文化的困扰，以及这种困扰在一个自觉承担起历史责任和社会良知的作家那里唤起的时代参与意识和变革意识。

中国传统文化本身是一个复杂的集合，乡社文化尤其如此。《白鹿原》描绘的那些关中平原的民情风俗，既是特定地域的产物，又积淀了我们民族的生活经验和人生体验。这里有岁时礼俗，即对时间的把握，它建立在时间的可逆性观念之上。如过年、过节，一年一轮回，周而复始。特别是忙罢会，那是对生活与劳动的规律性调节。这里有人生礼俗，即对婚丧庆吊的生动描写，来自对时间的不可逆转性认识，来自对人自身的阶段性的把握。大规模的定期祭祖活动，对于白嘉轩来说，不仅是中国人祖先崇拜的精神需要，更是实现白鹿宗祠控制思想的有力手段。这里还有神秘文化的弥漫，诸如白鹿的传说等。白鹿作为一个意象，一个隐喻，无疑成为普通百姓对美好生活的乌托邦式的向往与追求，也成为作家悬拟的现实之上的理想之光。作家也写了流布于民间的通说、驱鬼及祈雨仪式，还有饮食文化及住宅建筑，日常生活起居、衣着服饰，等等。所有这一切，营造了一种特有的文化氛围，从精神到物质生活的动态描画反映了《白鹿原》的整体风貌。

正是在这丰厚的文化堆积层上，活跃着白鹿原的男男女女、老老少少。

他们是族长白嘉轩，乡约鹿子霖，白鹿书院院长朱先生，名医冷先生，"仁义"长工鹿三，最富传奇色彩的黑娃和复仇女神田小娥，白鹿原最美丽的姑娘白灵，新中国成立后第一任县长白孝文……

这是一组出色的群雕，一个闪光的星座。

族长白嘉轩，在《白鹿原》的艺术框架里，占有举足轻重的地位。这不仅因为他贯穿作品始终，具有组织作品的结构意义，也不只因为出入在《白鹿原》里的众多人物无一不受到他精神上、人格上或正质或负质的支配性影响，而更是由于这个人物凝聚了陈忠实的历史思考与文化选择。

在现当代文学长廊里，我们结识过鲁四老爷、高老太爷、冯云卿、黄世仁、钱文贵……但，我们的文学作品从来没有出现过像白嘉轩这样的地主形象。白嘉轩的问世，填补了我国文学人物形象系列的历史空缺。

这个人物形象塑造成功的奥秘在于：陈忠实并不是或者说主要不是把白嘉轩作为地主形象来塑造的。陈忠实要为我们塑造的是一个来自历史文化深处的族长形象。

白嘉轩是农耕社会以血缘关系为纽带的宗法家族制度的代表人物。他是白鹿村白姓一家的家长，又是白鹿两姓组成的白鹿家族的一族之长。我国历史从来都是政教分离。作为白鹿原上的宗族领袖，白嘉轩始终与政权、政治集团、政治斗争保持距离。与出任乡约、热衷于仕途的鹿子霖不同，白嘉轩从不染指政治，虽然政治从来没有对他放松。白嘉轩绝不同于《红旗谱》里的冯老兰，白嘉轩在政治角逐中从不谋取任何地位。漫长的封建专制的淫威早已扼杀了平民百姓本来就微弱的参政意识，而以伦理为中心的传统文化更给这种对政治的疏离蒙上了一层道德的光环。这种民主意识的普遍失落，不能不说是因为我国政治生活长期缺乏民主传统的深层土壤。这使得白嘉轩在拒绝错误政治的同时，对正确的、进步的政治斗争和政治秩序也持一种冷漠的作壁上观，使得他先后为抢救鹿兆鹏、黑娃的生命而奔走的举动消解了本难避免的政治色彩，获得了一种人性的、道德的光辉。在虽然不计个人恩怨的长辈的仁爱与宽容里，同时也隐伏了他道德教化的明确动机。

强烈而自觉的族长意识是支撑他笔直的、挺直的腰板的精神支柱。他本身就是传统文化、传统道德，就是乡约村规，以致从街上走过的、喂奶的媳妇们纷纷躲避。白嘉轩真诚地恪守着他信奉的道德律令，用以律人，更用以律己。因此他与形形色色的伪道学家也形成对照，与阴毒、淫乱而懦弱的鹿子霖更构成了强烈的对比。这给了他精神上、道义上凛然不可侵犯的威严与自尊，也驱使他在制定和顽固推行乡约村规时，专横粗暴僵硬到无情的地步。是他不准黑娃、小娥进祠堂；是他下令杖责小娥，又亲手杖责并驱逐了儿子白孝文；是他不再认投奔革命的爱女白灵……悖逆人类天性的封建道德的凶残暴虐在这里有了淋漓尽致的表现。

"耕读传家"从来是农耕文化和家族制度的规范之一，白嘉轩始终把它视为治家、治族的根本方略。先来看"耕"，他早年并不缺乏经济头脑，但他终于退守朱先生的教导："房要小，地要少，养个黄牛慢慢搞"，坚持只雇一个长工。我国封建社会结构的长期稳定、毫无松动的经济原因在这里可以找到它真正的答案。再来看"读"，白嘉轩一贯重视教子读书，教族人读书，但这必须是孔孟儒学，对所谓新学，他天然地持怀疑、拒斥态度。这些都足以反映他思想中保守的、封闭的、顽固的一面，表现了我国传统文化结构中的不合理因素是怎样制约和阻碍着社会的进步。

应该怎样理解这一形象？我们几乎无法对白嘉轩进行简单的是非、善恶、美丑判断，因为他原本是一个极为复杂的审美创造。陈忠实以他对我们民族传统文化的正质、负质、优质、劣质的清醒认识塑造了这一人物。

在临近解放的壮丁大逃亡中，白嘉轩不得不宣布："……日下这兵荒马乱的世事我无力回天，各位好自为之"，宣告了乡约村规及家族权势的暂时终止。但是，他的存活本身以及白孝文兄弟们在朝与野的不可撼动的地位，都无不留下了潜在的力量，预示着家族势力以及建立在家族势力基础之上的社会秩序其实是根深蒂固的。陈忠实那把锐利的解剖刀在这里是否触及了我们民族痼疾的根本所在？

在《白鹿原》的人物系列里，朱先生也是一个独特的存在。如同白嘉轩一样，我国新文学长廊中还从来不曾出现过这样一位儒者形象。

朱先生是关学最后一位传人。他是大儒却以布衣身份出现。在"达则兼济天下，穷则独善其身"的中国知识分子的人生选择中，他极成功地将入世与出世和谐地统一了起来，成为白鹿原上的"圣人"。

关学，作为儒学的一个学派，从宋代张载气一元论而到明清之际融会了陆、王心学，以至清末强调实践即经世致用之说，这与龚自珍以来的文化思潮有关，也与关中处于内陆腹地，民风淳厚，商品经济不发达有关。朱先生重实践、重伦理的哲学思想即源于此。他曾明确宣称"我不是神，我是人，我根本不信神"。可以说民本思想构成了朱先生政治思想的核心，他在承认王权的前提下，确认平民为国家社稷之本。这种民本思想使得他在十分关怀爱护平民的同时，又是一个真诚的爱国主义者。他的禁烟犁毁罂粟，他的参与放粮赈济灾民，他的应约说退方巡抚数十万入陕清兵，他的发动七老联名抗日请缨的宣言与举动，无一不是这种民本思想的具体体现。在清末直至全国解放的历史风云和政治纷争中，他始终以超然局外的态度从不介入，但一旦事关平民百姓生死与民族存亡，他却挺身而出，义无反顾。

他坚定地维护小国寡民的小农经济。他的那些"房要小，地要少"之类的治家格言充分表现在"义"与"利"之间，他始终主张以"仁义"压抑和限制人的各种私欲。

他的知识结构应该说是较全面的。天文地理，农业耕种，尤其是传统的孔孟儒学，他无不精通，这使得他能够预测天气和农业的丰与歉，能为人指点迷津去寻找失物。他的一生给人留下了数不清的奇闻逸事，而赋他以神奇、神秘色彩。这是一个传奇式的人物，是一个智者。他始终局限在封闭的传统文化知识体系之中。

他是一个道德的完人，从来与人为善，为人排忧解难。他有一个和睦的家庭。他的人生态度是淡泊宁静的，粗茶淡饭，只穿土布不着洋线。他退隐书院开馆育人，辛亥革命后，自动闭馆而潜心修撰地方志，但他绝不忘怀于世事，忘怀于社会。他以他清醒的政治洞察力，预言了共产党必定打败国民党，天下是朱毛的。

圣人、智者、预言家，朱先生集传统知识分子理想人格于一身。他被白鹿原人尊重、崇敬，他时时处处想以自己的学说、道德与知识影响白鹿原生活的秩序，但他不仅在生活方式上与世人远离，而且在各个方面都与社会隔绝。他的一切举措对这个充满了痛苦、充满了斗争、充满了折腾的社会的影响实在是微乎其微。人们仍然在种鸦片，人们仍然在挨饿，人们仍在天灾人祸中挣扎，他的请缨抗日只有不了了之，他的地方志写好了也无从出版……他是长空的一只孤雁。

知识与权力的结合，在中国封建社会是以士大夫走向仕途而实现的。科举制度成为选拔中下层知识分子进入统治阶层的有效途径，为巩固封建政权提供了智力保证。朱先生是清末举人，他虽然无意于仕途，但仍然要取得举人名号，以确证自身的价值，这一点他与大多数知识分子是一样的。不同的是无论在清平之世还是乱世，都会有那么一些知识分子始终对当政者采取不合作态度。这使得这些游离于权力集团之外的知识分子拥有了一份自己的相对独立的人格。然而也正因为如此，他对现实生活的干预往往由于缺乏权力支持而显得软弱无力。朱先生的劝退清兵与参与赈灾，完全是得力于权力背景，一旦失去这个背景，他当然寸步难行，而只能成为一个生活的旁观者。这又使得他有可能较别人清醒得多地成为社会的评论者、历史的见证人。这样，在陈忠实笔下，朱先生就不再只是小说世界中的人物，他获得了既在作品之中又在作品之外的一种历史判断与文化选择的象征。换言之，陈忠实是把朱先生作为一个参照系、一个价值尺度来塑造的。无论是朱先生的"天作孽，犹可违；人作孽，不可活"的道德戒律，还是"折腾到何时为止"的死后箴言，其所传递的既是朱先生的道德规范和社会批判，又在某种程度上体现了一种更为广阔的历史教训和深沉的人生体悟。

朱先生这个形象的丰富文化内涵正是建立在这个人物的双重身份之上。"白鹿原上最好的一个先生谢世了……再也出不了这样的先生了。"这是一种赞誉与惋惜，同时又无异于一个面对现实的历史预言。在白嘉轩的精神世界中占支配地位的朱先生的辞世，不仅标志着一个生命的终结，同时也宣告了朱先生所代表的人生哲学、人格理想的历史性失落。虽然作家对他塑造的这个人物充满了难以掩饰的敬爱之情，但他并没有对朱先生完全认同。朱先生并不是陈忠实的代言人。小说主人公与小说叙述者并不是统一的。作为一个历史唯物主义者的陈忠实，他的历史观显然是超越了历史循环论，他是从我们民族通向现代化的艰难历史行程中去反思我们走过的道路。在对我们民族文化的辩证思考中，陈忠实较那些或全盘肯定传统文化或全盘否定传统文化的人要高明得多。他坚持认为，我们只能从传统文化中走来，但又必须从传统文化中走出。

民族生存的生命反思

《白鹿原》承载着生命的沉重感。它与历史的沉重感、文化的厚重感紧紧纠缠胶结，深厚凝重得密不可分。它深刻地揭示了我们民族历史的整体性存在。

民族的沉重由个体的沉重聚积而成，个体生命的沉重又无一例外地汇入民族命运沉重之河而无从分离。还可以说，个体生命的世世代代的憧憬追求与生命旅程中无从摆脱的、先验的、宿命的规定性所形成的困惑，人类生命的漫长进程和个体生命的短暂存在之间难以参透的距离,所有这一切在作家生命体验中所激起的热情,所唤起的沉思,已经远远不仅限于对民族命运的思考,而是打开了一扇与人类沟通的窗口。陈忠实的可贵在于,不仅把我们民族个体生命存在的沉重与人类生命存在的沉重联结在一起,而尤其在于洞悉了、把握了我们民族生存的沉重的挣扎和抗争,一种沛沛然不可遏制的原始生命活力,纵使屡遭压抑和践踏、扭曲和扼杀,却仍然以它顽强的存活预示着一种潜在的巨大可能性。

"白嘉轩后来引以为豪壮的是一生娶过七房女人。"这当然反映了男子中心主义所培育的夫权思想即对女性的天然占有,其实是出于维系血缘命脉、确保家族财产的需要。如白赵氏所说:"家产花光了值得,比没儿没女断了香火给旁人占去心甘!"同时,却也表现了一个男子汉的雄健的生命之力。作为个体生命,白嘉轩堪称一个真正的男儿。他有心计,有手腕,刚梆硬正,铁石心肠。他精心设计并成功实现了与鹿子霖的换地,他一手策划了鸡毛传帖和交农事件,他主持了祈雨仪式并亲自扮演马角。无论为个人谋利还是为百姓请命,他都一往无前,气概非凡。这赋予他的生命本源以雄壮的阳刚之气、阳刚之美。他亲近土地,亲近劳动,亲近大自然。在长期的共同劳动中他与鹿三建立了手足之情。对传播在白鹿原悠长岁月中的白鹿神话,他迷恋而敬畏,并从中汲取了他最初的人生搏击力。这种男性的活力在朱先生身上有着同样的体现,只是形式不同而已。

如果说,强大的生命活力在白嘉轩、朱先生那里是以与传统文化吻合和认可的方式呈现,那么,在黑娃、田小娥身上,则完全是通过对传统文化的猛烈反叛与对抗而宣泄。在《白鹿原》的众多人物形象中,这是一对最具叛逆性的男女,他们的蓬勃生命力恣肆得最为痛苦而光彩四溢。

田小娥,一个穷秀才的姣好女子,却因家贫而被迫嫁给了一个七十多岁的武举人。按年龄说,武举人都可以当她爷爷了,而且,她在武举人那里纯然只是一个性虐待的工具。对这种强加于她的性剥夺,她理所当然地进行了反剥夺。她对黑娃的挑逗,与黑娃的真心相爱,完全是苦难人生中的一种生命需要，与世俗观念与传统道德全然无涉。他们低下的社会地位早已使他们成为传统文化道德的游离分子。田小娥与黑娃的相爱既不能见容于鹿三，更不能得到白嘉轩的认可。这样，他们的爱情从一开始就成为非法的。然而他们却坚贞地固守着贫困生命的一方绿洲，蛰居于村外的破窑洞里。他们也因此成为鹿兆鹏发动的农民运动最早的积极分子，并将这种婚姻上的反叛与政治上的、阶级上的反抗不自觉地结合了起来。在他们的一生中，这大约是最辉煌的瞬间吧！

为挽救黑娃的生命，毫无政治斗争经验的小娥被鹿子霖引诱而堕入了一个巨大的阴谋。在白嘉轩与鹿子霖两个家族的冲突里，她不幸又一次充当了性的工具。她心甘情愿地按照鹿子霖的设计拉白孝文下水，卑劣的手段潜伏着报复白嘉轩的心理依据。鹿子霖对她的霸占展开的性占有与她的反占有，是通过与白孝文的关系变化表现的。对白孝文，小娥逐渐从性玩弄改变为真心相悦，从单纯欲的诱惑发展为情的交流，这促成了她对鹿子霖的勇敢的惩罚，对白孝文变态的爱。

在白鹿原人的眼光里，她是一个淫乱的女人，一个"破鞋"，她因此而惨遭鹿三的杀害。她是死在了传统文化、传统道德的强大与血淋淋的凶残里，她更是死在男子中心主义所建立起的性占有、性剥夺里。无论命运对她怎样不公，在历史的重轭下，她始终都不曾屈服。在历史所能提供给她的有限空间里，在人生所划定的搏击场上，她唯一拥有的武器，也只有性。她只能像她目前所能做的那样去求得生存的可能。在她所能理解的程度上，为求得自己生命的价值，确立自己在人生中的地位，她还能有什么武器，什么手段？她当然不能明白，性报复所伤害的不只是男子，同时还是女性自身。她当然更不能知道，她其实是罩在了一张既定的社会之网中，她的身份，她的名声，早已注定了她只能当一个妾，当一个婊子，以至于暴死于谋杀里。但她却仍不安分，不甘心于屈死！

她附身于婆婆，她附身于鹿三，她化为黑色飞蛾翱翔于白鹿原，那是她复仇的精魂！她附体鹿三的那场哭诉，无异于一个弱女子的真心的自白和愤怒的控告!她是一个复仇的女神!虽然这是一个远非理性的本能的复仇者。

陈忠实以严酷的历史真实性塑造了这样一个不幸女子的形象。虽然他是从性这一角度落笔,但,性背后所潜藏的历史文化和社会生活内涵,特别是人生生命意蕴,都极为丰富、复杂而深刻。他绝不单纯在写性,他是在写性的同时,写文化的双重意义,写原始生命活力在文明的发展过程中怎样委顿以致消亡。这当然不是在取消文明,而是深刻而尖锐地揭示了传统文化逆天性一面,揭示了生命存在的历史性沉重。

黑娃从一个逃学的儿童走向农运的带头人,投身红军又沦落为一个土匪,他的生命轨迹,也同样充满了偶然性因素。似乎是一种宿命,不是别人,而是最忠诚于白嘉轩的长工鹿三的儿子黑娃,天然地看不惯白嘉轩那直挺挺的腰,也正是黑娃的这支土匪武装成为朱先生所说的制造成白鹿原这个"鳌子"的国共两党之外的第三股力量。黑娃这个最具蛮性的粗野汉子,竟然出乎所有人的意料,在成为县保安团的营长之后成为朱先生的关门弟子,而且是最出色的弟子。他终于在传统文化的礼仪教养中浪子回头,彻底地虔诚地皈依于传统了。

无论是小娥,还是黑娃,《白鹿原》中的每一个人物,都生活在历史所规定的宿命中,他们正是在这一宿命中创造了各自的人生又丰富了整个历史。小娥惨死在传统文化的利刃下,黑娃跪拜在朱先生脚前,这是最有说服力的证明,强大的原始生命活力逃不脱传统文化的陷阱,或是死亡,或是依附与驯服。舍此之外,我们还有第三条路可走吗?这是陈忠实对民族文化发出的探询和拷问。重要的是,陈忠实认为,不论历史多么沉重,毕竟我们民族有过生命的蓬勃。

在某种意义上,《白鹿原》是一部悲剧,小娥的命运悲剧,黑娃的命运悲剧,白灵的命运悲剧,鹿兆海的命运悲剧,鹿兆鹏媳妇、白孝文媳妇以及鹿三、鹿三媳妇的悲剧。一个又一个灾难,饥荒、年馑、瘟疫;一场又一场劫难,刘镇华的兵劫、反革命的政变、日军轰炸、抓壮丁,如无情的铁犁把白鹿原犁了一茬又一茬。在社会发展的历史进程中，个人命运究竟放置在哪里？历史学家关注的是历史的规律性，在这种历史的大视野里，一般人的悲欢与存亡几乎微不足道。当抗日军民浴血奋战时，一个阵亡军民的妻子的孤苦，有如鹿兆海的那位遗孀，于历史何补又何损？但在这个空缺里，小说家占有了一个广阔的空间，他所关注的，恰恰是普通人在历史进程中的全部痛苦和欢乐，挣扎与参与。这里，个人与历史是既相统一又相矛盾的。个人的莫可名状地、无可奈何地被历史所左右所操纵所支配所作弄的困惑感、悲苦感在那些敏感的艺术家心里，不能不唤起情感的、心灵的创痛和思考的烛照。毕竟，时代的弄潮儿只是少数，芸芸众生是一个更普遍的存在，他们为历史前进所付出的代价往往成为历史前进的推动力。要把这些历史的真实还给历史，当然不太可能。我们要说的是，在陈忠实所理解的历史真实中，我们感到的不只是一个民族的忧思，同时也是整个人类的悲悯，一种人类的终极关怀。

原载《小说评论》1993年第4期

勘探在民族历史的深层厚土

——浅谈陈忠实的《白鹿原》

《白鹿原》这一部长篇小说，以白鹿原上白、鹿两个家族的纠葛为枢纽，展开了从清末民初到新中国成立前夕长达半个世纪的我国现代历史的雄浑又凝重的生活长卷。

20世纪上半叶，我们民族正处在一个历史的转型期，从农耕文化向现代文化转换的艰难蜕变期。以这一新旧交替的特定时期为焦点，从我们民族历史的深层厚土的勘探里去透视、剖析与思考我们民族的过去、现在与未来，这种艺术选择无疑体现了陈忠实深刻的历史眼光和宏大的艺术魄力。

按照传统的史诗性长篇小说的审美要求，作品的艺术构架应该是以重大历史事件为经，以重要历史人物为纬，交织、渲染为特定历史阶段的社会全景图。事实上，在历史事件的规定性冲突里，听从既定历史结论的指拨，铺展开人物的敌我阵营对垒分明的冲突，这样的作品我们已经看得不少了。

面对这一创作模式和阅读期待，陈忠实却以他艺术家的创造精神，毅然决然地走向了另一条艺术之路。

他不是去写历史中的人，他写的是人的历史。他并没有抓住发生在20世纪上半叶陕西的辛亥革命和西安"反正"、北伐战争和陕西农运、土地革命和陕北根据地、抗日战争及解放战争这样一条主线正面展开描写，他把他艺术扫描的历史时空基本上框定在白鹿原这张小小的"邮票"上，塑造了一批活跃在白鹿原上的男男女女、老老少少。

马克思说："任何人类历史的第一个前提，无疑是有生命的个人的存在。""有生命的个人的存在"被马克思予以了高度的肯定，是因为人是历史的产物，而历史又是由人创造的。在漫长又曲折的历史河床里，行进着的主体只能是也必然是人，正是无数的一代又一代的人的活动构成了历史。

写人的历史，当然不只是展开某个或某些人物的孤立的存在，而是通过个体生命的全部活动写出历史的沧桑和时代的巨变。《白鹿原》里的所有人物都只能从清末民初的历史背景中走来，他们的悲欢离合、生死沉浮始终是与20世纪上半叶关中地区的重大历史事件交织在一起的。事实上，重大历史事件在神经末梢上引起的震颤往往会比旋涡中心更敏锐、更细微地传递着时代变动和社会冲突的信息。《白鹿原》的成功就足以证明这一点。

写人的历史，当然不仅仅局限于人的社会政治存在和阶级关系，还要展示出人的历史文化存在、个体生命存在。《白鹿原》所塑造的人物，尤其是十几个主要人物，都沿着人物性格发展的脉络，以服从人物塑造的需要为限度的。人，被陈忠实以全方位的勘探安顿在他们赖以生存的特定历史背景和社会活动舞台，以展开他们各自的命运。

这样，《白鹿原》提供给我们的历史画卷不再只是一部政治史、革命史、阶级斗争史，而是裹挟着历史的全部必然与偶然、定然与或然、有序与无序、可知与不可知的丰富深刻的内涵展开的。他笔下的人物也不再只是历史事件的工具性存在、历史结论的形象性注释，而是为历史事件所规定，又创造和丰富了历史事件的个体生命。陈忠实写出了人的历史，他同时真正写出了历史，写出了历史的浑然一体。

这里的关键在于准确把握历史运动的总体情势即历史的走向与社会心

态。离开这个总体审视，每个人物的命运将失去历史的依控和社会心态的说明。《白鹿原》以无可辩驳的生活逻辑告诉了我们，国共两党是如何从合作走向分裂走向大陆解放的，以血缘关系为纽带的家族制度和儒家传统文化又是怎样与政治斗争密不可分地纠缠在一起的。这样，陈忠实也就通过这一段历史生活向着我们民族的秘史一步步进逼：究竟是哪些复杂因素使得我们走向现代化的历史进程获得了内在动力，又存在着哪些历史的陷阱与误区？

作家的历史眼光在这里显示了他的深邃冷峻。他并不停留在历史的短暂时间与表层，而是持一种历史的长期合理性的观点来对我们民族进行整体反思。当陈忠实努力摆脱有限时空的狭窄视野，将他笔下的人物的命运搁置在一个更为长远的历史进程中予以审视时，他拥有了一个更为坚实的历史基座和相应的历史时空的自由度，这使他对我们民族历史的思考有可能提升到历史哲学的维度。所谓历史的必然性并不意味着我们可以将它置于一个与主体无关的客观秩序之中而误解了价值的选择与判断。短时间的历史合理性一旦还原到历史的长河也许会黯然失色而走向它的反面。至少，当鹿兆海作为一个军人，浴血中条山击毙四十三个日寇时，他是爱国的民族英雄，他因此而被白鹿村人隆重祭奠并厚葬于故土。然而，作品提示我们，鹿兆海事实上是死于对陕北红军的"围剿"，这不仅仅是个人命运的悲剧，也表明了人物命运无从逃避历史的规定。问题恰恰在于：这个历史规定是合理的吗？若干年后，他坟头的高大石碑上布满了屎尿，这不能不透露出一种人生的悲凉，暗示着一种历史的嘲弄。当朱先生这位生活的见证人、历史的审判者临终叮咛不可棺葬时，我们会觉得既悖情又悖理。然而，谁曾料到，"文革"十年，大破"四旧"，朱先生生前的这一安排竟然是最具预见性的。而他坟里的那块砖头内层镌刻的"折腾到何时为止"的警句，更不能不让每个读者都陷入深思。当然，作品人物的历史观并不等同于作家的历史观。陈忠实显然是吸取了当代思想的优秀成果，在历史的远距离中对我们民族走过的这一段历程进行了回溯与反思。显然，作家蒸腾于现实之上的历史眼光与历史运行的真实轨迹在这里相碰撞、相冲突，这历史哲学沉思的火花照亮的正是陈忠实对我们民族振兴的拳拳之心与深深忧虑。

选自《看到与没有看到的风景》，太白文艺出版社，2005年

人与历史　历史与人

——再评陈忠实的《白鹿原》

　　白鹿原既是西安地域图上一个真实的存在，又是陈忠实为我们虚构的一个艺术天地。并不存在一个先在的客体的白鹿原的固有的"美"，然后才有陈忠实的主体的对白鹿原的美的发现。审美发现是一个主客体相互作用、相互撞击、共同生成、共同提升的过程，是主体在直觉和想象中建构超验世界的过程，也是作品的形而上意义向主体生成和显现、敞开的过程。艺术的创造如昆德拉所说，是人类对自身存在的深层体悟。这样，当陈忠实构造他的《白鹿原》，通过人的历史以写出历史中的人时，我们绝对不可忽略陈忠实笔下的人物乃是一种艺术虚构和艺术创造。正是这种虚构和创造保证了《白鹿原》的主要人物形象具有了更为深广的社会涵盖性和历史穿透力。因为他们只能从清末民初的历史背景中走来，他们的生死沉浮、沧桑巨变是与20世纪上半叶关中地区的重大历史事件交织在一起的。

　　我们要特别指出，陈忠实在自己的生命体验中，在"不仅感知过去的过去性，而且感知过去的现在性"[1]的历史联系中，所获得的是深邃而冷峻的历史意识和热烈而痛苦的历史情感。这使得陈忠实有可能在我们民

---

[1] 托马斯·斯特尔那斯·艾略特：《艾略特文集》，上海文艺出版社，1982年。

族的整个历史，特别是近现代史的长河中，在理性与感性的交融里去审视我们民族的历史步伐是怎样艰难地走向今天和未来，去审视他笔下人物的历史存在、文化存在和生命存在，去塑造一个又一个熟悉而又陌生的艺术典型。这种生（空间）的历史性和历史（时间）的整体性，即广阔而深厚的时空把握和艺术视野，在《白鹿原》的人物形象序列里，得到了充分的体现。

历史固然是一部阶级斗争史，但又不只是阶级斗争史。毫无疑问，阶级斗争构成了历史的主轴，但，围绕着这个主线所交织成的历史之网，是一个丰富而复杂的存在结构。在由社会的、政治的、经济的、文化的、心理的等等诸多因素构成的民族历史的复合状态里，都存在着或者说贯穿着阶级斗争。正如恩格斯一再强调的，历史的发展乃是诸种合力的结果。

白嘉轩和鹿子霖是作家倾注全力为我们塑造的两个地主形象，但又不只是地主形象。小说告诉我们，在白鹿原两家合一的宗祠中，白嘉轩是族长。较之于地主，族长这一身份使得白嘉轩拥有了宗法家族制度所赋予的至高无上的权威。

白鹿原作为清末民初至新中国成立前夕中国历史的一张邮票，可以视之为我国社会的缩影。正如《百年孤独》的马孔多镇是哥伦比亚的象征一样。在白鹿原的社会结构中，有以田福贤、岳维山为代表的国民党政权势力，有以鹿兆鹏、白灵为代表的共产党革命力量，有以鹿黑娃、大拇指为代表的农民土匪武装，三方交织成你死我活的矛盾、冲突，而又你中有我，我中有你。有以朱先生为代表的精神领袖，象征着我国传统文化的优秀部分和人格理想；也有以鹿子霖为代表的我国传统文化的劣质、负质的沉重负荷。正是在这样的复杂政治、文化秩序中，白嘉轩以他笔直、挺直的腰杆巍然岸然地走过白鹿村镇，予白鹿原的男男女女、老老少少以巨大的精神威慑力，成为白鹿村难以撼动的宗族之长。

人们当然要问，既不是官，又不是党（无论国共两党还是我国近现代史上的其他政党），白嘉轩的威严与权势从何而来？如果白嘉轩仅仅只是一个地主，经济上的控制权虽然必然带来他社会地位的显赫，但并不一定能够（至少不足以）成为全村的主宰生死祸福贤愚优劣的最后裁判者。事实上，作为地主，白嘉轩并不是拥地千顷的大富豪，在政治上，他也几乎从不介入党派斗争，从来无意于进入官场，哪怕是村保长之类的芝麻官，他也一律拒绝。

我们当然可以从白嘉轩自身的使命感、优越感中寻找到答案。白嘉轩的强大人格力量来自他维护中国宗法家族制度的自觉使命和在履行与实践这一使命过程中的自信自持与顽强意志力。他先后娶了七个妻子，是为了确保传宗接代在合法的婚姻关系中得以实现。他可以在前妻死后不惜倾家荡产地续妻，而他不仅没有因此而危及自身，反倒因此人财两旺，家业振兴。除了正规的伦常范围内的婚姻，他绝不拈花弄草。他的巧设计谋，换地迁坟，无论心计与手段都不能说是正大光明的，但他居然获得了成功，并由此发迹而一次又一次地战败了鹿家。为了发家，他第一个在白鹿原种植鸦片，进行药材生意，并不乏经济头脑。他坚持"耕读传家"的治家传统，兴办学堂，送子女上学，也要求全村子女上学，但绝不是新学，而是传统儒学。他亲自参加农田劳作，也严格规定子女在有了一定文化后辍学务农。他绝不是一个伪君子，他时时处处身体力行，以身作则，恪守封建的伦理道德和人生信条，忠实地捍卫着一个家长的权威和地位。

但，白嘉轩又不只是一家之长，他同时还是一族之长。他在白鹿原顽固地、残酷地推行着以血缘关系为纽带的宗法家族制度和这个制度的全部封建礼教，即儒家文化传统。白嘉轩的封建道德修养和人格意志当然保证了他可以当之无愧地成为族长，但如果没有这个宗教制度和宗祠组织，如果没有小农生产方式构成的自然经济和农耕文化，他也只能局限在一个家庭范围内去做一个封建礼教与家族制度的忠实信徒和忠诚卫士。正是以宗祠形式组成的宗法制度和传统文化，为白嘉轩这个族长施展他的全部顽固与全部抱负、才干提供了社会保障与现实可能。这就是说，白嘉轩与家族制度，与传统文化有着二而一又一而二的相互依存关系。

这让我们想起了曾国藩。曾国藩在我国近代史上是一个复杂的历史人物。人们完全可以从不同的角度对曾国藩进行评价，但有一点是不能回避的：正是以曾国藩为代表的一批封建士大夫、官僚、政治家、军事家在维护即将灭亡的清王朝的统治地位中起了任何人也难以替代的作用。中国封建制度之漫长，原因是多方面的，其中重要的一条就是有曾国藩这样一些封建制度、封建礼教的台柱式人物支撑着这摇摇欲坠的封建大厦。作为一个历史人物，曾国藩的历史地位不容低估。

我们看到，在白鹿原的特定环境里，封建社会的结构与秩序风雨飘摇，正无可挽回地走向解体，即使如此，仍然有白嘉轩、鹿子霖、朱先生、冷先生这些封建代表人物活跃在这个历史舞台上。他们虽然要竭力去维护这个制度，却又不得不与这个制度共同走向衰亡。正是白嘉轩在朱先生的支持下创设并建立起乡约村规，镌刻在白鹿原祠堂的大墙上。"这块土地既接受文明也容纳污浊。在缓慢的历史演进中，封建思想封建文化封建道德衍化成为乡约族规家法民俗，渗透到每一个乡社每一个村庄每一个家族，渗透进一代又一代平民的血液，形成这一方地域上的人的特有的文化心理结构。"[①]绝不可小觑了这一乡约村规，它既是道德规范，同时也是精神框定和精神枷锁。在这个白鹿乡约面前，黑娃与小娥的同居不仅得不到承认，反而被驱于村外，成为黑娃与小娥的悲剧命运的发端；白孝文也因此遭鞭笞，以致堕落为一个败家子；鹿子霖因此在精神上蒙受了酷刑而决计对白嘉轩进行无情报复；甚至白嘉轩的爱女白灵也被无情地永远地驱出家门，断绝了父女恩情……封建文明悖逆人类天性的残酷与暴虐，在这里得到淋漓尽致的表现。

当然，白嘉轩并不是曾国藩，任何比拟都只能在相对的时空条件与范围内成立，曾国藩是镇压太平天国起义的血腥刽子手，而白嘉轩作为族长，却十分微妙、奇特地始终与政权保持着距离，与党派斗争保持着距

[①] 陈忠实：《灞桥民间文学集成·序》，见西安市灞桥区民间文学编委会编《灞桥区民间文学集成》，1990年。

离。一般来说，封建政权与封建族权总是相互依存互为表里的，但《白鹿原》的意义恰恰在于，绝不固守历史的定见，绝不囿于历史教科书演绎的某些规律。历史的复杂恰恰在于它既是可知的、有序的、有情的、可以言说的，又是不可知的、无序的、无情的、难以言说的。历史的必然与偶然、定然与或然构成了历史的全部奥秘和意蕴。白嘉轩这个生活在19世纪末、20世纪上半叶的族长，从不染指政治，虽然，政治从来没有放松过对他的控制与影响。也许，正是这一例外，作为一个不例外的补充，给我们的历史保留了一幅接近本来面目的图画。而且，正是白嘉轩站在一族之长的地位上，救了鹿子霖一命，认可了黑娃对传统文化的回归与认同，拒绝了鹿子霖、田福贤、岳维山多次让他出任乡约的请求，使他的种种义举具有了超越党派之争的人格力量与道义力量。不要忘记，在民国初年，他曾发动过大规模的鸡毛传帖和交农事件；在大旱之年，他曾亲自扮演马角，祈天求雨。在他身上，那种为民请命的优秀传统无疑闪耀着夺目的人性光辉。

　　白嘉轩，我们很难对他进行简单的道德与历史判断，因为他原本是一个复合形象，一个复杂的审美对象。在这个形象身上，熔铸并寄寓了陈忠实对我们民族历史、民族文化、民族心理，以及传统道德、传统人格的艺术写照。这个形象的意义早已超越了政治的层面、阶级的层面，而包容了、涵盖了如同历史本身那样的多义性和不确定性。

　　站在白嘉轩对立面的是乡约鹿子霖，这是一个阴冷的、淫乱的、脆弱的人。值得注意的是他与白嘉轩所展开的延续三代人的争斗与较量，既是两个家庭的世代纠葛，又是传统文化、传统道德、传统人格自身的内部矛盾与冲突的集中反映，更是晚清以来我们民族历史的政治风云紧紧纠缠在一起，特别是与国共两党的生死搏斗密切联系的集中反映。正是鹿子霖为了争夺在白鹿原的统治权，为了击败白氏家族，为了报复农协对他的游斗，极其卑劣地占有了小娥并且设下美人计拉白孝文下水，又千方百计地投靠国民党当局，成为白鹿原的乡约，自觉充当起国民党统治白鹿原的忠实走卒。作家的这一人物设计，应该说是寓有深意的。尤为值得重视的是，在对国共两党的斗争的艺术概括里，陈忠实并没有简单化、极端化，而是力求揭示出历史的复杂性、斗争的复杂性。

田福贤、岳维山，一个是白鹿原总乡约，一个是滋水县国民党党部书记。和以往将国民党代表人物脸谱化、漫画化的写作模式截然不同，陈忠实在无情揭露田福贤、岳维山的血腥镇压农民协会与农民运动，残暴进行反攻倒算，不顾人民死活地鱼肉乡里、贪污行贿、巧取豪夺、横征暴敛、强拉壮丁，追捕拷打鹿兆鹏、黑娃等罪恶行径时，并没有将这一切与他们的个人道德品质生硬联系起来。作家主要是从国民党政权本身的反动性质这样一个总体把握出发来塑造田福贤、岳维山。从政治主张、政治立场看，田福贤、岳维山始终与鹿兆鹏、黑娃站在势不两立的位置；但从个人道德与人格看，陈忠实也写出了田、岳二人在忠实地执行国民党的统治方略时的顽固效忠与坚定不移，以及不近女色、不落井下石、不鲸吞鹿子霖的家产等等。在政党斗争与个人品质的既相联系又相区别的复杂关系中塑造人物，应该说是陈忠实对我们民族历史深层思考与对人物命运深层开掘的艺术表现。

这种努力揭示历史复杂性的艺术追求尤其表现在作品关于国共两党的斗争究竟给白鹿原带来什么影响与变化的描绘中。在聚集了四十多年的时间沉淀之后，陈忠实以一种长距离的大历史眼光来重新审视20世纪上半叶的国共两党斗争。他认为："从清末一直到1949年中华人民共和国建立，所有发生过的重大事件都是这个民族不可逃避的必须要经历的一个历史过程，所以我便从以往的那种为着某个灾难而惋惜的心境或企望不再发生的侥幸心理中跳了出来。"[①]这当然不是说，陈忠实要化解与稀释他的历史情感，离开审美情感的审美创造将是不可思议的，而是说陈忠实力图摆脱狭隘的、短暂的、片面的功利目的与功利态度，尽可能从历史的过去、现

[①] 陈忠实、李星：《关于〈白鹿原〉的答问》，载《小说评论》1993年第3期。

在与未来的联系里重新回顾与反思历史，并且努力避免将个人的情感好恶强加于这一段历史。

小说告诉我们，青年学生鹿兆海与白灵竟然以看银圆选正负面的方式来决定谁加入国民党，谁加入共产党。在北伐时期，国共两党的一度合作无疑让广大追求进步的青年认为两党的目标是一致的。应该说这一判断并不违背而是反映了一种历史的真实。其后，随着革命形势的进一步发展，国共两党围绕着革命领导权特别是农民运动产生分歧，进而分裂，再进而国民党向共产党举起了屠刀。鹿兆海与白灵的党派归属的易位也就从天真幼稚的情感要求演进为一种严酷的政治选择。抗日战争的烽烟涂抹了中国的政治版图，沉重的民族灾难再次把国共两党推向了合作。鹿兆海就是以抗日杀敌的民族英雄身份而被白鹿原村民隆重祭奠的。然而历史再一次对鹿兆海开了一个残酷的玩笑，他其实是死在了国民党在陕北"剿共"的内战里。若干年后，鹿兆海高大的墓碑上竟然为屎尿所覆盖，这种历史误会所导致的历史荒谬感与人生沧桑感、苍凉感不能不给读者带来无限的沉重。而鹿兆海与白灵的爱情的破裂最后却是以鹿兆鹏与白灵的爱情的结合完成的。在政治与爱情的纠葛与重新组合里，你既为历史的无情所震撼，也不得不为历史的有情而动容。

面对历史的严峻、严酷，陈忠实从历史与时代的必然联系中，站在今天的高度去反思那一段历史，既写出了新中国的建立走过了怎样一条艰难而曲折的浴血苦斗的漫长道路，也不回避我们的革命曾经陷入了怎样的"误区"。很难设想，一场巨大的历史变革将会是完美无缺的。鲁迅早就指出，革命充满了血腥。小说告诉我们，白鹿原上最美丽最具有革命叛逆性的白灵，义无反顾地踏上了奔赴延安的旅程。她躲过了国民党残酷的搜捕，却不得不在极左路线的淫威面前束手无策。岂止白灵救不了自己，甚至廖军长也无能为力，她终于被极左路线的执行者以"革命"的名义活埋了。这历史的惨痛将与白灵的屈死一道铭记在后人心上。这当然只是个人的悲剧，小说同时也描绘了红36军由于极左路线的错误和叛徒出卖，盲目冒动，进攻西安，以致全军覆没。

小说的深刻尤其在于生动揭示了给革命带来挫折的极左错误往往会被混进革命队伍的异己分子提供保护伞与"神圣"借口。白孝文，这个封建家族制度的忠实维护者，这个白鹿祠堂的预定的接班人，因鹿子霖的拉下水而一度堕落为败家子。但是，封建文化的强大使得他浪子回头，成为滋水县保安团的营长。他不仅重振家业、家风，而且在策划起义迎接解放的重大关头，居然摇身一变，投机革命，成了初解放的滋水县的第一任县长。他枪杀保安团张团长，就已充分透露了他的险恶用心，他终于借用了"革命"的名义，顺利地快速地处决了这场起义的真正策划者——他的族兄弟、同学、同僚鹿兆谦（黑娃）。鹿兆谦的死当然不同于白灵的死，但是，两条鲜活的革命者的生命，却赫然昭示了一条沉痛的历史教训：在革命的行进过程中，我们不仅面对着敌人的屠刀，同时，还得时时提防来自自己阵营内部的种种暗箭。

朱先生在小说中，被描塑为一位智者、圣者、预言家。这位关学的最后一位传人，生前曾留下一条箴言："折腾到何时为止。"他曾经把蔓延、扩散在白鹿原上的无休止的争斗，如刘镇华围城、反革命政变、日军轰炸、联保制度、抓壮丁、土匪出没，乃至国共两党的斗争对白鹿原的影响，形象地喻为把白鹿原变成一个"鏊锅"。不能说，朱先生的历史观就是作家陈忠实的历史观。作品人物的观点是人物在作品提供的既定环境下的性格发展的逻辑必然，受制于人物的社会、思想文化和生活经历背景。作为一个历史唯物主义者，陈忠实当然是从社会生产关系即生产资料的占有、分配、交换方式出发来理解历史的。"折腾"只是一种社会现象一种表现方式，在"折腾"的后面有着复杂而深刻的社会历史文化心理，特别是经济原因。《白鹿原》本身就为我们解释这个"折腾"现象提供了诸多方面的暗示与可能。至少，鹿兆谦的被杀就预示着"折腾"仍将难以避免。

《白鹿原》关于每一个人物的命运及其归宿的刻画，都为我们解开这个历史之谜提供了思考的线索。

且不说白孝文在沦为乞丐后居然由于投奔了保安团并且擢升为团长，而重新成为白嘉轩光宗耀祖的得意之作，再次进入了白鹿祠堂；单说白鹿原上苦大仇深，从小就富有叛逆精神的鹿兆谦的人生道路，也足以表明封建文化、封建精神传统具有何等强大的影响力、支配力。鹿兆谦的父亲鹿三，这位白嘉轩唯一的长工，按其阶级地位而言，应是与白嘉轩势不两立的，然而，鹿三偏偏是白鹿原上最讲仁义的长工。黑娃（鹿兆谦的小名）从小就与鹿三格格不入，更与白嘉轩格格不入。屈辱的奴仆地位使得这个长工的儿子，早在童年就萌生了强烈的反抗意识，虽然这是本能的、原始的、朴素的。吃冰糖、点心的早期记忆，成为他永远抹不去的心灵创伤。居高临下的恩赐不仅不曾给他以慰藉，反而深深刺伤了这颗敏感而自尊的少年的心。他成了白鹿原"风搅雪"（农运）的带头人，他投奔过红军，但是错综复杂的政治格局与变幻不定的社会情势把黑娃引向了土匪的行列。人，在历史中的命运就是这样令人难以把握。黑娃当然不安于当土匪，早期的革命经历特别是与鹿兆鹏时断时续的联系，都使得这个"二拇指"蒙上了一层有别于一切土匪的色彩。长期的打家劫舍，不能不使他厌倦而另谋他途。他终于皈依了传统，成为朱先生最后的也是最好的一个学生。当他组成了一个充满传统色调的新家庭，当他荣耀地回归故里，跨过祠堂门槛之际，早已把他的蛾子抛在了脑后，彻底遗忘了。这当然是蛾子的悲哀，但同时也是黑娃的彻底失败。他背叛了他搞农运时的信仰与追求。历史再次为他提供了机遇，他在鹿兆鹏的启发下毫不犹豫地发动了起义以策应解放。然而，他过早地死在了白孝文罪恶的枪口下。黑娃的人生之旅，一如白鹿原上所有的主人公们一样大起大落，陡起陡落，是偶然的吗？我们当然不能排斥偶然、或然，但是同样仍然难以排斥必然、定然。至少，有一点是可以肯定的：朱先生死了，鹿子霖死了，白嘉轩垂老矣，然而他们所代表的封建的文化精神、传统并没有从白鹿原上消失！

我们必须走出传统，但我们只能在传统中存在。完全切断传统不仅不应该，也不可能，这里关键在于如何认识传统。《白鹿原》所表现的是陈忠实对传统的辩证思考，无疑富有启示意义。绝不回避对传统的历史性批判，但他对传统中的优质、正质也同样做了充分理解与肯定。这种对传统、对历史的一分为二的审视与观照，显然与陈忠实对现实、对时代的思考分不开。他是从我们民族历史的曲折中去反思传统的重负如何阻碍着我们的民族走向现代化，同时发掘出传统中的积极因素、肯定因素，指出在我们民族振兴的今天，这些合理内核仍然具有内在的强大活力，应该成为我们迈向现代化的可贵历史财富。

"所有悲剧的发生都不是偶然的，都是这个民族从衰败走向复兴复壮过程中的必然。这是一个生活演变的过程，也是历史演进的过程。"[1]

"我不过是竭尽截至1987年时的全部艺术体验和艺术能力来展示我上述的关于这个民族生存、历史和人的这种生命体验的。"[2]

陈忠实的自述为我们通向《白鹿原》的缤纷艺术世界打开了理解之门。

原载《文艺理论与批评》1993年第6期

---

[1] 陈忠实、李星：《关于〈白鹿原〉的答问》，载《小说评论》1993年第3期。
[2] 同上。

创作的直接性

——从陈忠实的《日子》谈起

2001年《新华文摘》第12期登载了陈忠实的短篇小说《日子》。这篇小说先刊在2001年《人民文学》第8期,推测起来,至少在这年春夏之际已经定稿。对于关注和喜好陈忠实创作的读者来说,《日子》的面世,不能不说是一份惊喜!

《日子》给人的一个突出感觉是写得从容不迫,有一种游刃有余的大气和隽永。

《日子》的从容不迫,从叙述方式、话语方式上可以明显感觉到。作家娴熟地运用第一人称口吻,娓娓道来,讲述了他在滋水河滩上不期而遇地听到了一对在河滩上捞石子的夫妇拌嘴的故事。

"他们两口子拌嘴的话所涉及的内容和范围,我都不大在意。我只是想听一听本世纪第一个春天我的家乡人怎样说话,一个高考落榜的男人和一个曾经有过好腰身的女人组成的近二十年夫妻现在进行时的拌嘴的话。"

随着时间推移,"我"已经不再是漫不经心,而是有意地甚至是多次地来到河滩,关注起这对夫妇了。

整篇小说,几乎就由这对夫妇的对话构成,当然有时也免不了插入"我"与他们的交谈。

值得注意的是,"我"的从"无意"到"有意"的转承,写得几乎不落痕迹，水到渠成。尤为令人赞叹的是，那些家长里短的农家夫妇的拌嘴，写得简洁而贴切，如见其人，如闻其声，一切都自自然然，浑然天成，仿佛不曾有过任何修饰与加工。

《日子》的从容不迫，还可以从情节的单纯性中体会到。

短篇小说，由于文体的特征，并不要求在短小的篇幅中容纳多么庞杂的内容，它如同肌体上的一个切片，只是在显微镜的审美观照下，去收获"以一当十"的效果。

《日子》的情节非常单一。场景始终是在河滩，人物也只是一对夫妇再加上"我"，但在作家笔下，文章却写得波澜起伏，疏密有致。第一次听拌嘴，围绕"好腰（身）"，初步勾勒了人物。第二次听拌嘴，人物有了层次感。第三次，情节突起风波，"男人久久缺席，女人哭诉委屈"，不料，"男子"竟然"自个来了"，重新支起了罗网，重复起日复一日地捞石子。像是在读美国作家欧·亨利的小说，结尾处，陡起陡落，给读者以一个意外的而又沉重的心灵撞击。

《日子》的从容不迫，当然最重要的是人物的处理。主要借助于对话，作家从从容容地将人物推到读者面前。靠人物自己说话——夫妇对话，而不是作家的描述来塑造人物。这是话剧的手法，话剧的特长。它所要求的话语的个性化和动作性，《日子》可以说发挥得淋漓尽致而又恰到好处，不由得让人想起写《茶馆》的老舍。

先是"女人"埋怨"男人"是"硬熊"，"男人"说"中国啥都不缺就缺硬熊"。这还只是个概念性的对读者的交代。

"我说嘛，人是个贱货！贱——货！"这是第二场对话时，"男人"的自问自答。显然是"男人"来自几十年人生体验的一个总结，既是对别人、他人的审视，也是对自我的警示，更为人物性格的完成埋下了重重的伏笔。在《日子》里，这句话写得轻轻松松，似不经意，却很有分量，显示了举重若轻的艺术功力。

终于，"男人"在经历了一场内心的剧烈冲突之后，重新出现在读者面前。

"'不说了。'他对我说。"

"'不说了。'他对她说。"

"'再不说了。'他对所有人也对自己说。"

"'不说了。'他又说了一遍。"

每次重复，都有不同的交谈对象，都有不同的内涵，而又一次比一次丰富，余味无尽。

至于那个"不说了"的内容，它的具体所指，因了有"女人"与"我"的对话为垫底，每个读者都会有自己的理解。

至此，一个"硬熊"形象，就立体凸现给了我们。

别林斯基和车尔尼雪夫斯基曾分别在不同场合，谈到"创作的直接性"。它所指的是作家把感知生活的活跃想象力和艺术实践时的敏锐表现力完整地结合在一起，使它们在整个创作过程中相互激发，并肩前行。这样，作家会觉得完成作品所需要的技能是轻而易举的，顺手拈来的；而在读者看来，觉得作品是一气呵成、妙手天成，似是全无斧凿之痕。

对创作过程中的这种得心应手、随心所欲，我国古代文论中曾有不少论述。钟嵘就曾讲过："既古今胜语，多非补假，皆由直寻。"李渔也说："妙在水到渠成，天机自露。"章学诚则说："无心偶会，则收点金之功；有意更张，必多画蔓之诮。"更早，刘勰在《文心雕龙·养气》里，更提出"率志委和，则理融而情畅；钻砺过分，则神疲而气衰"。所谓"率志委和"就是循心之所至，任气之和畅，一种从容不迫、直接抒写的自然状态。

毫无疑问，创作是一项艰巨而复杂的精神劳动，最需要思想感情的高度集中与提炼、升华，刘勰却在《文心雕龙·神思》里认为："秉心养术无务苦虑，含章司契不必劳情"，主张"率志委和"，这样的创作心态，当然有他的对艺术创作中审美机制的独具慧眼的洞察和领悟。

应该看到"率志委和"对于作家是一种境界，一个很高的要求。它建立在作家对审美对象准确而生动的直接把握的基础之上，建立在作家主体的情感和想象的内在生命的充沛饱满基础之上，建立在创作主体与客体内在和谐交融的基础之上。没有长期的、独特的对人生的感悟，没有艰苦的、持久的艺术创作实践和探索，要想在创作中达到"率志委和"的境界，实现"创作的直接性"，是不可想象的。

《日子》之所以写得从容不迫，显然得力于作家对农村生活、对农民群众的谙熟与感同身受的体认，也得力于作家数十年的艺术追求，特别是创作《白鹿原》时所积累的艺术经验和所达到的艺术水准。

不难看到，陈忠实仍然始终如一地将他的艺术眼光专注于中国的广大群体，即底层百姓的命运和精神历程。较之于目前创作中那些远离劳苦大众的所谓"自我"写作、"身体"写作……这种自觉，这份坚守，已经是一种精神上、情操上的卓尔不群。

爱因斯坦在论述科学教育时曾经提出，我们应该使科学"作用于心灵"，而不是将科学降低为"改变人类生活的工具"。科学尚且如此，更何况文学艺术？

一对农家夫妇，十多年里在河滩捞石头，只是为了让唯一的女儿能替父亲圆了当年上大学的梦。女儿现在不能上重点班，大学之门很可能不会对女儿开放，"男人"因此一度想到"我现在还捞石头做啥！"但终于，男人重新出现在河滩，"大不了给女儿在这河滩上再撑一架罗网！"

我们可以评论说，"男人"这个当年的高考落榜生，完全可以另谋生路，在商海中开辟新的生机。但作品的意趣并不在于此，它所揭示的是一种普遍的生存状态、精神状态，那就是一种"硬熊"式的坚韧不拔与卓然特立。对于市场经济下的人格建设，这不能不是一个严峻的课题。在这里，我们不难发现，创作对象与创作主体存在某种契合。它让我们想起老舍先生的《断魂枪》，那是老舍短篇中的压卷之作，一定程度上也是老舍人格的自我写照。

《日子》的出现，其意义，不只是告诉了我们陈忠实并不曾停止他的艺术思考和艺术追求，它所再一次证明的"创作的直接性"还告诉我们，要创造出真正的或者优秀的作品，我们的作家必须从浮躁的、急功近利的创作心态中拔足，沉潜于生活与艺术的创造性领域与实践之中。

原载《延河》2002年第5期

两棵大树的召唤：《白鹿原》与《大地》比较研究

陈忠实，一个耳熟能详的名字，他的《白鹿原》所引起的阅读轰动，在世纪之交的中国文坛，留下了令人难忘的回忆。

赛珍珠，一个陌生的名字，似乎是不该遗忘的记忆之海里一颗尘封的明珠，这颗带有浓重中国色彩的明珠，属于一个美国的女性作家。人们常常将她与赛金花混为一谈，这不能不是让人尴尬的误会。

赛珍珠，被称为"大地之女"，这个"大地"却不在她的脚下，而在她的梦里，在她的情感世界里，在她曾经真实生活了近四十年的中国。然而，历史的烟尘里，她却是"美国反动文人""美帝国主义文化侵略的急先锋"。在一些美国人眼里，她一度成为"邪恶的亲共分子"，联邦调查局胡佛曾下令对她展开秘密调查。

她是一个异乡人，真正意义上的精神漂泊者。"冷战"更是让政治陷害、政治误会噩梦般纠缠着她。1973年，81岁的她，申请再度访华失败后，病中的她逝世于美国佛蒙特州，骨灰安葬在费城，在她的墓碑上，只有她手写的篆书：赛珍珠。她至死仍把自己与中国，与中国文化联系在一起。她本来希望死后能埋在中国镇江，与她父母的墓在一起。

1938年，赛珍珠以她的《大地》三部曲获诺贝尔文学奖。然而，无论在当时的中国，还是美国，文坛并不看好赛珍珠，包括鲁迅、福克纳。

赛珍珠，一个充满争议的作家。

宾夕法尼亚大学在介绍赛珍珠时，是这样说的：

"在所有影响美中两国文化史和文学史的人物里,她是那些最知名、最令人瞩目、最有争议的一个;同时又是被人们研究、记忆最少,并且获得荣誉最少的一个。"

半个世纪的误解与冷落,赛珍珠终于进入我们的视域。1991年,镇江召开赛珍珠文学创作研讨会,1992年,赛珍珠诞辰百年,也有多种活动纪念这位越来越引起人们关注的作家。

本文将《白鹿原》与《大地》进行比较研究,并不是想要证明《大地》获诺贝尔文学奖的公正性,也不是因为《白鹿原》作为第四届茅盾文学奖的获奖作品,具有与诺贝尔文学奖获奖作品的可比性。人们对赛珍珠获奖,见仁见智,当然免不了不同看法,一个不容置疑的事实是,获奖作为历史存在,是无法改变的。获诺贝尔文学奖的作家多了,如果要比较研究,高行健倒不失为一个人选。但高行健虽然写的是中国,他的艺术焦点却并不在中国农村。

之所以将《白鹿原》与《大地》予以平行比较,出于下述思考:

两部作品都如海德格尔所言,属于"精神还乡"之作;

两部作品都对中国农民命运、中国社会变迁予以审美的观照;

两部作品反映的两位作家的小说观念与文化立场的异与同。

当两部作品互为镜子,它们彼此形成的映像,将为我们深化作家作品研究提供诸多启示。

精神还乡

《白鹿原》与《大地》都是以土地为自己的作品命名。

命名是一种召唤,既是界定,又是迁移。佛说里有一种特殊的逻辑:佛说×,即非×,是名×,以×名之,则此名×是×,又不是×。不确定性与确定性的互为证明,这样一种逻辑,我以为为我们理解、解读文学作品,拓展了一个更为广阔的自由空间。

成功的长篇小说的命名,往往寓有深意,它是作家强烈而饱满的内在精神驱动力的具象表述或抽象概括。前者如《巴黎圣母院》,如《双城记》;后者如《百年孤独》,如《喧哗与骚动》。

有没有这样的精神驱动力,具有什么样的精神驱动力,对作家创作的成败至关重要。正是这种驱动力的强度与深度,决定了作品艺术生命力的短暂与长久。

《堂吉诃德》这样一部伟大作品,至今人们仍然有不同的理解。加缪认为西西弗斯的知其不可为而为之是堂吉诃德最可贵的品质。而米兰·昆德拉则更愿意把堂吉诃德理解为一种伟大精神力量的象征。"人面对的不是一个绝对的真理,而是一个相对的真理,因而唯一具备的把握是无把握的智慧。""堂吉诃德向着朝他宽阔敞开的世界出发了,他可以自由地进入或回到家中,只要他愿意。欧洲最早的小说就是在被人看来无限大的世界中的旅行。"[①]

能否认为,在塞万提斯那里,探寻人在无限大的世界里旅行,构成了他创作的内在精神驱动力?这种对人的存在的深层勘探,在我们的《红楼梦》里,同样可以看到。曹雪芹说:"满纸荒唐言,一把辛酸泪,都云作者痴,谁解其中味?"《红楼梦》为我们创造了一个独特而无解的艺术世界,在这个世界里,"梦"与"幻"、"真"与"假"、"实"与"虚"具有无限可能性的关系。发现与慨叹"关系"的无限可能性,驱动曹雪芹创作了这部不朽之作。

内在精神驱动力并不简单地等同于作家的创作意图,虽然它包含了创作意图。作家的创作意图作为一个出发点,往往与作品的客观效应即文本阅读并不对等,错位几乎常常出现。读者的"感受谬见"与作者的"意图谬见"一样,更是一种普遍的存在。

这里所说的内在精神驱动力是指审美的意向性和它所导致的形而上思

[①] 米兰·昆德拉:《小说的艺术》,上海译文出版社,1992年,第6页。

考（明晰的或模糊的）以及由此孕育的创作冲动。作家的文化背景、地缘（族缘）浸润，个体生命历程，对存在的思考与领悟，与现实世界的审美关系，感知并表现这种审美关系的言说方式的选择，等等，构成了精神内驱力，而创作冲动则是指审美创作的爆发力的形成与强度。这首先是一个感性的世界，同时又为理性的光芒所照耀，波涛起伏的感性之海，光斑闪耀，扑向岸边，寻找突破，寻求宣泄。

考察陈忠实迄今为止的小说创作，不难发现，"精神还乡"是他创作的内在源泉。将近"天命"之年问世的《白鹿原》是他的"还乡"杰作。肉身与心灵的"还乡"，让他平静地在白鹿原下的故里，夜以继日，为时四年，完成了《白鹿原》的创作。

对于赛珍珠，中国已是她的"第二故乡"。出生四个月，襁褓中的赛珍珠，被作为传教士的父母带来到中国，那是1892年秋。在长江岸边的淮阴、镇江，赛珍珠度过了她的童年。在乳母王阿妈的陪伴下，她学会了中国话，学会了和中国孩子交往，中国民间故事和神话传说为她打开了一个中国孩子眼里的儿童世界。前清秀才孔先生，是她中国文化的启蒙老师。传统中国文化典籍的初步学习与中文读写训练，为时三年。这是一个开明的传教士家庭。

1929年，在南京，赛珍珠开始了《大地》第一部的写作。

在此之前，她已有两篇随笔在美国发表，初步展示了她的文学才华，她对中国文化的一往情深。这期间她开始了她的短篇小说创作。其中一篇《异邦客》是她的处女作，写她的母亲，一直尘封于书匣，直到《大地》成功多年后方得问世。另一篇《东风——西风》写中国妇女的命运，写中国妇女在东西方文化冲撞中的悲欢。小说在美国的出版，让她意识到中国题材小说在美国文化市场拥有不少读者，促成她《大地》的写作。

"中国人的生活多年来就是我的生活，确实，他们的生活始终是我生活的一部分。"赛珍珠在小说获奖致辞中这样述说，她是真诚的。

《大地》以中国为题材，从中国农民与土地既亲和又疏离的关系切入，倾注了赛珍珠对中国的关注与热爱，是赛珍珠对她的"第二故乡"的精神探寻与回归。

陈忠实对故乡大地的回归，赛珍珠对中国大地的回归都是作家精神之旅的重大事件，分别标志了他们艺术生命的巅峰状态。

精神返乡，回归唯一故乡，构成了陈忠实的《白鹿原》强大而持久的内在精神驱动力。

精神返乡，回归第二故乡，构成了赛珍珠《大地》强大而持久的内在精神驱动力。

《大地》是赛珍珠的成名作，以英语写成，1931年出版后，立即轰动美国，1932年获美国普利策文学奖。也就是这一年，《大地》的第二部《儿子》出版。1935年，《大地》的第三部《分家》出版，历时六年。

《大地》三部曲的问世，在美国刮起了一股"中国旋风"，1937年电影《大地》女主角阿兰获奥斯卡奖，即可见一斑。1938年，《大地》三部曲获诺贝尔文学奖，这是美国女性作家首次获得这一奖项。

海德格尔说："……接近故乡就是接近万乐之源（接近极乐），故乡最玄奥、最美丽之处恰恰在于这种对本源的接近，绝非其他。"

"还乡就是返回与本源的亲近。"

"但是，唯有这样的人方可返乡，他早已而且许久以来一直在他乡流浪，备尝漫游的艰辛，现在又归根返本，因为他在异乡异地已经领悟到求索之物的本性，因而返乡时得以有足够丰富的阅历……"

在海德格尔看来，还乡是诗人的天职，还乡使故土成为亲近本源的地方，也就是亲近精神家园的根本途径。

但"还乡"并不是唾手可得。它是以"在异乡异地已经领悟到求索之物的本性"为前提方可抵达的精神家园。正如海德格尔所说，"漫游的艰辛""丰富的阅历"是"还乡"所必备的条件与参照。

只要看看鲁迅的还乡之作是在从日本归来又客居北京之时，老舍之在英国，巴金之在法国，开始他们各自的小说创作，沈从文是在北京完成他的湘西回归系列作品，就不难发现，作家的还乡之路是一个不断跋涉的情感历程和精神之旅。

故乡是你的生命之源，是你的血脉之根，是你万乐之源的起点，任何人都不可能没有这个生命之歌奏起的地方，因此，童年记忆、成长记忆对人的影响是终生的、支配性的、生成性的。终生是指时间的延续性；支配性是指影响与支配全部生命的诸因素中，它具有左右全局的地位；生成性是说，它在多大程度上影响此后的人生，不只取决于"童年记忆"自身的生动性、丰富性、复杂性，更取决于"异乡异地"精神求索的深度与广度，取决于对维系故土的精神脐带的呵护与坚守。

这就是所有作家的创作离不开"成长记忆"的心理依据。然而，正如文学史所昭示的，唯有离开故乡，唯有异乡的漂泊，故乡故土才会焕发出它的全部奇异、全部光彩，焕发新的生命。

有没有"异乡异地"的"丰富阅历"，是否饱经忧患，是关键性的，它不仅为故园故土提供了距离，空间被容纳在时间之流的维度上，更具决定性的是，它为故园故土提供了反思的可能性与精神参照系。距离之所以产生美，不只是空间的整体把握，更在于新的异样的精神之光去烛照"童年"，反思"成长"。缺乏这样的眼光，你就只能永远停留在、局限在"原点"，永远无从"腾飞"。

如果说，童年记忆是一个正题，"异乡异地"的"丰富阅历"，即精神的再审视，就是一个反题，而反思之后的还乡，则是否定之否定，这是黑格尔式的合题。在精神的反观与审视下，童年记忆获得了新的生命、新的内涵，这是对故园故土的情感过滤与沉淀，一次精神的整合与提升。并不是每个作家都能拥有这份精神的财富的。

作家对故乡的反思正是作家的精神还乡，是对文学创作的"矿脉"的审美开发与"二度创造"。

是的，《追忆似水年华》的作家普鲁斯特，中年以后几乎是足不出户，但正是他比任何人都更善于"飞离"他所十分眷恋的世界，才在现实世界与想象世界的差距之中，构筑了他的长篇小说。而早年的巴黎生活，无疑更是为他的创作提供了"成长记忆"。"飞离"对于普鲁斯特就是精神的还乡与提升。几乎所有的不朽作品，都离不开这种对于生命本源的亲近。它是精神参照下对"故乡"的再审视，再创造。

唯其如此，荷尔德林才说："请赐我们以双翼，让我们满怀赤诚，返回故园……"

陈忠实来自农村，亲历农村生活，又长期工作于农村基层，对农民与农村的扎实而深厚的生命体验，对农村文化、乡村精神状态的长期浸润与谙熟，使他先天性地获得了反思农村、关照农民的优越条件。在经历了"精神剥离"的痛苦之后，他完成了与农民共反思到与民族共反思的精神蜕变，从中国现代化进程的历史高度审视故乡，他开始了他的还乡之旅《白鹿原》的创作，以求探寻和构筑我们民族的精神史。

赛珍珠采取的是另一条道路"返乡"。"中国"是她的第二故乡。她，一个异乡人眼里的"中国"，毕竟不同于中国人眼底的中国。我们曾经介绍过赛珍珠的"成长"，我们还必须了解她"成长"的另一侧面。赛珍珠的母亲一直坚持，在家里，从衣着、饮食到日常起居及礼仪，严格地遵循美国生活方式。赛珍珠的大学教育是在美国完成的。当赛珍珠将创作的目光投向中国农村，她对中国农民的理解与同情，关怀的真实性，灌注着她的人性观照、人性情怀和她的平民意识、女性意识，但不可否认，她的独特身份又使她处在矛盾之中。这种"族缘"背景给她带来了双重眼光。在对中国的"发现"里，"族缘"差异常常会让她不是"错认他乡是故乡"，也不是"暂把他乡作故乡"，而是在"愿将他乡为故乡"的热爱中难免掺杂一份惊喜与好奇。异域的生存状态，尤其是精神生活，使赛珍珠自觉不自觉地会以西方人的标准参照予以差异性体认。"尴尬"贯穿了赛珍珠的一生。"中国情结"之所以成为赛珍珠一生，尤其是晚年挥之不去的"永久的痛"，显然与她长达三十多年的中国生活并与中国平民结成的血肉关系分不开，也与她毕竟是一个异乡异族人的身份分不开。《大地》是赛珍珠对"第二故乡"的精神返乡。

问题在于，这种"返乡"何以会将艺术的视野从家庭、妇女这样一些女性作家惯用题材转向土地，转向农民，这样一个关乎中国命运的根基所在？

这种艺术选择、艺术魄力，出自一位外国女性作家，而且是文学起步不久的赛珍珠，颇有不同凡响之处。至少，在20世纪30年代，中国作家关于中国农村的鸿篇巨制，尚属阙如。

《大地》聚焦于中国农村，显示了赛珍珠慧眼独具且情有独钟。这是因为赛珍珠在中国农村生活十八年，还是因为赛珍珠随第一任丈夫、农业专家布克在皖北宿县一带推广现代农业技术，近三年的与农民的广泛接触。作为布克的助手，赛珍珠与中国农民的接触与交往，要亲切得多、深入得多。其间，中国军阀在宿县的混战，更让赛珍珠目睹了中国农民的苦难。

赛珍珠在打字机里敲入字符，跳入眼帘的第一个字眼是"王龙"，美国出版人、赛珍珠的第二任丈夫建议更名为《大地》。这是极具商业眼光的更名，更是对小说内涵的提升与点睛一笔。

创作《大地》时，赛珍珠是南京多所高校的外语教师。赛珍珠何以不把笔伸向外国传教士和她熟悉的知识分子，却偏偏把中国农民的命运在她笔底展开？

赛珍珠对外国传教士缺乏好感。梁实秋的回忆文章，也从一个侧面告诉我们，赛珍珠与留学归来的知识分子和时髦的作家很少交往。后者对赛珍珠不乏微词。

"最爱的是中国农田、乡村"，多年后，赛珍珠仍深情地表白她对中国古老乡村的眷恋。

在中国生活的外国人士多了，能如赛珍珠这样，从情感上、文化上认同中国的，已不多见，而能以鸿篇巨制对中国农村予以审美观照的，迄今为止，外国作家中，唯赛珍珠一人。虽然这是这异域眼光下的中国。

土地与人

还乡，在其本真意义上是对大地母亲的亲近。土地，对于农民，已不再单纯是劳动的对象，而成为生命的外化、物化。人与自然，与大地的关系既是经济的，又是文化的，更是生命的。当作家以艺术化的感性形式对这种关系予以呈现时，他们是在打开一幅多种可能性的现实世界图景。

今天看来，《大地》的故事，已成了历史，而赛珍珠创作的当时，《大地》故事中的人物，可以说就是对她身边的人，或看到、听到的人的艺术重塑。

《大地》三部曲的故事，发生在19世纪下半叶至20世纪20年代，结束在北伐战争。当1929年执笔时，这些"昨天的故事"，对于赛珍珠几乎是呼之欲出。

赛珍珠无意于书写中国近现代的历史巨变，她笔下的人物向我们走来，裹挟着时代风云，给我们涂抹了一个宏阔的历史背景。虽然这背景是模糊的，但仍依稀可寻。

《白鹿原》的历史背景与《大地》似有重叠，但上起辛亥革命前后，下迄新中国成立前夕，又互有出入。《白鹿原》背景的处理不仅明晰，而且成为人物与时局互动关系的依据与说明。人物直接参与时局的本身不仅由背景所规定，同时又成为背景的一个有机组成。这与《大地》大相径庭。

《大地》坚持把人物塑造置于中心地位，人物命运始终是赛珍珠关注的，她力求从人性的角度揭示人物内心世界与外部世界的冲突。

《大地》第一部以王龙为主人公，第二部《儿子》以王虎即王龙的第三个儿子为中心，第三部《分家》以王源即王虎的儿子为主线。一个家族祖孙三代的命运组织起了洋洋八十多万字的长篇。

《白鹿原》围绕一个家族、两个族姓，即白家、鹿家两代人的命运变迁展开了一幅波谲云诡的社会动荡、历史沧桑图，矛盾冲突的尖锐性、残酷性，文化意蕴的深刻性、批判性以及农民生存状态揭示的总体性，都是《大地》难以抵达的。

王龙是赛珍珠喜爱的一个自耕农形象。小说开篇写王龙娶妻结婚。王龙独自操办了这场婚礼，这与白嘉轩在父母督办下先后的七次完婚全然不同。王龙婚前的心理活动有点近似于西方青年的情调，更与中国农民有所抵牾。

王龙娶的是大户人家的灶房丫头阿兰，以低价买来。王龙是勤劳的，凭借着年轻和双倍体力投入，他逐渐积累了一些土地。

王龙意外地发家了。全家逃荒到南京，一场贫民暴动中，王龙、阿兰偶然地各自发了一笔横财，王龙由此而暴富，广置田宅。这故事近似一个传奇。

王龙成了地主、首富。娶了妓女荷花为二房，晚年，又娶了一个十七八岁的姑娘梨花，她原是荷花的丫鬟。阿兰无言地承受了这种变故，无私地奉献了她的心智、情感直至生命，这是一个不可多得的女性形象。

王龙不是白嘉轩，这是两个全然不同的艺术人物。白嘉轩不只是一个地主，更是一个族长一个文化传统的象征。白嘉轩是以家族文化的担当者自许的，他不仅要发家致富，更要振兴文化传统。光宗耀祖与完美做人在他是一而二又二而一地结合为一个生命整体。《白鹿原》也以白嘉轩娶妻结婚起笔，但不是一个而是七个，写得跌宕起伏、气势逼人、内涵丰富，具有多重艺术效应。白嘉轩与王龙一样，结婚是要生儿子，要传宗接代，但白嘉轩娶了仙草后，终生为伴，不似王龙跑妓院、收小房，贪图女色。王龙对女儿（智障者）视若无物，白嘉轩对白灵，宠爱有加。中国传统生育观在两位农民身上，有着共同体现，但对女性的态度，又有区别。王龙感性多于理性，对土地、对劳动、对财富、对女色，本能的欲望支配性地影响了王龙的一生。白嘉轩站在了另一端。他是理性的，一个自觉的家族文化的维护者、承传者。

白嘉轩也有一部发家史，那是精心设计逐步实施的，不仅仅要靠劳动，但不是靠意外发横财。他是在换地、盖房、种鸦片的一系列筹措中费尽心机，绝非光明磊落，而且立即转向修祠堂、盖学堂、颁刻乡约、整饬村风，俨然一个族长形象。王龙绝不可能望其项背，王龙在他自己的安乐窝里是心满意足的。

王龙也有一个管家，邻居老秦，因灾荒破产而被王龙收留。这是一个胆小怕事的人，从不敢像年轻的王龙那样怨天尤人。他只说"老天"注定要怎样就怎样，然后一声不吭地承受洪水和灾难。老秦不是鹿三，鹿三不是管家，是长工。《白鹿原》对左翼文学以来红色经典关于雇工形象的模塑，采取了另一路径，为我们塑造了一个富有独特性的人物形象。鹿三的忠诚，与老秦不同，不只是一种性格、一种职责，更是一种道德践行、一种自律与自觉。

王龙也曾让儿子读书，那是因为土龙不认字，签字画押时受到歧视，不像白嘉轩是"耕读传家"的古训使然，送儿子上学堂。

发家前的王龙，对土地，如同对自己生命般挚爱，过着像他的先辈若干世纪以来的同样的生活，具有同样纯朴的心灵。他的品格来自唯一的根：与土地的密切联系。日复一日，周而复始，小农经济的耕作与生活方式，使农民世世代代厮守着脚下的这块土地，与大地建立起了一种精神的默契与交流。土地与人的契合的人生哲学与生于斯长于斯而又死于斯的人和土地的往复循环，就是在这样的内在联系中产生并完成的。赛珍珠对这种传统的生活状态与人的精神家园，显然持肯定态度，倾注了她诗性的情感赞颂。

王龙并不是贯穿《大地》三部曲的轴心人物。在《儿子》中，王龙临终时对土地充满了珍爱，"我们从土地上来的……我们还必须回到土地上去……如果你们守得住土地，你们就能活下去……谁也不能把你们的土地抢走……"

小说告诉我们，王龙的期望不可能实现，他的第三个儿子王虎就把分到自己名下的土地不断出卖,以换取枪支。从农民手中夺走土地的,大有人在。

王龙、阿兰在田间劳动的画面是赛珍珠笔下最成功也是最动人的艺术场景。赛珍珠曾说:"因为我相信不论在哪一国,乡下人是最好的。"1943年,赛珍珠在一篇讲话里重申:"我最爱的是中国的农田乡村。……无论我住在什么地方,我与中国人相处,都亲如同胞。因为小的时候,我的游伴是中国孩子;成人以后,来往的又是中国的朋友们。"

对土地的礼赞,人与土地的亲近,同样构成了《白鹿原》的精神价值取向。白嘉轩、鹿子霖、鹿三们,哪个不视土地如生命?白嘉轩、鹿子霖的多方面冲突与冲突中的一致性,无不指向土地。《白鹿原》苍凉的结尾,两个老人的对话以及白嘉轩的忏悔,话题仍然是土地。朱先生临终时对后事的安排以及那一声"妈"的呼唤,黑娃生命的最后阶段坚持要睡在母亲睡过的炕上,无不揭示了人物内心对大地母亲的永恒皈依。就人与所耕耘、所栖息的土地的这种关系的审美观照的多样性与深刻性而言,《白鹿原》较之《大地》更具光彩。

《大地》第二部《儿子》的主人公是王虎,王龙的第三个儿子。《儿子》围绕王虎的成长史,为我们展开了辛亥革命前后中国南方军阀混战下的农民苦难和社会动荡。

王虎经历了土匪、军阀、司令三重身份的转换,充满了血腥与阴谋,却又往往是在举手投足之间完成了角色变易。王龙一生信奉土地爷,不信天神而信"土地爷",很能说明王龙的务实。王虎不信神,更不信土地爷,他信"命",一直认为自己可以成为一代圣皇。他的这个要当皇上的"梦"的破灭是必然的,但它却意味深长地反映了皇权专制主义思想在中国的源远流长。

王虎自视爱兵如己,爱民如己,这并不妨碍他的所作所为无不给百姓带来灾难,给士兵带来死亡。

《儿子》的深刻处正是在这些方面:贫穷和苦难造就了大批流民,让他们失去土地，流离失所，正是这样的土地，滋生了土匪、军阀与司令。灾难一个接着一个蹂躏着这块土地和土地上的黎民众生。农民们却顽强地在这土地上耕耘着贫困而无望的日子。赛珍珠客观地写出了辛亥革命前后的苦难中国的现实，写出了中国农民无奈中的坚韧而痛苦的生命力。这一点在1929年后，陷入经济恐慌、经济萧条的美国社会引起共鸣，他们从中国农民的顽强生命中汲取了精神力量，度过艰难岁月，这也是《大地》在当时备受欢迎的原因之一。

王虎与黑娃，似乎有着同样的命运轨迹。但区别是明显的，王虎死在了北伐时的农民运动中，黑娃是农协的主要成员，他经历了革命者、土匪、保安团长的身份转换，最终死在了假革命之名的阴谋之中。从人物的自我选择看，王虎的"皇帝梦"支配了他的一生。黑娃则从叛逆始而又以皈依终。王虎自认为恪守传统伦理道德规范，不近女色，歧视妇女。黑娃缺乏这种传统观念，憎恶这种规范，末了却虔诚地信奉了传统文化、传统道德，不竭的生命活力曾让黑娃演出了有声有色的叛逆剧，一旦回归传统，这个人物也就走向了他的反面。

《大地》第三部《分家》的主角王源，王虎的爱子。跟踪人物足迹，《大地》在地域空间上有了跨国界的拓展，从乡村而城市，从中国而美国。这与《白鹿原》的空间处理截然不同。《白鹿原》始终聚焦于白鹿原，西安、延安、中条山抗日，只是一个个片段，不影响全局。空间在赛珍珠这里，总在移动中，这是因为赛珍珠的目标是在人物，在人物与环境的关系上，赛珍珠重人物而略环境，环境只是一个远景，点缀几笔即止，从不刻意描述。白鹿原在陈忠实笔底，具有"邮票"的艺术地位。时间给空间投下的印记，成为民族秘史的一页页记录。

王源性格中突出的一点，是对暴力与血腥的反感、反抗，他选择了与父亲王虎完全不同的人生道路。王虎希望儿子实现他未竟的"梦"，他煞费苦心，精心培养这个爱子。王源却从军校（应该是黄埔军校）出逃，两次抗婚，一度误入革命队伍，参与地下活动而被捕入狱，竟然是女友因爱生恨的恶意告发所致。王源被巨金赎出，被迫出国深造，学习农业技术。王源选择了一条科学救国的改良主义之路。

王龙的第三代如王盛、如爱兰，不再与土地亲近，他们成了无根的现代城市新型知识分子。外国势力所催生的，以上海为前沿的沿海城市的资本主义化，是由王龙的第二代、第三代子孙辈直接参与并促成的。王虎的两个哥哥，一个在内地成为大地主兼高利贷、投机商人，一个在上海当了寓公。古老的文化传统，古老的伦理道德，土崩瓦解，被弃之于地，不屑一顾。对西方文明的顶礼膜拜，甚至简单抄袭，成了时尚，为青年人追逐效仿。古老中国社会结构的裂变和文化转型，赛珍珠不无惋惜地在《分家》中写出了冰山一角。

王源是赛珍珠心目中的希望所在。从幼年起，王源对土地、对耕作、对乡村就迷恋得自失。小说关于王源重返祖父老屋的描写，让我们重温了王龙发家前对土地的深情。不过，王源不是王龙的简单翻版，更不是重演故事。王源从海外归来，埋葬了父亲，决心留在故乡，以现代农业改造古老乡村，小说以此作结，似乎是一个圆，以土地始，又以土地终，但这不再是重复昨天，王源的眼光与情感已远非王龙可比，这是其一。

其二，王源的梦，能够实现吗？小说对此，没有给出，也不可能，更无须给出答案。不过作品多次提出如王源这样的留学生，他只能看到和想到"想到和能看到的"，有多少他不曾不能看到，不曾也不能想到的呢？人的巨大的局限性、可错性，本是无可遁逃的。这似乎是一个宿命。问题在于，王源们对此，缺乏起码的自知。这是从王源自身来看的。

问题的严峻性在于，作品所展示的是20世纪初，第一个十年，第二个十年中国的复杂形势与政治格局。不论赛珍珠愿意与否，当时的中国现实，对王源的梦，不能不构成致命的威胁。这是从王源所处时代来看的。

王源的堂弟，大伯父的第二个儿子王孟，是赛珍珠笔下的一个革命青年。北洋军阀的大逮捕中，王孟机智逃脱，南下参加北伐。然而北伐胜利后的王孟对北伐采取了一种断然否定的态度："这不是真正的革命，必须再有一场革命……我们年轻人必须重新开始，人民大众还是像以前一样受压迫，我们必须为他们重新奋起。"

王源的另一位堂兄，二伯父的儿子，是这样描述农民暴动的："（驼背，大伯父的另一个儿子）参加了一种新的集团。我不知道它属于什么性质，只知道他们煽动农民为自己抢夺土地。唉，这帮人与原来的土匪结成一伙，把城乡搞得一片混乱……"王源的"梦"撞在这冷酷的岩礁，除了破碎，还能有什么？

王龙的后代与土地的关系，因了中国的巨变而分化，这在一定程度上，透视了20世纪中国的大体走向，赛珍珠如实地反映了中国的社会现实。

《大地》的王孟、驼背、王源，与《白鹿原》的鹿兆鹏、鹿兆海、白灵、白孝文，在文学的人物谱系上，大体属于同一代热血青年，走了一条叛逆父辈的路。除王源，他们自觉地投身于20世纪初期的政党斗争与政治旋涡。兆海与兆鹏、白灵分道扬镳，以及不同的命运结局，陈忠实给予了充分的正面描述。赛珍珠不同，她只是侧面落笔，间接叙述。她对革命是陌生的、隔膜的，甚至持反对态度。有趣的是，赛珍珠对北伐并不十分赞成，这也许与北伐军攻入南京，让她这一外籍人一度失去生命保障，她的一家靠中国朋友帮助得以逃生，多少有点关系。她对蒋介石一直取批评态度，蒋介石政权曾指令其驻瑞典外交使节拒绝出席赛珍珠的受奖典礼，即可见一斑。

小说观念与文化立场

《大地》三部曲是赛珍珠认同中国文化的一次艺术实践。

获诺贝尔文学奖时，她以《中国小说》为题，发表了主题演讲。她明确地指出，她是深受中国民间文学、通俗文学的影响，走上文学道路并创作出这部通俗文学作品的。她从没有想到，她会因此获奖。

赛珍珠认为，中国通俗小说与中国文人、中国传统文学艺术始终是处在隔绝与对立的地位，畛域分明，各自走着一条独立发展的路。事实上，诸如《金瓶梅》这样的作品，其作者至今都是学术界寻找、考证的课题，这充分表明，小说在它发展的过程中，始终得不到所谓正统文人、正统文艺的承认。这证明赛珍珠判断的合理性。但，赛珍珠并没有看到，19世纪、20世纪之交，小说正取代诗歌与散文，完成了文体转变成为文艺的重镇。康有为在《闻菽园居士欲为政变说部，诗以速之》里就指出：戊戌维新失败后，"经史不如八股盛，八股无如小说何"。1892年中国第一份小说期刊《海上奇书》问世，《海上花列传》就是在这份刊物上连载的。期刊与《海上花列传》皆为韩庆邦所作、所著。梁启超、严复、黄摩西、林纾、徐念慈、包笑天、徐枕亚等分别代表了功利派、审美派、消遣小说派，反映了近代小说理论的发展。

赛珍珠以艺术家的敏锐，发现"中国小说主要是为了让平民高兴而写的"，"通过生活的画面和那种生活的意义来启发人们的思想"，"通过每个时代的故事，使人们觉得是谈他们自己"。

"故事"构成了中国小说的特征，但这故事并不是只指无意义的活动，赤裸裸的情节，而是生活意义的画面和呈现。

"人物高于一切"是中国小说的第一要求。"由人物自身的行为和语言来实现"，"而不是靠作者的阐释"，是中国小说塑造人物的根本手段。

"自然"是中国小说的叙事风格，不矫揉造作，非常灵活多变，"在时间空间和事件的片段中找出本质和内在的秩序、节奏和形式"。

赛珍珠高度评价"中国小说"的"民俗精神"以及"令人崇敬的想象力"。赛珍珠认为"中国小说"就是这样在民间、民俗精神和丰富想象力中发展起来的。

值得注意的是，赛珍珠发现，"中国的本质精神与乔塞尔所说的爱尔兰精神奇怪地相似，乔塞尔写道：'那种精神就是以其民间式的想象认为什么事都可能发生……而当那种广泛的民俗精神转向政治时，它随时都会相信出现的一切。'"对无限可能性包括政治上的无限可能性的相信，这样一种天真的浪漫中，流露的是对生活的自信与乐观，对自身力量的确信与从容，以及对一切可能性的容忍和承受。它触及的不仅是技巧层面上的，而且是小说的美学精神，内在的深层的哲学思考、人生思考。这样一种精神对于小说创作，无疑极为可贵。它让我们想起曹雪芹的《红楼梦》对无限的可能性的探索与感慨。

"我就是在这样一种小说传统中出生并被培养成作家的。我受到的教育使我立志不去写那种漂亮的文字或高雅的艺术。"赛珍珠不无自豪地在获奖感言中如是说。

向中国小说传统回归，说明赛珍珠自称为一个"通俗小说"作家是在什么意义上说的。她明确表示，通俗小说，地道的中国小说，"不是指那种杂牌产品，即现代中国作家所写的那些小说，这些作家过多地受到了外国影响，而对他们自己的文化财富却一无所知"。这些话，今天看来，仍感到亲切。放眼长篇小说现状，不难发现，不少有识之士正在向中国小说传统回归，并予以创造性发展，就足以表明赛珍珠的真知灼见。

赛珍珠对中国小说的理解与向往，表现在多方面。在20世纪30年代，她曾以英语翻译了《水浒传》，译名为《四海之内皆兄弟》，较之法译本，这个译名要准确得多。英译《水浒传》在英语世界受到广泛欢迎。翻译的过程，不能不是她潜心钻研文本的过程。

应该指出，赛珍珠对中国小说的高度评价是与她对中国文化的认同分不开的。正是在中国，她发现了"罕见的美"，当然这主要是指不同于西方的那种东方古典的美。在她最初发表的两篇随笔里，她热情赞颂了这种美。

"这个国家的许多特色是我们所热爱的，而现在，我们却要看着这些特色一个个消失，这的确是一个伤心的问题。中国的古典美谁来继承？盲目崇洋所带来的必然堕落怎样解决，难道说随着人们对传统的抛弃，我们也必须失掉庙宇的斗角飞檐吗?"

这些20世纪20年代发出的诘难,与当时中国一片"科学""民主""反儒家"的声浪,是如此不和谐,今天听来,仍有振聋发聩之感。

当然,赛珍珠也相信,"一定会有一些人继承所有那些酷爱美的先辈,以大师的热情去追求美并把它带到较为太平的年代"。

《大地》同样是对中国文化的亲近和认同,在一定程度上,更是她对"中国小说"精神上的继承与艺术上的学习与实践。

中国小说是自由的,它不与权力中心一致,它与主流文学、主流艺术几乎是逆向而行,背道而驰。

中国小说的语言是白话文,它的言说方式也与主流话语保持距离。

中国小说的技巧是无技巧的技巧,它与"文人"们的"艺术"在艺术技巧上也是另取途径的。

这样的"高标的",需要一代又一代作家在创作实践上去追求。

《白鹿原》无疑正是这种追求中的佼佼者。

《大地》则是追求的先行者。

《大地》显然追求以人物为中心结构故事这样一种叙事方式,追求一种单纯性与传奇色彩的结合。

"纯粹的客观性"在《大地》的叙述中处处可见。

小说主要人物的设置以及人物关系的处理,绝不是简单的艺术构思问题,在每一个人物,尤其主要人物后面,寄寓着作家对人性、人生、自然社会乃至宇宙的体认与感悟,对人的存在的奥秘勘探和发现。

把《大地》的中心人物勾勒出一条人生线,可以看到:

王龙:农民——小地主;

王虎:农民的儿子——小军阀;

王源:军阀的儿子——留学生。

三代人的命运轨迹与身份变化概括了19世纪、20世纪之交中国社会的转型,以及转型中的中国人的心灵世界、情感世界的变化。

从这个角度看，赛珍珠的"纯粹的客观性"是指，她并没有按自己的主观意愿随意设置生活秩序中的人物命运。她忠实于她看到的、感到的和领悟到的现实生活，如生活的本来面目那样去书写。这是一条传统现实主义之路。

《白鹿原》走的是开放的现实主义的路，这种开放的现实主义，是对中国小说自由精神、民俗精神的继承和发扬。这种继承在陈忠实的成长经历和文学历程中潜移默化地进行着，而它的发扬则是在陈忠实20世纪80年代的精神剥离中实现的。陈忠实认为，"作家首先要有穿透封建权力的思想和对独裁制度批判的力量"[1]。如果说，赛珍珠的眼光是朝着传统的中国小说，陈忠实则更多是向着外国文学，尤其是苏俄文学、拉美文学以及世界文学中那些优秀作品，从中获取精神和艺术的营养。不同于那些生吞活剥、食洋不化的模仿和抄袭，对外国文学的借鉴，在陈忠实那里几乎是了无痕迹的。

例如心理描写，传统中国小说的心理活动是渗透在人物的言语行动中，《白鹿原》的心理描写突破了这一传统，但又绝不静止孤立地做心理分析，而是在叙述之中进行。陈忠实认为："关注作为人的心理形态，这才是最具沟通各种职业各个阶层乃至各个种族心灵的东西。"[2]"把握各色人物秩序的变异过程就把握住了人物的心理真实，个性自然就跃然纸上了。"[3]《白鹿原》的心理描写具有鲜明个性，它所呈现的纷繁形态，所达到的人性深度与普适性沟通的艺术效应，都是让人惊叹的。以文化心理结构塑造人物赋《白鹿原》以深厚的民族、文化底蕴，成为"民族历史"构筑中的坚实基石。

陈忠实与赛珍珠在对待中国传统文化与文化传统的态度上，也采取了不同的进路与取向，赛珍珠在这个问题上是个文化保守主义者。如前所

---

[1] 陈忠实：《陈忠实文集》卷7，广州出版社，2004年，第331页。

[2] 同上，第227页。

[3] 同上，第261页。

述，她更多地赞赏传统古典的美，对西方现代文化多取批判态度。在《分家》里，王源曾经的女友玛丽说："我们对你说来是多么的原始粗野，我们的生活是多么粗俗，我们多么先进但又是多么落后啊！"科技的先进与文化的落后，让玛丽一度倾心于王源。在某种程度上，赛珍珠是借玛丽之口倾吐她自己的心声。

陈忠实则要清醒得多，从民族现代化的历史要求着眼，陈忠实对中国文化传统与传统文化（这是两个不同的概念）予以区分，并在批判中予以继承。"扬弃"是陈忠实对文化传统的立场。抛弃其与现代化和人性健康不适应的，发扬与未来发展、普遍人性相适应的。事实上，传统文化是笼统的，而文化传统，至少可以从政治文化即制度文化，器物文化即物质文化，以及精神文化这样三个方面予以理解。制度文化的传统是什么？自秦统一以来，上层的专制主义与下层的奴隶主义是一对孪生子，如鲁迅所说，主奴性就是长期专制下的普遍社会心态。器物文化主要是经验的、手工的。精神文化则有宗教的、哲学的、道德的与文学艺术的诸方面。文化专制主义，尤其是思想的专制，可以说是中国文化传统中最为让人窒息的锁链。

《白鹿原》里被人理解为"最后一个儒家"的朱先生身上，陈忠实显然肯定了他的民本思想，他的学问与做人的一致性，等等，但也无情地批判了他对束缚人性的旧道德、旧伦理的维护，"乡约"不就是朱先生亲手抄定的吗？另外，他坚决反对新学，他精神世界中腐朽的一面，陈忠实写得相当深刻而且到位。

白嘉轩与鹿子霖可以说是从中国传统这根藤上结的两颗瓜，这两个形象应该是互补互证的，构成一种互文关系。从这两个形象身上我们也可以更全面地理解中国文化传统中优秀的、腐朽的，正面的、负面的交织为一个网状结构，对这两个形象，陈忠实的审美判断、历史判断也是复杂的。简单地肯定或是否定，都不可取。陈忠实是以肯定中的否定，否定中的肯定，这样一个辩证的方法完成他的人物塑造的。

对中国小说的现代性转换，《白鹿原》为我们提供了一个成功的范例，相较于《大地》显示了长足的进步。

值得注意的是《大地》中的王龙、王虎、驼背、王孟都可以在《白鹿原》找到某种程度的对应人物关系，但这只是一种模糊的镜像与印象，略微分辨，即可发现，他们其实是"另一个"。"共相"往往只是一个"幻象"。

这说明了什么？这种艺术形象的耦合告诉我们，赛珍珠也好，陈忠实也好，他们都坚持于现实主义，虽然赛珍珠的现实主义是传统的，陈忠实的现实主义是开放的，但作为艺术家，他们都忠实于中国现实生活的结构与秩序的本来面目。生活原本如此，两面镜子，摄取的镜像的某种呼应或对应，也就难以避免了。

然而，两部作品的差异是如此明显，这是两部水准完全不同的作品。

例如，王龙可有他的对立面，他的那位叔叔可曾与他构成尖锐冲突？如白嘉轩之于鹿子霖，鹿兆鹏之于田福贤、岳维山，如黑娃之于白孝文，等等，《白鹿原》的人物配置多元化，人物关系错综复杂，而《大地》则要单纯得多，基本上是一个中心人物，再一段故事。

《大地》在一条简洁、单纯的情节上展开人物。线性时间结构下，物理空间随人物足迹而转移。

《白鹿原》则在同一时间里展开几个人物在同一时空或不同空间与场景里的活动。时空调动的自由度与人物的复杂关系是互为因果的。

一个不适合的比方：《大地》的长篇结构近似《水浒》，而《白鹿原》近似《红楼梦》，宏大的艺术结构完整而自然，情节的复杂与推移，具有整体性与突发性的和谐。至于语言，陈忠实的语言凝重与质感，尤其地域性特色，远非由英语翻译过来的《大地》可以比肩。

赛珍珠写《大地》时，她的文学积累，她的驾驭重大题材的能力，她的思想穿透力、历史把握度，与陈忠实比较，显然处在不同水平。

然而，就精神返乡，就人与土地关系的审美观照，就小说理念与文化立场论,《白鹿原》与《大地》的同与异,如上所述,既是时代使然,也是两位作者在各自文学创作历程中处于不同发展阶段的必然结果,更是族缘、地缘孕育与选择文本和作家的一个生动例证。

两棵大树,不同岁月,在中国的大地上先后成长,它们枝繁叶茂,浓荫蔽日,向着文学的原野,发出一个个深情的呼唤!

原载《当代文坛》2008年第1期

贫穷不能扼杀童话

——关于《最后一个匈奴》的对话

王仲生（以下简称王）："陕军东征"引起全国文学界的注目。陈忠实的《白鹿原》、贾平凹的《废都》、京夫的《八里情仇》、你的《最后一个匈奴》（以下简称《匈奴》）等鸿篇巨制的相继问世及其由此引发的广泛讨论，构成当代文坛一大景观。《匈奴》去年春天在北京座谈，引起强烈反响。为了让广大读者更好地理解这部作品，同时也为了从《匈奴》出发探讨一下如何去进行我们这个时代的史诗建构，请结合你自己的情况，谈谈你的一些看法。

长期的生活艺术积累，对陕北的热爱和理解，一个小小的故事的触发，对一个平反的案件的感悟，成为《最后一个匈奴》的创作契机

王：首先谈谈你是怎样走上文学道路的？

高建群（以下简称高）：我原来在部队上，在中苏边界白房子边防站当兵。从那时开始，至今整整二十年了。处女作是1976年8月发表在《解放军文艺》上的组诗《边防线上》，同时写散文、小说。

王：你能否详细谈谈你在新疆的那段经历？

高：在新疆的那段经历，我认为在我一生中是最重要的。如果我真的在文学上有所成就的话，是与这段经历分不开的。我过去解释说：那一段把我放在一个封闭的空间里，孤独，茫茫荒漠，漫长的冬天，见不到人烟，寂寞，寒冷，空旷。但现在我分析，给我最重要的是当时那种气氛。当时边界的那种恐怖气氛，使你感到每一分钟，死亡都在威胁着你。

王：每一个生命都面临着死亡的危险。

高：就是，而且每一分钟都是。你没有一点精神空隙，你不能说我这一阵在这儿躺着，不会有人来割断我的脖子，连睡梦中都处于这种紧张状态。这种恐怖、死亡的阴影，跟了我五年时间，永远像一把达摩克利斯剑，悬在头顶。这使我对人类、对世界的认识有了更强烈的感受。而且对我个人来说，这种知生知死的大度的人生看法，形成的主要原因也在这里。

王：形成一种大胸怀。那么，在那种情况下你是怎样想到写诗呢？

高：在那个环境下几乎没有文化，报纸每半个月来一次。

王：文化的荒原。

高：对。五年中我只看过一本书，《多雪的冬天》，苏联作品。我就产生了一种创作欲望，就写一些东西。也许是一种机缘吧，后来军区政治部主任到边防站视察，待了半个月。一天晚上，夜深了（当时我是班长，别的战士已经睡了），我在油灯下在一个小本子上记着什么，将军推开门进来，问我写什么，我把小本藏起来，将军执意要看，我才拿出来。他发现我在写诗，当时深深感慨，面色变得很严峻，说在这样的地方，在这么荒凉的文化沙漠上，还有创作的欲望。

王：还有人在追求美！

高：对，还有人在追求美。当时他叫干事来，叫他把诗全部抄一遍，交给解放军文艺出版社。这就是《边防线上》那组诗。

王：你以后转向写小说，我记得是《遥远的白房子》吧，当时引起了很大的反响。后来还有哪些中篇？

高：中篇还有《骑驴婆姨赶驴汉》，后来电视剧改编权由中央电视台买去，想拍一部电视剧。之后又发表了《老兵的母亲》，这是类似于《匈奴》的题材，是从一种新的视角，从人类整体进程中的一个链条，而不是阶级的角度来写革命的。

王：是以史的角度写的？

高：对，是史的角度。然后找出其中所具有的崇高感、悲剧感、史诗一类的情节和故事，进行艺术创作。后来的获奖作品《雕像》也是这一种，是用现代眼光看发生在30年代的那场大革命。那场人类为了生存，为了命运，为了追求一种理想的、合理的社会制度而进行的斗争。

王：为合理的生存环境和完美的人性建构，人类永远处在矛盾与斗争中。

高：那时人类的精神境界曾经达到过怎样的大悲大美的状态。这在一定意义上可以看作《匈奴》的准备阶段。在北京座谈会上蔡葵先生说过：《匈奴》包含了高建群过去作品的所有优点和缺点，所以是一个总结。

王：你能不能谈谈《匈奴》创作的最早动机是怎样萌发起来的。

高：最初萌发动机是1979年陕西作家协会恢复活动以后的第一次会上。当时从陕北下来三位作者：我，某某，还有一位北京女知青。这位很漂亮的女知青在会上侃侃而谈，简直令会场上别的女性相形见绌。我当时不认识她，后来由于同是从陕北来，在一起拉话的时候，她说，是不是合写一部关于陕北的书，或者小说什么的。她提供了一些重要细节，一个在陕北文化研究中注意到的陕北剪纸小女孩的细节，就是书中那个细节。20世纪艺术风格来源于毕加索。我认为在不同的文化背景之下，东方人的思考也达到了这么一个高度。在剪纸艺术中，像毕加索的绘画一样，从三维空间发展到四维空间。这个天才小女孩的故事是她提供的重要情节。她提供了这么一个细节。后来，她走香港去了。

王：就是说，这位女士的谈话激发了你的创作冲动。

高：她提供了这么一个契机，后来，这个故事一直萦绕在我的心中。

王：作为一个核，一个情节的核。

高：对，一个核一直萦绕在我的心中。小说的下部就是以这个故事作为开头推进情节的。她实际上提出了一个重要问题：陕北的地域文化问题。这构成了我下卷的内容。我一直从1979年思考到1988年，用了十年时间，然后把我要描写的所有题材、情节都完全统一到这上面去了。

王：把所有的生活和艺术积累都融会到这中间去。

高：上卷的内容是由1988年，散文家刘成章他父亲平反的事引起的。刘成章的父亲是陕北最早的共产党员之一，1925年，据国民党《秦声报》说，他就是肤施县中共党支部书记，后来做了刘志丹的秘书。主席到延安时，他又是带领延安各界出郭十里迎接毛泽东入城的人。这么个人物，后来由于历史原因，屈死狱中。成章曾委托我跑这件事，我找过很多人，找过领导，找过当时的人。后来这件事大白于天下，组织上给平了反。他把平反决定复印了一份寄给我。我拿到这决定的那一刻，猛然意识到，这就是我要表现陕北历史的上卷内容。我跑动的过程实际上就是为作品搜集素材的过程。这样，上卷以这件事为线索，以揭示中国这块特殊地域的历史真实。

王：除此之外，你是不是还参阅了其他一些史料？比如说斯诺的《西行漫记》。

高：对。我在陕北长大，也在陕北工作，而且做了十多年的记者。我对这块土地的历史掌故、传说，从轩辕黄帝一直到今天的历史，从榆林的镇北台、红石峡，这边的蒙恬坟、扶苏墓、李自成闯王行宫，横亘在子午岭的秦直道等，对这些简直到了如数家珍的地步。

王：就是说你实际上是在延安长大的。

高：是在延安长大的，而且在我行走的过程中时时感受到这块土地上那种神秘的力量。它平时是静默的、麻木的，但是在这块土地上也似乎蕴藏着玄机四伏的那么一种东西。

破译历史之谜：从陕北的自然景观、人文景观感发，放眼中国历史和人类未来，在对历史的独特理解和独特审美观照中营造自己的艺术世界

王：在表面上单线条的、粗犷的自然景观中，蕴藏着一种历史的玄机，民族的甚至人类的玄机。今天我们重新认识这段历史，关键恐怕还是为了更好地认识现在，也就是说把这种历史真实和时代精神怎样融合的问题。

高：我认为在《匈奴》这部小说中我完成了一个重要的工作，就是把小说的视角放在人类历史进程中来思考。20世纪发生在中国的事情，它是人类历史进程中的一部分，是构成人类发展中的一个链条。揭示陕北这块土地的那种玄机，实际上也就是综合历史。我要提到一个重要事件，1935年10月19日，中央红军长征到达陕北。就是从那天开始，中华民族把民族再造的任务放在这块高原上。除了这种客观因素以外，我总觉得：冥冥之中有一种我们需要破译的东西，一种玄机存在。清朝时候，光绪皇帝的老师王培棻——我看了一下资料，他还是梁启超的岳丈——到陕北考察以后，写了《七笔勾》。"七笔勾"是：一把万紫千红一笔勾，二把雕梁画栋一笔勾……到最后一勾就是"圣人布道此处偏遗漏"，因此"把礼义廉耻一笔勾"。他说孔圣人布道的时候把这块土地给忘了，他感到这里的人是没有教化的。

王：就是儒家传统遗漏的地方。

高：我的理解是：为什么遗漏了？这不是上苍的恩赐，而是在于陕北两千年来有三分之一的时间被汉族统治着，三分之一的时间为少数民族统治着，然后有三分之一的时间处在民族战争的拉锯战中，所以儒家文化很难把这块土地占有和驯化。这样，在中国广大的地面上，儒家学说把人禁锢住，而陕北这块地方逃脱了。作为儒家学说，我认为它最大的功绩就是两千年来形成的那一套哲学体系，形成民族向心力，使我们这个民族没有

像另外的三个文明古国一样泯灭，这是它的伟大功绩。这是不可抹杀的。但是回过头来说，它的副作用是它在两千年中把人们的思想禁锢住了。这样在现代，中国人在国门打开以后，突然茫然不知所措，因为中华民族初生时期的那种生机勃勃的创造精神被压抑住了。我认为五四运动提出"打倒孔家店"，就是基于这一理由。因此，陕北这个地方，正如斯诺先生所言：历史把民族再造的任务重新放在这块轩辕本土上，委实是一种巧合。

王：有的时候，历史往往在无数的偶然中构成一种情势，这种历史的机遇有时真是充满了神秘色彩。对于我们来讲，延安是一个革命的圣地，中国革命之所以选择了延安作为他的摇篮，原因是多方面的。我们与其说是历史选择了延安，还不如说延安选择了历史。你写《匈奴》恐怕就是想艺术地揭示这个问题。也就是斯诺讲的，为什么延安选择了历史。我们民族的再造恐怕不仅仅要解决一个革命的问题，还有解决一个改革开放的问题。

高：对，所以我的上卷主要写战争，写革命在这块土地上发生的过程。我认为作为革命来说，在陕北这块土地上，是一定要爆发的。即使没有马克思主义的介入，也要爆发。民国十八年的那场大旱，按照蒋介石德国顾问的考证，在陕西和甘肃，有的县人口死亡率是百分之六十，有的是百分之五十，有的是百分之四十。这场大旱比起导致李自成起义的那场大旱严重得多。所以这块地方仍然要爆发革命。共产主义的介入使革命有了行动纲领和终极目标。

王：关键是理论指导。就是说把这场陕北革命引向在我们这个世纪最新的科学理论、革命理论指导下从自发到自觉的过程。问题是，咱们一般写这场革命，都是写一个知识分子，有了马列主义，深入农村，接触和发动群众。那么，你的《匈奴》恰恰摆脱了这种思维模式和这样一种写作模式。

高：在北京的评论家都注意到这个问题了。这段历史，我觉得在以前写大革命和大革命以后的历史，他们站在一种任务的观点、宣传的观点上。当然他们当时这样做是应该的，为了当时迫在眉睫的革命任务。但是作为后来的我们，平心静气地注视这段历史时，我们需要史学家的眼光，需要有一种文化意识。就是蔡葵先生在北京讲的一种"框位"，就是说历史不是随意地行走的，它是各种因素制约着只能这样，不能那样。每个人的命运也是一样，各种因素制约着他只能这样不能那样。

王：你写了土匪，对这个问题你是怎样思考的？

高：你注意到这个问题了。我作品中写的每个人物，在写的过程中，每个人物身上都带有一种大文化的烙印。他们可以成为陕北大文化的每一个方面的类型人物。土匪，也是这个不安生土地上的产物。《匈奴》就是讲到在这块土地上出现了不安生的一群人。有一部分人，脚指甲盖是浑圆的，这些人不安生，世世代代做着英雄梦想，不惜用自己的生命去和命运搏斗。

王：一种英雄情结。

高：（这些人）每年庄稼收割以后，脖子上挂着一个唢呐，或者走南路，或者走西口，在这种游离中，他们的心灵得到一种满足。实际上他们带有一种游牧民族的血统，后来才定居下来的。

王：就是说游牧文化和农耕文化奇妙地结合，也就是说胡人和汉人血液融合在一起，产生了生存在陕北这块土地上特有的气质。

高：另外，抱伙成团的思想是很严重的。整个陕北，新中国成立前我觉得有四股武装力量：一股是国民党的，是当时政府方面的；一股是红军游击队的；一股是土匪势力；再一股就是哥老会的势力。大山沟壑中，到处都有占山为王的。

王：我觉得你谈的这点很好，其实陕北的土匪是一个复杂的群体。不能局限在阶级斗争中，而要从民族的、历史的、文化的、生命的各个方面来写这场革命的必然，是很准确的。

高：我觉得作为一个诚实的小说家，既然他有信心写这么一部民族的历史，他就应该勇敢地向前走去，勇敢地用一个作家诚实的思考来写那一段历史。

王：我记得你写过东征吧？还写了一些"左"倾错误。

高：那是按照《西行漫记》的提法，我严格地按照史实写。

王：艺术家是在营造自己的艺术界，因为你毕竟不是写历史，而是写小说。如果要求每一个细节都和历史对号的话，对作家、对艺术就太苛刻了。因为是小说，不是教科书，是创作。另外一个问题，我觉得你这小说的可贵之处在上半部写革命的发动和革命中的挫折，下半部写新中国成立以来。而对这段历史，一般作家都尽量回避，你又是怎样去写新中国成立以后的历史的？

高：总的说来，我认为历史是向前发展的。不管怎么说，尽管有各种艰难和挫折，历史还是坚定地向前走的。

王：新中国成立以后的生活，你回避了合作化，回避了公社化。但是，你没有回避反右，"大跃进"、饥饿都没有回避。你是怎样考虑的？为什么你没有像柳青那样写陕北这块土地上革命成功之后的合作化，而是以反右斗争、"文革"的苦难这些角度去写的？

高：这也与人物有关系。我喜欢把人物放在坎坷、逆境中，在锤打中放射出人物的光辉。

王：这就是追求一种历史的悲剧美、崇高美、悲壮美。

高：写这些事件，从一个方面讲是为小说人物服务的，从另一个方面讲，在一定程度上反映事物本身，我觉得这反映还是比较准确的。我觉得任何矛盾都不能回避，重要的是勇敢地大踏步地向前走去。比如，如果不谈毛泽东，20世纪中国的许多事件、历史事件都无法做出解释。如果真的要写一部史诗性的作品，回避将是对作品、对历史不负责任的表现。

王：也就是说你是从历史的深处，在历史的底层，或者说是文化的深处、文化的底层，去搅动起来，像你说的"喜欢在陌生的领域里多嘴多舌"那样去勘探我们民族生存的奥秘。

高：我觉得应该描写这些能够反映历史的经典时间、经典人物。上卷中的这些时间就是经典时间，下卷中尤其如此。

王：这是一种历史的浓缩，时间凝固在这儿了。

高：对，是绳结、纽扣所在。在每一次行走中，这个人物承担这个绳结，那个人物承担那个绳结，这样，人物也就站起来了。这就是由在经典时间中的经典人物所创造的历史。

站在人类历史的高度，倾注深深的时代感情，把毛泽东作为一个历史人物来写，写他的伟大，也写他的普通人的一面。其他人物形象的塑造：揭示历史与文化内涵、英雄传统与局限

王：刚才你谈到写毛泽东，我觉得这篇小说的一个很可贵的地方就是写领袖。请谈谈你怎么想的，怎么写毛泽东的。

高：我在四个地方，从不同的角度来写毛泽东，我把这个人物塑造成完满的形象。第一次是1935年10月19日，毛泽东率领红军由甘入陕进入吴旗镇。这个地方，是毛泽东首次出场，进入这个六户半人家的小镇。二万五千里长征，毛泽东完成了他对中国革命的思考和他性格上的成熟，长征消磨掉了毛泽东身上的最后一点书生气，使他成为一个无可争议的中国革命之父。就在这时，毛泽东来到了陕北这块土地上，有一种如鱼得水的感觉。他的《沁园春·雪》就是在这地方写的。第二次是下卷的开头，一群北京知青在毛泽东故居前谈论毛泽东。那时候谈论毛泽东是一种时髦，每个人都力图把自己的思考谈出来，贡献给即将开始的新时期。因为这是一次深入的学者式的探讨，在这块土地上，这个任务只有当时的北京知青能够承担起来。北京知青谈论毛泽东说，不管你承认不承认，毛泽东已经成为一个历史人物，历史存在了，他的阳光无处不在，他的魅力不断号召千百万人为他所指引的事业赴汤蹈火，而且还继续激励后来的人们。上苍把太多的天赋给了他，不但是领袖人物、军事家，而且是诗人、学者、书法家、政治家、艺术家。第三次是杨岸乡回到吴儿堡以后，老乡们回忆毛泽东。毛泽东现象在陕北高原上已经成为一种传奇，人们已经把他

和那些传奇故事、传奇人物放在一起了，已经把山上的山神庙、土地庙都换成三老庙了。

王：这就是说毛泽东已融进了民族文化的长河中，富有传奇色彩了。

高：我那里用了毛姆的一段话："传奇是英雄人物通向不朽境界的最可信的护照，是人们对平淡无奇的生活的一种抗议。"

王：我记得书中讲到马海德。

高：讲到了，那是在上卷结束时，把毛泽东的那种——

王：那种人的真性情表现出来了，好像是把杨岸乡送到保小去了。

高：对。那是最后一次了，也就是很多年以后，杨岸乡成为著名学者来到北京瞻仰毛主席遗容。这次毛泽东形象在小说中最后完成了，他躺在水晶棺里，好像在熟睡，身材好像小了一点，这大约是空间太大的缘故。不管怎么说，这个人物就是了不起。

王：就是说你通过四个场面、四个不同的视角，完成了毛泽东形象的塑造，既写了他作为伟人的伟大，也写了他作为平常人的感情。

高：我觉得是把他作为一个历史人物写的，而且我给了这个人物以很深的感情。

王：除了毛泽东以外，你还写了刘志丹和谢子长，你写他们时是怎么考虑的？

高：这些人物，随着时间的推移，他们给人们的印象，更多地像斯诺所写的罗宾汉式的人物，类似于法国烧炭党人的故事。这些人物已经历史化，我们透过时间的尘埃来看，他们就成为那个样子。

王：就是朴素的，从农民中走出来的英雄。

高：说到英雄，我想强调一点，我小说里塑造的人物从某种意义上都是英雄。所以有人说这部小说塑造了一群中国式的当代英雄。

王：我觉得小说的关键是写了四个家系，这样，使得小说在历史的纵深感上大大地延续和扩展了。小说开头是写匈奴，公元前2世纪的一个故事。小说的时间跨度将近二十个世纪。这牵扯到小说的命名，为什么要叫

《最后一个匈奴》？

高：这牵扯到刚才的话题。陕北的各种大文化现象，究其根源，有许多原因。譬如说，它是轩辕黄帝的本土。但，最重要的原因是民族交融、民族战争或者民族之间的和睦亲善。马克思说过，民族交融有时也是历史发展的一种动力。

王：在我们民族的血液中间注入了游牧民族的特有素质和遗传基因。问题在于《匈奴》本身是很值得玩味的，如果说革命在这儿是一种玄机，那么匈奴在这里本身是不是也是一种玄机？

高：就是说，一切都是偶然性的。如果他的马不跑，他过几天就骑上马走了。而马却跑了。

王：对，而且碰见的偏偏是一个汉族姑娘。

高：他怎么也想不到他将永远脱离了马，永远滞留在这块黄土地上。我之所以命名这部作品叫《匈奴》，就是因为主人公浪漫派的气质。主人公的祖先是具有欧洲浪漫派情怀的最后一个骑士。

王：民族骑士。这就寄寓了作者对人性发展中的一种追求。农耕文化体现了这种发展，现代文明体现了这种发展，但人性中本来固有的某种东西消失了，这就表现了作家对人性的呼唤，对民族生命活力和永远不止的创造精神的呼唤。你能否谈谈杨家这个系统，你是怎么构思这几个人物的？人物本身所寄寓的内涵是什么？

高：这个家族是从那两个风流罪人——最后一个匈奴与吴儿堡的姑娘写起而插入当代了。这中间有一个历史的跨度，这种手法是哈代教给我的，可以给人一种混沌，而不是明晰的一代一代。匈奴本身就很复杂。

王：就是反抗性与奴性的结合。

高：杨贵儿就带有奴性的特点，这一代默默无闻，永远是土地的奴隶。他要送儿子上学，不打石窟，是一种很悲惨的人类生存途径，而且这个开头和结尾相呼应。

王：这种艺术的呼应构成一种历史的苍凉感，一种苦难中的不断追求。

高：到了杨作新这个人物，实际上在他身上可以发现有更多的匈奴血液，更富有骑士精神。他是一个不安生的、雄心勃勃的打江山闯世事的人。作为他的性格的对立一面，杨娥子属于安分守己的类型。

王：刚好是一种补充。

高：对，一种补充。他们家族这两个孩子就是两个血统的代表，所以杨娥子悲剧的原因在于不能利利索索地出去参加革命。

王：主要的是杨作新要上学了，这里又讲到原始的生命活力要和现代文明结合。如果他不上学，他就不可能接触到党，就是说不可能接触"五四"新文化运动，恐怕陕北当时相当一批人都受过时代思潮的影响。杨作新的悲剧命运你是怎么处理的？

高：我觉得我一直在思考这个命题，在《骑驴婆姨赶驴汉》中就说过这一带人代代怀着英雄梦想，渴望走出高原。但是，他们没有力量走出去。像杨作新也是这一类型的，他们这一代人没有力量走出陕北，即使走出去了，也不会怎么样，有作为的不太多。

王：这是不是写英雄梦的同时也写一种局限？文化的局限，历史的局限？

高：是局限。后来到杨岸乡这个人物，他从前代人的身上吸收营养，使自己站了起来。

王：但是你不觉得他的一生也充满悲剧吗？

高：是的，他实际上也是一个很有悲剧意味的人。但是作为个人来说，我赞成一种观点：人的生存本身就是一种悲剧。你可以克服这克服那，但死亡永远无法克服。人类的生存过程充满着凄凉的情景，我们所能做的唯一的事情就是把这个过程完成得质量稍微高一点。

王：杨岸乡为什么在新中国成立以后长期的生活中那样忍辱负重，那样畏缩？这又说明什么问题？

高：因为他在那种大环境中也不会有什么作为。

王：那和父辈比起来，他反倒不如杨作新。

高：他没有（不是）杨作新那种天才。那是一种堂吉诃德式的人物。

我始终认为：很多陕北人心中是两种因素的奇妙结合。一种是堂吉诃德情绪，一种是斯巴达克情绪。

王：应该说堂吉诃德充满理想，但是沉溺在理想中，却缺乏行动的能力；而斯巴达克理想虽不那么辉煌，但是在行动中却创造了英雄业绩，是不是这样说？

高：对，是这样的。

王：那你是怎样把握杨岸乡这个人物的？

高：我觉得他两种因素都具有，陕北人的心理特征是很明显的。

王：越是贫瘠的土地上，往往孕育着最美好的追求和理想。贫瘠并没有扼杀童话，这是杨家系统。再谈谈黑家系统。

高：这些人物，我觉得他们仍然行走在历史限定的"框位"中。

王：黑老大成为后九天的首领也是一种偶然，而且最初也是被迫的。

高：但是在那一种情况下，作为一个大财主，逍遥于世界之外是不可能的。四股政治力量必须依附于一股，才能在兵荒马乱的年月存在下去。实际上，土匪很多都是被迫的。黑大头也是这样，这是很真实的。而且从严格意义上讲他不是土匪，实际上是一个拥兵自重的山大王，绿林豪杰式的人物。

王：你笔下的陕北女性，黑白氏是一种类型，杨娥子是另一种类型，她们显示了不同的性格。

高：黑白氏是怎么一种类型的人物？首先她很美，有一种细腻之美。而且人物绝对是精灵之至，是人妖式的人物，充满灵性。如果男人给她撑一方天空，她就像一只猫一样；没有男人的时候，她会成为狮子式的，像让儿子认杨作新当干大的那一段，充满机智。杨娥子是另一种类型的女人，她是作为杨作新的补充而存在的。

王：这是整个作品贯穿始终的人物，而且是贯穿主题的人物。

高：这个人物最后跟憨憨结合了。她把伤兵送给她的那块怀表送到革命纪念馆，这是很重要的一笔，昭示着革命很可能以进入纪念馆作为结束。

王：那实际上是说共和国的历史翻开新的一页，第一次革命完成了以后，改革开放是第二次革命。

高：这样说更好一点。

王：这里，人物也好，革命、历史也好，女性、爱情也好，是不是反映作品的意蕴，作品的底蕴，一种丰富的内涵？除历史意义外，我认为生命活力恐怕应该是这部作品相当吸引人的一个原因。比如陕北民歌、剪纸、唢呐、腰鼓等，宣泄着蓬勃的生命活力，给作品点染了亮色，使作品获得了民俗学意义。

高：陕北民歌、腰鼓、唢呐等作为陕北大文化的一个很突出的方面，确实那种生命的躁动与活力表现出来了。

王：大胆，毫不保留地袒露，热烈奔放。

高：整个陕北高原的那种性格，在60年代之后，慢慢地淡了，尤其是"文化大革命"以后，人的生命，包括陕北民歌中表现得很开放的生命本质的东西，相对少了。人们面对很麻木的自然，要生存下去，有时候必须放得开，在人类大悲苦面前凄凉歌唱。

长篇小说是一种结构艺术，小说《最后一个匈奴》在结构上的追求及叙述方式、叙述语言风格

王：这部长篇囊括的时间跨度很长，空间虽然基本上是写陕北，但是也牵涉到北京，甚至巴黎，辐射面相当宽。结构艺术是长篇小说的一个关键问题，你能不能谈谈你在这方面的艺术追求？

高：小说基本上是以时间来结构的。为了强调这种结构方法，我突出了时间流程的断续，甚至有时不敢谈到时间，因为这东西太神秘了。按时间来结构，作品显得有些古板，因此我在作品中力图用这些人物的表现，选定经典时间，让他们在经典时间的核心里穿过。但这样就有了一个很大

的艺术难度，我现有的功力就很难达到这种效果，既要全方位地把握，又要——

王：细节描写上做到与这种把握相吻合？

高：对，我在创作的整个过程中，一直不离两本书。一本是《印象派绘画技法》，我细心地研究其中的每一张画，看他们怎样摆布，因此我作品中就不会出现不和谐的局面。

王：一种总体把握下的各部分的匀称。

高：另一本书是《唐璜》。《唐璜》那种高屋建瓴式的俯瞰历史的气魄，是构成我作品的重要因素。那种多样性，莎士比亚式的多样性，一路豪迈地走下去，所有生活一经手掌点拨，都驯服地排列起来，成为作品的情节或细节。

王：你能不能具体谈谈上部和下部是怎样安排的？

高：在结构上，上部我主要以杨作新这个人物为视角。叙述者在进入叙述时，必须贴着作品中一个人物进行，然后视觉就偷偷转换到另一个人物那里。

王：作者、叙述者、人物，是三重关系。

高：这样就把情节推进着，用他的心灵来感受这段历史。这是很重要的。而且，在感受的同时，也完成了人物的性格塑造，也推动了作品的发展。大家说上半部很好，下半部就差一点，觉得气势上不如上半部。我没有办法改变，我只能用杨岸乡对世界的认识来写。

王：后来又转向了黑寿山。

高：上部描写了战场战争，下部写这场革命在两个领域——以杨岸乡为代表的精神领域和黑寿山为代表的物质领域——以两条线索展开。

王：所以黑寿山这条线就反映改革开放和他在延安的施政方针和他的政绩。但现在看起来，黑寿山这条线没有充分展开。

高：没有展开。这个人物还应有大的发展。许多评论家说，这个人物是新时期以来塑造得比较圆满的中共高级干部形象。

王：这就是说，结构上，下卷相对地用两条线索的交叉——

高：交叉还不够理想。两条线的亲缘关系把它们糅到了一块，这方面还显得很不够。

王：我觉得事件的叙述掩盖了人物。

高：对，这可能是下卷弱的原因。

王：《匈奴》的语言和你过去的中篇比较，你觉得有变化没有？

高：我觉得写小说以来一直用这种语言。

王：你是不是追求长句与短句的配合？

高：我喜欢俄罗斯作品的那种长长的句式。在这上边我显得很突出，不管是优点还是缺点。我觉得不把那几个修饰语说出来的话，就不能把那种感情表现准确，只有这几样东西放在一起才能很准确地表达思想。我追求一种语言的张力，中国传统古文很注意造势，激情产生以后，用对话、平淡的叙述就无法完成，无法和我这个人的气质相适应，必须用这种语言。

王：从创作方法上看，你的作品主要是浪漫主义的。

高：是浪漫主义的，或者说是理想主义。

王：你并不回避生活的苦难、生活的沉重，不回避历史的悲剧感，但你总是要从中表现一种积极向上的力量。

高：可能因为是一个理想主义者吧。我对人类充满了爱，而且确如叶赛宁的诗："满树黄叶落地无声，诗人都必将腐朽无踪，天下的芸芸众生啊，你们生生不息，我愿你永远美好繁荣。"就是这种感情。

王：这种感情，化为艺术的创作力，就形成一种浪漫主义格调。在这种情况下，像张承志的作品仍然唱着理想之歌，而你的作品是不是和他也是一种呼应？那么，在这种理想之歌中，你自己觉得你的旋律有什么特色？

高：我很喜欢张承志的作品，我初期作品与他的很接近，后来他的作品好像更多地走向内心自省，走向学者化。而我的作品，由于更多的时间处在基层，处在一个相对封闭的空间，只好走向土地，从土地上吸收，从民间文艺上吸收营养，发展自己。

王：你有没有想过《匈奴》还存在些不足？如果——当然这不太可能——重新来写这部作品，你将在哪些地方有改进？

高：我觉得存在的问题仍然在下部，北京讨论会上已经有评论家提出了。我觉得在下部某些人物性格没有得到更充分的展示，像黑寿山和杨岸乡，没有把他们放在行动中去展示他们的生命，在磨难面前得到更充分的考验。

王：而且，下卷两条线索的交叉、衔接还不是那么纯熟。另外你考虑过没有，大量引用斯诺的话，大量进行议论的问题，也就是雷达先生讲的理性大于形象问题。

高：如果说它是优点也可以，说缺点也可以。我现在试图解决这个问题，但如果没有这些东西，我觉得这作品就张不开。没有办法，我目前的力量还做不到这一点。以后我很可能写一部纯正的类似福克纳《我弥留之际》的三十万字长篇，可能会把那激情搞得淡一点，把背景推得模糊一点，风格上可能会有一点变化。

王：如恩格斯所讲的，能够把倾向隐藏在人物和情节之中。现在看来，作品很多都是受制于作家主观的抒发和议论。如果能更多地把它暗示出来——

高：那会更好的。

王：就是说史诗的作品，应具有很高的品格。我们强调的是一种追求，追求这种史诗品格。在当代文坛中，作家差不多都在追求这一点，包括你在内。我们只能说提供了各种各样的成功经验和失败的教训，有助于我们今后真正去构建我们民族的史诗。能不能这样说？

高：可以这样说。

王：你打算写的那部三十万字作品叫什么？

高：我还一直没有找到合适的名称，最初想叫《天堂之路》，写一个

147

类似《圣经·出埃及记》那个框架的东西。后来想叫《女骨》，因为整个是一个搬运女骨的过程，但整个故事由一个回头约引起。丈夫死后，妻子再嫁，但死后仍须与前夫埋在一起，所以叫《回头约》更准确，但叫《天堂之路》可能会产生新的效果。现在还没定。

王：已经开始创作了吗？

高：素材已基本搜集好了。我还要到乡下去，一边写一边感受生活，争取把那种氛围细节写得有别于《匈奴》。因为这还是在陕北，我不愿让人看到是重复自己。文学对我来说，已经成为我的生命存在方式，不管干任何别的事情，我都觉得是浪费生命。只有写作，我才觉得是干有意义的事情，使我个人得到一种幸福和满足。这是无法改变的，所以我说就像陀螺一样不停息地旋转下去。至于将来能有什么大的前景，我只能说：我力图在我的时代里，在我这个年龄的作家中对民族的文学事业做出一点贡献吧。

选自《看到与没有看到的风景》，太白文艺出版社，2005年

寻觅比预约更值得珍重

——评京夫的《八里情仇》

京夫的《八里情仇》洋洋六十万言，概括起来，就是两个字：苦难。

当1991年京夫出版他的二十六万字的长篇小说《文化层》时，就对外县小城的一群文化人的生存困扰做了一次深层的揭示。似乎是意犹未尽，1993年初，京夫又推出了他的鸿篇巨制，沿着《文化层》的思路，人生处境的艰难与困苦在《八里情仇》里进一步被予以审美的阐释。不同于《文化层》的是，《八里情仇》的艺术空间有了位移，它的意蕴也较《文化层》在深度与广度上有了发展。

从空间看，《八里情仇》讲述了汉江边一个名叫八里的古镇发生在新时代的故事。八里，抗战时期一度繁荣，号称"小巴黎"。这美称一直延续到商品大潮冲击的今天。

从时间讲，《八里情仇》囊括了从60年代初的那场饥饿直到改革开放的90年代初约三十年的时间跨度。在某种程度上，可以说，基本反映了新中国成立以来的农村生活和集镇生活。

苦难有如抹不去的浓雾，笼罩、弥漫、浸润、渗透于《八里情仇》，沉重得让人透不过气。京夫那颗艺术家的敏感的心因此被深深震颤了。他笔下的人物，也因此无一例外地被这苦难所纠缠、困扰，以致无法从苦难中剥离、解脱。

小说的主人公荷花，美丽而善良。中外文学中像这样资质的女性，命运往往并不美妙，这几乎是一个具有普遍意义的文学现象。不同的是因了时代和民族生活的差异，她们演出的人生悲剧在内涵与方式上会存在着这样那样的区别。荷花的不幸是从十八岁那年开始的，她因了父亲的恩怨而成了"左"的政治路线祭坛上的牺牲品。她当然不甘于逆来顺受，在力所能及的范围内，她与邪恶展开了斗争，但厄运却如同影子总是紧紧地跟随着她。她抗婚，但她违抗不了与"英雄"结合的组织决定（她是一名团员，在60年代初的特定环境里，服从组织决定乃是天经地义的）。她苦恋着林生，并且在"英雄"王兴启的撮合下与林生生下了一个孩子金牛，但她绝不忍心离开王兴启，虽然这是残废的王兴启所一再要求的。她反对金牛与秋英的恋爱，但她难以启齿，她不敢公开金牛应该叫秋英为亲姨的严酷事实，更不敢公开金牛的真实身份。王兴启为了成全林生自尽了。金牛也在窥知了母亲与林生的关系后砍杀了林生，卧轨自杀了。夫死子亡的双重打击把荷花那颗柔美的心挤压得破碎了。

左青农是作为恶的象征出现的，但左青农从来不认为自己是恶人，他始终觉得他的一言一行既符合时代风尚、社会规定的需要，又是他个人情感与理智选择的需要。童年的屈辱形成的强烈报复欲望支配了他的一生。他尤其善于打着革命的旗号，堂而皇之地干尽坏事、丑事、恶事。是他一手炮制了"救火英雄"王兴启的事迹，一箭双雕，既为自己捞取了政治资本，又可长期占有荷花。作家在塑造这个人物时并没有一味去写他为非作歹、青云直上，而是努力揭示他人生的坎坷以及由这种坎坷而带来的苦恼、沮丧与焦灼。作家尤其着意刻画了左青农的内心痛苦。这种痛苦并不是因为意识到自己在行恶而引起的自省与反思，而是因为恶人有恶人的逻辑，这种恶的逻辑的难免受阻受挫使得他活得绝不轻松，他时时处在痛苦的煎熬中。他为自己的身份来历不明而苦（小说对他的出生有着十分奇特的交代），更为他实现他自己所谓的人生价值不断陷入困境、逆境、绝境而苦。

围绕着这两个人，作品展开的其他人物的命运也与苦难紧紧相连。

荷花的父亲杨文霖因与左青农的妻子毕淑贞私通被左青农送进了监狱。出狱后，他成为一名烧窑师傅，不再回家，一心苦苦寻求与毕淑贞生下的女儿秋英相识、相认。

毕淑贞同样是一个姣好的美女，却被工作组长奸污，为了掩人耳目被迫嫁给了左青农，她又与左离异，嫁给一个铁路老工人。她一生都与真正的爱情无缘。

林生与荷花自小相知相爱，却有情人不成眷属，他目睹荷花的不幸却无力相救，只能从生活上、经济上予荷花以帮助。长期的不明不白身份终于激怒了爱子金牛，林生被金牛砍杀。

周老八，一个为革命做过贡献的老人，"文革"中被左青农打成叛徒，为了抢救荷花惨死在洪水中。打豹英雄林三菊，被周总理接见，国防部授予一支马步枪，在左青农强行缴枪时，自杀身亡。

…………

我们看到小说有一个复杂的人物关系网，主要是由两个家庭的三代人构成。正是这些男男女女、老老少少的恩恩怨怨、生生死死，演出了《八里情仇》一幕幕人生悲剧。这里有亲子杀父，有姨甥苦恋，有夫妻离异，有父女反目……几乎每一个人物都挣扎在苦难的泥淖，无从自拔，直至死亡。

人们不禁要问，所有这一切又是怎样形成的？

事实上，京夫并不只是在展开苦难，他并没有停留在苦难本身。作品深刻地揭示了所有这一切错乱的、颠倒的、畸形的婚恋和人伦关系以及苦难的人生历程，都有它复杂的社会、政治、经济、历史、文化、道德背景，都可以找到每个人物生理的、心理的、性格上的内在依据。

小说临近尾声，承受着人生巨大灾难的荷花决定告别八里，她目睹了纸厂被焚得变成一片废墟，目睹了中风的左青农的无言泪水。京夫写道："她更不明白这人世间的事了。"荷花不禁发出了天问式的盘诘："是谁主宰这人世的一切呢？吉凶祸福，生老病死，沉浮升降，是前世给定的还是后世天降？"[1]毫无疑问，作品人物的困惑绝不等同于作家的思考。如果说农村妇女荷花面对半生不幸和人世沧桑陷入了深深的不解和迷惘，那么，作家京夫对人生、对历史则是有着自己的感悟和体认的。

苦难是与生命俱来的吗？苦难是与人生同在的吗？人，降临世界第一声啼哭所传递的痛苦，将伴随人直到生命的终结吗？我们看到，小说中的每一个人，特别是荷花与左青农，他们各自的痛苦内涵、方式并不相同。在一定范围内，荷花的不幸往往更多地来自左青农的策划、支配与操纵。问题在于，左青农又是凭借着什么力量兴风作浪、为所欲为？荷花为什么总也摆脱不了左青农的恐怖阴影？除了左青农为代表的社会政治力量和历史文化影响外，荷花自身难道不也存在着难以逾越的心理和舆论的重重障碍吗？

而且善也苦，恶也苦。正面的追求如荷花，苦；负面的追求如左青农，也苦。因此暂将历史判断与道德判断悬搁，那么，我们将发现，在一般意义上说，其实左青农与荷花在痛苦这一点是相同的、一致的。广而言之，《八里情仇》中每个人物肉体上、灵魂上的痛苦，不论它外部的形成原因，还是自身的种种局限有着多少差别，在痛苦这一人生形式上，都是大体一样的。

当然，京夫并不想消解他的历史、道德判断，但他也无意于一般的显而易见的社会历史与伦理道德的裁决。人生是什么？历史是什么？不同的作家，不同的哲学家、历史学家当然会有不同的解说。至少，在京夫看来，苦难乃是人生的一种基本存在方式，历史的一种基本存在方式，这是第一点。第二点，京夫是在从事一种审美创造活动，他并不是在做道德宣讲和历史解释，而是在营造一个艺术世界。他的历史与道德判断只能寄托在、依附在、溶解在他的审美判断里。换句话说，他是从一种合理的人性

---

[1] 京夫：《八里情仇》，中国文联出版社，1993年。

建构这样的层面来审视发生在八里古镇的人生悲剧与社会悲剧的。读者千万不要忘记，这个八里古镇的悲剧又是京夫为我们创造的、虚构的。

艺术原本就是虚构，但艺术又绝不仅仅止于虚构。艺术奇妙地处在虚与实、真与幻、情与理契合的临界线上。

让我们回到《八里情仇》看看作家给我们提供的艺术画面：

小说的上部主要写"文革"十年。反思"文革"的作品我们读得不少了，京夫的独特之处在哪里？我认为，他写"文革"写得相当平静，相当真实。小说并没有着力去渲染、烘托"文革"作为一场"红色风暴"，作为一场民族劫难，是怎样从天而降，遍及穷乡僻壤的。小说告诉我们，从农村社教开始，"文革"在极左路线指引下自自然然地滑行过来了，自自然然地波及八里的每家每户每个人的灵魂。无论从运动在八里古镇的发展演进看，还是从人物心理的承受力、实际参与力来看，一切都是50年代后期日益占上风的"左"的路线所形成的农村政治生活的逻辑必然和历史必然。作品中的每个人物都以各自理解的方式与态度介入了运动。虽然人们免不了困惑，但又无可回避地卷进了旋涡，扮演着各自的角色。林生毕竟是有文化的农村青年，善良而又爱思考，也曾力求保持一份善心，在武斗的生死关头放走了左青农，搞了一场以德报怨的喜剧。虽然那个年月，被一再告诫不要忘记农夫与蛇的故事，但如林生这样念过书的人偏偏在关键时刻把这古训抛到了脑后。这当然不是说书本教会了林生以善待人。不少例子证明一些读书人行起恶来，一般人往往望尘莫及。但就林生而论，他的文化教养对他的性格形成不是没有影响的，重要的是，从情节发展的脉络看，从作品的特定氛围看，林生的这一举动及内心活动，显得十分荒唐而可笑。在汹涌而来的邪恶面前，林生的这一行动可以说是软弱无力，杯水车薪，全然无济于事。这是否反映了京夫的某种认识与态度？苦难并不是善良所能改变的，所能减轻的吗？

小说的下部写新时期。林生、荷花九死一生，历经磨难，迎来了新生活，分别承包了橘园。但是，勤劳、善良而且具备经营现代果园知识与才能的林生既不能使自己富起来，也不能帮助荷花富起来。他的对荷花的倾心相助反倒成为金牛仇恨他的一个诱因。在林生，是因为有人存心与他较劲，处处掣肘，而荷花，则是由于左青农仍时时在打她的主意，给她制造灾难。为什么凭自己诚实劳动的总是寸步难行，举步维艰，反倒是左青农，虽然从政治舞台跌落，却又乘改革之机，在经济上成为风云人物，再次控制着八里古镇？"文革"中他可以借"左"的一套恣意狂为；那么，现在呢，他为什么还是能够上下串通，左右逢源，勾结官吏，鱼肉乡里，纸厂愈办愈红火？恶，果真是社会前进的一种力量吗？

京夫并没有给我们提供答案，但生活本身、作品本身留给读者的思考却很有启示意义。我们完全可以说，生活在这样的社会秩序里的荷花们、左青农们，他们的美与丑、善与恶、真与假，都必然地会产生，也必然会以这样的方式呈现。不然，你怎么解释荷花被乡亲们七手八脚地剥得只剩下一条内裤，以强迫她就范于左青农的安排？你又怎么解释左青农会以一个孤儿身份走向八里古镇权力的顶峰？而且，荷花几乎总是处处被动，为保持自己而不可得，反倒是左青农时时主动出来，想要做命运的主人。关键还在于周老八、林三菊们，他们感到苦了吗？他们自觉其为苦吗？无论如何荷花能够意识到苦，这本身就是一个了不起的发现。但，我以为这一切依然只是表层的，作家在这里所暗示的远远比他所揭示的要丰富、深邃得多。透过种种表象，我以为京夫是在追求一种对人生、对命运、对存在的形而上的思考，虽然这种思考还不够成熟，不够透彻，但重要的是这种思考本身。

京夫在小说终篇有过一段告白："小巴黎冗长而乏味的故事应当结束了。没有高潮出现，没有奇峰突起，没有柳暗花明，自然没有皆大欢喜的大团圆。它只是时间行进中，八里这个古镇打了一个结子。时间仍然按照它以往的速度向前行进，汉江仍然在秦岭巴山之间流淌。"[1]京夫的确在

---

[1] 京夫：《八里情仇》，中国文联出版社，1993年。

追求一种叙述方式，一种艺术境界，力求写出一个又一个匪夷所思的奇异故事在真实得一如生活本身那样的平淡无奇里发生着、延续着。虽然在实践操作上，京夫的设想与作品所达到的实际水平比，仍然有一段距离，但是，在这种不要戏剧化而要生活化的审美追求里，透露了京夫对人生对历史的新的理解与认知。他力求去写出在时间的行进即历史的长河里生活的必然与偶然、有序与无序、可知与不可知、有情与无情、可说与不可说。

人，永远生存在现实世界，但又永远难以拒绝诱惑。在现实与诱惑之间永远横亘着一个形而上的距离。诱惑的实现变成了现实，新的诱惑又会立即萌生。这大约是人存在的难以摆脱的命运。同时，人，不仅是环境的产物，又是环境的构成。作为生命个体，在环境的重重包围下，人时时会企求突围。包围与突围正如现实与诱惑一样，构成了人的基本生存方式。正是在这一存在中，苦难痛苦与欢乐幸福，成为人对自己生命的基本体验。因为任何对诱惑的追求，对环境的超越，都不可避免地要付出代价。在这个过程中，个体不仅在面临来自外部的挑战与挤压，而且要面临来自自我的分离与冲突。这样，如同幸福一样，苦难就具有了多重内涵。它既是社会的、历史的、文化的，又是生命的、个体的；既是形而下的，又是形而上的。

正因为如此，苦难成为中外作家特别注目的艺术课题。陀思妥耶夫斯基以长于揭示灵魂的自我厮杀与拷问，长于揭示人类的苦难而为世人推重，为鲁迅推重。在宗教的悲天悯人里，我们能触摸到陀氏那颗为人道主义而跳动的心。陕西作家中，陈忠实、路遥也都在揭示苦难的艺术天地进行过成功探索。他们深深地挚爱着我们大地上的芸芸众生，为他们的生存的痛苦而痛苦。值得注意的是京夫，似乎特别钟情于这一审美领域。是作家个人生命体验里有过多的痛苦吗？是作家在历史与人生的思考里难以从痛苦中拔足吗？我以为这些并不重要，重要的是京夫对苦难的正视。当他不是回避不是粉饰而是酣畅淋漓地倾诉着荷花们、左青农们的痛苦时，他的艺术家的勇气和探索精神也就必然赢得读者的尊重。但我以为，我们不可忽略如下一点：虽然痛苦总与人生与历史相伴，但对痛苦的超越却应该始终与痛苦同在，其中任何一个的缺席，都不足以构成人生、历史与社会。艺术家的责任，并不一定要给读者一个黄金世界的预约（我们曾经为这预约吃尽了苦头），但克服与战胜痛苦却是不可或缺的。而这种对苦难的抗衡不能没有来自心灵的支撑点，来自人类历史实践的支撑点。对这种支撑点的寻觅无疑会比预约给读者以更深刻也更实在的启迪。同时，我们也不能忘记，从完美人性的建构看，我们也难以磨灭"追求"的自身价值的选择与判断。"追求"的合理与不合理的区分最终仍然只能取决于人们的未来发展的要求。

关于这些，京夫并不是没有考虑。小说是在教堂的祈祷中结束的，当荷花沉浸在人生真谛的感悟中时，她忽然看见了林生。她不知道林生是被救活了，她倒在了林生的怀抱里。这种宽泛意义上的宗教情绪和它所昭示的人生意义的终极关怀，表明了作家的一种寻觅。我已经讲过，寻觅也许比预约更值得珍重。只有穿越寻觅的栅栏，《八里情仇》的苦难才可能获得它的意义。

原载《小说评论》1993年第6期

民间视野的风景

——评赵熙的长篇小说《狼坝》

阅读《狼坝》，我们是在穿越历史的隧道。

小说还是要讲故事的，长篇小说尤其离不开故事。而故事总是讲述过去的、曾经发生的、可能发生的事，总带有历史的虚构色彩。区别只在于浓与淡之间，只在于你从哪个角度切入历史这座大山。

《狼坝》讲述的是抗战胜利后，新中国成立前夕，发生在陕西太白山区一个名叫狼坝的山镇里的故事，一个具有浓重传奇色彩的民间故事。

20世纪40年代末在我国现代史上是一个动荡的年月。我国社会正经历着深刻的历史转型，即使是穷乡僻壤也被卷入了这一历史的巨变。也许神经末梢上的震颤较之于旋涡中心更能传递时代变革的风云吧，赵熙将《狼坝》的艺术时空选择在了面临全国解放的太白地区深山密林里的狼坝，这显示了赵熙文学资源的开拓力。但具有决定意义的却是赵熙构筑他的艺术大厦的历史之魂和营造方式。《狼坝》的可贵在于：力求从人的历史而且是历史的人去审视这一社会转型的特定历史时期，而这种审视采取的又是民间的视角和仿民间故事的方式。

长期以来，我们的描述历史的小说，总是在既定的历史框架、历史结论中去写人。人，往往成了历史规定性的形象注释。它们忽略了马克思的一个重要观点，即人是历史造就的，历史又是由人创造的。近几年来，我们看到，有些作品开始把人和人的命运放在了中心，而把历史的重大事件推向了背景。这个变化，当然不是否认历史对人的给定，而是同时注意到了人在历史活动中的丰富性、复杂性和创造性，表现了把对人的关怀放在重要地位的人文精神和一种新的历史态度。

历史是一个复合的整体，我们完全可以从主流文化，也可以从典籍文化的视野去叩询历史，但同时，我们也可以用另一眼光去审视历史，这就是从民间文化、从世俗生活的层面去接近历史，去寻觅历史的奥秘。也许在后一种视角观照下，历史将可能获得与其他视角不同的涵盖力，而与我们当下的生活血脉般沟通起来。不可否认的是，历史与传统是以它活泼泼的生气灌注在我们当下的生活里。正是在这个意义上，我们认为，历史就是现代史，传统就是当下性的说法，不是没有道理的。《狼坝》所呈现给我们的历史风景在很大程度上，正是因了它的民间视野和传奇色彩，才具备了它现在所拥有的社会价值和审美意蕴的独特性。

《狼坝》并不回避对特定时期的历史的总的把握。这是一个根本的前提，离开这个前提，任何视角都将失之偏颇。在狼坝这块土地上，以周五爷为一方，苏大人为一方，萧司令为一方，白狼为一方，种种政治、思想、军事力量展开了错综复杂的斗争；同时，我们也看到了"白马王"的民间迷信活动，苏家木场为中心的漆工们的活动，当年遗散红军的隐秘斗争，还有金田、桂等等普普通通的底层百姓的曲折、坎坷的命运。对于反映这个特定时期的历史风貌的总体来说，这样的艺术格局和人物设置，与《狼坝》这块神奇土地的地域环境是相吻合的，这是其一。

重要的是，赵熙对他笔下的人物的生存状态的全面关注，这是其二。赵熙写人物的政治参与、军事参与、权力斗争和思想斗争时，并不孤立地局限于一个狭小的范围里，而是向着人物精神世界、情感世界做深层的开掘，不放过他们的世俗生活、情感生活，特别是生命本体的艺术追踪，在历史的总体性和生活的多样性的结合中，揭示历史变革与人的存在的双向互动关系。

其三，几乎所有成功的小说，都注意到了在历史与人的复杂关系中去把握历史，把握人生。赵熙的贡献是，他把这种权力冲突、人性冲突、情感冲突纠缠为一个充满传奇色彩的仿民间故事，纳入一个别具一格的民间视野里。也就是说，他总是运用一种来自底层的平民的眼光来审视这一段历史，来构筑这一段历史。小说叙述者的这一独特视角当然并不等同于作家本人。我们已经讲过，赵熙是在对历史的总体把握的基点上来虚拟这一段历史的，他是从民间的角度向着历史的林莽掘进，向着人的生命本体的神秘领域探索。我以为第三点尤为值得我们注意。

这种民间视野在作品中突出地表现在如下几个方面。

对大自然的亲和与畏惧弥漫了小说，它是形成《狼坝》历史的一种内在精神和神秘力量。对大自然的冷漠和疏忽，常常是一部分作品的共同缺陷。赵熙一贯以他注重大自然而为人称道，《狼坝》在这方面又有了新的发展。大自然——太白山区的山山水水、丛林野岭、家畜野物，不再只是以人的活动的背景进入作品，它们直接参与了故事，成为推动情节发展的神秘力量。尤为重要的是，大自然已深深把它的影响力施加于人物的心灵，在一定范围内，给人物的命运打上了它的烙印，成为人的生命存在的内部基因和外部形态。这不只是表现在雪娟入奥山之后的感受上，还表现在金田等人物性格的形成上，尤其表现在苟双才与几个女性的关系总与大自然有着千丝万缕的联系上。不只是自然景观，还有大量的人文景观及广泛流传于民间的神女洞的传说、青龙寺的传说及黑蝙蝠和娃娃鱼的隐喻，等等，它们是当地群众把大自然对象化的文化积累。在这个对象化的过程中，他们把自己的生命形态、人性追求和对美丑善恶的判断灌注其中，一旦形成，这些景观与传说又反过来给一代又一代的当地居民的心灵以熏陶，给他们的生存方式以制约。赵熙的《狼坝》世界的这些自然、人文景观带有鲜明的太白山地独有的地域特点和神秘色彩，这种特色又与太白山的农业文明紧密联系在一起，它们相互影响、渗透。正是太白山的小生产方式天然地规定了人对自然的亲和与敬畏。这种亲和与敬畏，成为农业文明的组成部分。当赵熙以宽阔的艺术襟怀拥抱这块山地的时候，他对大自然的审美态度就和太白山区群众的对人与自然的关系的独特感受相重叠了。与其说，这是一种现代生态环境学说影响下的理性自觉，不如说，它们在更大程度上是一种来自民间文化、地域文化的审美情感和人生观照。

底层妇女的不幸命运和抗争，她们的原始生命活力构成了《狼坝》艺术世界的重要意蕴。她们来自民间，她们对爱的理解和爱的方式，几乎无一例外属于民间。

从女性形象的塑造，也许我们最有可能逼近一个作家感情世界的隐秘和他的艺术趣味、人生价值取向了。赵熙和不少作家一样，以善于塑造女性而见长。略显不同的是，赵熙对他笔下女性注入的同情、理解与爱更带有一种亲近感。

人的灵魂是由虚荣心和欲望支撑着。在欲的煽动下，周五爷不仅角逐在权力场而且追逐在色情欲海。他的卷入妻妾们的明争暗斗，虽然秃三起了很大作用，但他自己更难逃罪责。堂堂一个带儒将风韵又是硬汉子的萧司令痴迷于雪娟又沉溺于对五姨太的寻欢作乐中。苟双才几乎可以说被女性所包围，女人造就了他，他也死在了对女人的情欲的占有里。《狼坝》里的男人们除了少数例外，几乎都离不了女人，大部分男子以女人为工具，为情感的及情欲的归属地。对此，女人们采取了一种依顺中的反抗，无奈中的愤怒和报复。赵熙往往从女性的角度来展示这种畸形的、复杂的、隐含的两性关系，这就为他提供了可能更为充分、更为丰富地去揭示女人眼中的两性关系的不合理性。

无论是胖娘、二姨太、五姨太、九疤女、金田娘，还是丑女、桂，各具个性的一群女性，从这个神奇的狼坝世界中向我们走来。她们的情的期盼，欲的饥渴，爱的疯狂，或者是正常的，或者是扭曲了的，汹涌为一股不可阻遏的生命之流。是她们与男子一道汇聚了这种野性的欲的汪洋。她们沉浮于其中，她们成了她们的情与欲的奴隶，她们是被她们自己的疯狂的爱给毁灭了。一方面，这与她们自身的远非健全的精神构成分不开；

另一方面，这个男子中心主义的社会秩序和历史存在注定了她们的必然失败。当九疤女死里逃生，奇迹般地出现在渭河，她的跪倒在贞节牌坊下的虔诚和忏悔、哀怨和哭诉，是喊出了积聚了太多的历史经验和现实存在的千万女性的痛苦与愤怨。很难说，这是理性的自觉。这种感性的、自发的、来自民间的、野性的呐喊，充盈了勃勃的生命活力，激荡着生命本能的巨大冲击力。在某种意义上是给人类文明发展进程中的二律背反提供了形象的注脚。

最根本的还是灌注在《狼坝》之中的历史态度，这种态度又与作品中那些主人公对历史的理解分不开。周五爷和苏大人的先后远走他乡又双双遁入空门，萧司令的心灰意冷、无奈南撤，白狼军的汇入解放大军向西部纵深展开，白马王的暴卒，苟双才的惨死，无不折射出历史发展的大争执。作品中每个人物的命运都与这个总趋势有着或深或浅的关系，虽然他们在这个动荡的人生舞台上承担的社会角色并不相同。最让人玩味和深思的还是金田。他是个憨厚而朴实的漆工，他不愿充当背枪人，却偏偏被周五爷、萧司令看中；他当了父亲，却不知道，知道了也不在意儿子并不是他的亲生骨肉；他向往发财，他果然一夜之间发了财，又一夜之间一无所有。在狼坝的复杂的斗争格局里，他不愿介入，却唯有他几乎出入了所有的各派力量，而且每每在关键时刻，担负了重要的角色。是他给白狼军送来了情报，使奥山军得以及时转移；是他承接了苏大人的家传秘方，使地方病的灾难得到了某种缓解。他的人生道路的几起几落充满了喜剧色彩，更含有传奇性。看来似乎偶然，却又是他碰撞在他生存的空间里不可避免的结果。小说的结尾，一场风暴基本上过去了，金田的生活又回到了旧有的轨道，他有了一个组合力较为特殊的家。太白山的山河依旧，人世已几经劫波，几度沧桑。他对历史、对人生似乎有了一种朦朦胧胧的体味："一切都很奇异，世事变了，变了……"历史就这样走过来，又走过去了；他还得生活，他的儿子也会长大，也得生活；生命在延续，还会世世代代延续下去。历史在民间，在平民眼里，常常就是这样被理解的。这当然不是因为金田代表了社会学统计数上的大多数，而是因为在农业文明的社会结构里，广大的来自底层的、亲近土地的民间力量，总是与主流社会、与文人社会保持着一种相对的距离和相对的独立性。他们总是在历史的转折时期以一种巨大的社会力量被调动，而后又被疏离，他们在他们自己的生存世界里感悟自然，感悟人生，感悟历史。这种民间文化、民间意识，虽然始终处于历史的边缘，却具有极大的渗透力和承传性。金田们对历史既介入又相对超然的情感态度和感性认识，无疑正是这种民间文化历史观的反映。这种鲜明的民间性，当然是属于作品人物的，并不等同于创作主体。

我们还要提到的是小说的仿民间故事的叙述方式，这主要是指小说的叙述中心始终是围绕人的生命内核展开，向着自然、文化、历史、社会等层面展开，这种展开充满了传奇性、故事性。生活本身充满了传奇色彩，生活中那些超乎常规、常情、常理的、偶发的、奇特的、荒诞的人和事，在口口相传的流播中不断被加工、夸饰、变形，自然地成了传奇故事。像太白山区的生存环境和生存方式，尤其为民间传奇提供了最合适的温床。这样，《狼坝》的传奇性就不只是艺术形式的外包装，它同时也是小说艺术内蕴的呈现。无序中的必然，有序中的偶然，它们的奇妙融合，不正是赵熙对历史对人生的某种阐释吗？

时光永是流逝，我们是生活在变动不息的时光之流里，存在于历史的规定性之中；同时，我们又是此时此地的具体的个别的存在，我们仍然受制于现实的时代性和个别差异性。人性是历史地形成的，对历史的解释与感悟事实上就贯穿在对人性、对人生、对自我的理解与把握之中。赵熙对《狼坝》的理解与创造，我们也不妨做这样的认识。

原载《小说评论》1997年第2期

献给大地的歌

——评王宝成的《梦幻与现实》

几经周折，王宝成的《心境》在2000年年底出版了。这样，历时十二载，王宝成终于完成了他的近百万字的长篇小说《梦幻与现实》三部曲。

"三部曲"的第一部《爱情与饥荒》出版于1990年，第二部《红尘》出版于1991年。唯独《心境》的出版，可以说艰辛备尝，这里就不去说它了。

王宝成说："一个作家积累几十年，苦著十几年，这才完成的一部长卷小说，绝不会是一般意义上讲故事的书，也不会仅仅局限于作者个人的经历……我想让读者在阅读这部作品时，感受到整个人生和社会，同时体味到我们追求的文学作品的上佳境界到底是怎么回事。"

优秀的文学作品，总是一种人生和社会的体味。"三部曲"力图将这种人生和社会的体味提升到整体性的构架，这的确是一个极具魅力的审美诱惑，它集中体现了王宝成的文学主张和创作追求。当然，作家的理念世界和作品所创造的艺术世界，永远呈现着错综复杂的形态，并不完全对应。重要的是王宝成的"三部曲"在他的创作历程中所具有的总结性地位。"三部曲"是王宝成"文学作品上佳境界"的成功实践。

"三部曲"是王宝成呕心沥血之作。这不只因为王宝成把"三部曲"视为"体现了我生命价值"的"主体性工程"，调动了他丰富而深厚的生命体验和艺术积累的全部储存；还是因为，为了这部长卷，王宝成付出了巨大的生命投入。他潜心于艺术的创造，为此，身染重疾，至今卧病。王宝成属于那种将文学与生命血肉相连，终身以生命相许的作家。在陕西，这是一个悲壮而辉煌的文学传统。

2000年，《王宝成作品集》，荣获陕西省505文学优秀作品奖。我为此写过授奖评语：

"王宝成是秦川之子。大地、麦浪、林涛和耕作在大地怀抱的纯朴农民，他们的苦难和苦难中的希冀，体力劳动和劳动中的汗水与欢笑，组成了王宝成小说乐章的基本音符。对大自然、对乡村、对麦田的爱和讴歌，是一个世代相传的文学命题。在商业化的欲望之海，王宝成的对大地的拥抱，对农民的一往情深的礼赞，也因此穿越了岁月的风尘，意外地获得了一种超越工具理性的大地亲和力和宁静、温馨的审美意蕴。"

沿着《王宝成作品集》的审美指向，王宝成扩展和深化了他的对大地和大地之子的讴歌。

"三部曲"在广阔的空间背景和半个世纪的时间跨度里，展开了当代中国社会，尤其是农村复杂变革的整体性叙事，塑造了以蒲冬林为代表的农村两代人的艺术群塑，既写出了他们曲折的生活史，也深刻揭示了他们的心灵史、精神史。

故乡和大地

作为生命个体，在哲学的意义上，是一个"在者"，只有通过"此在"的窗口，我们才有可能去领悟那个"在"，面对"在"的领悟是人区别于其他生命、其他"在者"之所在。这就是说，此时此地的"在世"即"此在"的当下性，在时间的轴线上，既把我们引领向未来，也促使我们返回到过去。寻找回家的路，思考过去，就意味着对"在者"的本原性追究，这几乎构成了我们生命意义探询的坚实出发地。故乡之所以成为中外文学作品共同母题的深层原因，正在这里。

"三部曲"是以故乡为基点建构它的艺术大厦的。故乡是作品的出发点，也是作品的归宿。王宝成的故乡是在渭北高原的尧山地区。莫罗亚认为："小说的材料不在现实世界之内，而在现实世界与想象世界的差异之中。"这就是说在"三部曲"里，王宝成笔下的故乡，已经不再是那个王宝成出生地的简单复制和那个地图上的行政区域，而是一个艺术的存在，一个中国当代社会尤其是西部农村的艺术缩影。

曾经有一种观点认为，农村题材已经显得过时了，我们应该好好地写都市生活。无疑，对都市风情，我们的作家应该倾注我们的艺术才华去为当代都市生活留下艺术的造型。但，这是否意味着，农村不再是作家艺术视野中的选标的了呢？答案仍然是，不在于作家写了什么，而在于作家是如何写的。而且，对于当代中国来说，"三农"问题已经成为学术界、思想界的热点。一个真正关注传统中国向现代中国历史性转轨的作家，没有权力对农村保持沉默。

迄今为止，王宝成的全部创作几乎都围绕着农村，离不开农村。这不只是一个生活、情感的积累和作家创作的优势问题。当文学以抒写个人性灵为重，甚至以身体去写作成为时风并日见走俏之际，王宝成没有在艺术市场的喧嚣叫卖声中，四顾茫然。他仍然坚守着文学对社会责任的承担，坚守着一个作家的艺术良知，关注着这块古老而又苏醒了的大地以及大地上的普通人的命运。仅此一点，足以让人敬佩。

王宝成的坚守，不只是一种认知上的选择，更是他生命激情的勃发和审美创造。

"不为千载离骚计，屈子何由泽畔来。"陆游的诗句深刻揭示了屈原与《离骚》的内在生命联系、情感联系。正是承续了"发愤抒情"的楚骚传统，司马迁写下了他的千古绝唱的《史记》。一部中国文学史，抒愤懑，写春秋，可以说始终属于主流地位。显然，这与中国传统社会的宗法家族结构即以血缘关系为纽带、以地域关系为网络的等级制度分不开，也与中国社会的精神生活史分不开，更与中国作家述往事、思来者，藏之名山、传诸后世,以天下为己任的社会担当分不开。王宝成,应该说,正是继承和发展了这一文学传统。

与那些非农裔作家不同,王宝成来自农村,成长于农村。作为一个农民的儿子,他对农村充满了关爱和深情,并力求通过自己的文学活动,对农民生存状态的改善施予影响。他的以往作品如此,他的"三部曲"更是如此。"三部曲"是王宝成生命意志与情感诉求的必然释放与艺术投射。

关于土地与农民的依存关系,这里就不去赘述了。我想强调的是,超极限的生命投入与持续贫困的土地回报,这中间所形成的巨大逆差,既滋养了农民对庄稼、土地的特殊情感,也形成了农民关于体力劳动的忘我和愉悦。

《心境》有过如下一段叙述,冬林和父亲蒲老三要把父亲攒了一冬的肥料上到承包了的地里:

"父亲一直在后面帮他掀着车子……他看见在后面推车的父亲也和他同样使足了全身的力气。父亲的身板几乎贴住了地面,汗水披头散面地往下流,淹得他连眼睛都没法睁开,一直顺着他那花白的胡子流下去,流到了胡梢,然后滴滴答答地落进车轮后面的虚土里……"

一个快七十岁的老农,如此艰辛地推动着粪车,流淌着汗水,当然不只是因为几十年养成的劳动习惯促使他去完成一个农民视之为天职的工作,同时也是因为,等待肥料的庄稼地将可能为他换来丰富的粮食。而这将成为他孤守农村、以衰老之躯支撑儿子冬林在城市的一家四口的生活的壮举。唯其如此,父亲才"仍像以往那样,将舌头舐在唇角,表现着怡然自得的神情"。没有亲身的经历,没有切肤的感受,一般的作家将很难捕捉到舌头舐在唇角的那份"怡然自得",然而,这又是一个多么艰难而沉重的"怡然"!

岁月与人

英国学者希尔斯在《论传统》一书中指出:"个人的自我认识所涉及

的范围不受个人经历的限制,也不受他自己寿命的限制。他的自我形象远远超出他在形成形象那一刻自身包含的一切,他涉及历史的回顾。"[1]历史意识,对于每一个个体生命,都是一种心理机制和精神传统,而就作家言,更是一种审美机制。《追忆似水年华》的作者布鲁斯特甚至认为,追忆的生活比当时当地的生活更接近现实。记忆中的岁月,对于作家来说,永远是一个梦幻般的世界,是作家生发他艺术想象力的天然温床。当然这里需要一个与民族的集体记忆的相通,这才能实现布鲁斯特说的"更接近现实生活"。

"三部曲"是王宝成关于我们这个共和国半个世纪的艰苦历程的总体回顾与反思。这种反思是分别在乡村与学校、乡村与城市两个不同生活空间展开的,而主人公命运的变迁即时间的推移,将两组画面连接为一个整体性结构。

《爱情与饥荒》从那场席卷全国的饥饿年代起笔。这显示了作家的锐敏与胆略。不同于一般的书写饥饿,"三部曲"不仅写了生理上、肉体上的饥饿,尤其写了精神的、思想情感的极度匮乏与困惑。小说关于主人公蒲冬林为了得到一套心爱的丛书几乎付出了生命代价的描述,催人泪下。小说也以不少笔墨描写了蒲冬林与宋雅君、韩琼丽的初恋,写得相当富于诗意。在饥饿的社会与严酷的心理背景下,纯真与圣洁的爱情,焕发了一种诗性的美,与冷峻的现实形成强烈反差,无异于青春岁月的二重奏。

《红尘》在"文化大革命"这个特定时期展开。反思这段历史,对于我们这个民族永远不会过时。

小说写道:

"我们这个富有三四千年文化传统的文明国度,为什么会一下子变得如此空虚,贫乏了山川、河流、大地、村庄、道路、人群,甚至连同树木花草,为什么都像木匠墨汁子打出的线条、泥工倒出的砖坯,变得这样单

---

[1] 希尔顿:《论传统》,上海人民出版社,1991年。

调、机械？"

如果说，这是从历史的纵向轴线着眼，那么，《红尘》的价值在于，他还从世界的横向轴线反思了"文革"。

作品写道：

"1971年7月26日……举世闻名的阿波罗登月飞行……我们之所以要选择描写这一次，是因为它的发射时间正好与我们故事的男女主人公躺在荒原上遥望宇宙的时间相吻合。"

全世界都在为登月而欢呼，国人对此竟漠然、淡然。因为，"我们正在忙自己的事，全中国的人都在跟着自己的领袖们在忙自己的事……"

作家视野的开阔，无疑使"文革"的反思在作品里具有了一种历史和世界的眼光。

《心境》主要是从新时期农村体制改革与市场经济兴起的时空里落笔。

诚如小说主人公之一蒲生贵所困惑的：

"作家的事咱庄稼人实在是吃不透，闹了几十年的合作化，临到头来了一风吹。既然要走这一步，你当初就不要踏那一步么！叫人王朝马汉跟着你们弄了几十年，最后到底图了个啥……"

作为一个当了几十年生产队长的蒲生贵，他的最初不理解的确道出了相当一批农村基层干部的惶惑。

"三部曲"的可贵在于，主人公蒲冬林在思想解放运动的最初日子里，就曾系统而全面思考过农村生产体制的变革，为此，写过论文，出过专著。

这样，小说分别在感情与理性两个层面，触及了中国农村变革的必要性、紧迫性。

王宝成关于农村问题的思考，并不是一个自足的理论体系，对于一个作家，重要的是倾听底层广大农民的声音，这样，他自己常常会同样陷入困惑。

《心境》有过一段议论，这是冬林的叔伯兄弟冬贵和冬民因贫穷而闹得不可开交以致六亲不认时，冬林的痛苦思考。冬林完全能够理解冬贵兄弟:"也许在理论上是一回事,但面对如此真切的现实生活,他很难接受政治学家和经济学家对农民的某些评判,诸如'狭隘''自私''小农意识'……还是少一点对蒲冬民他们的指责吧,他们用他们的血肉之躯为社会奉献了那么多,而得到的却是那么少。"

这里,王宝成痛苦地看到了责任承包制后,农村传统伦理尤其是家族、家庭伦理道德的普遍瓦解。正如马克斯·韦伯所说,与传统社会注重人伦关系、与生俱来的地位、乡土感情等原则完全相反,以契约和货币为基础的市场经济正在无情地摧毁牧歌式的田园生活和乡土社会的家庭关系。关于我国农村变革对传统伦理的冲击,"三部曲"的描述有着不可低估的认识价值。

历史,从来是一种叙事,"三部曲"的艺术世界里,活跃着的始终是一些普普通通的人。在王宝成看来,正是这些普通人的生活与命运构成了我们历史的最生动最真实的写真。这种对历史的阐释有它的合理性。每个个体生命,都是时间性的存在。也许较之于那些伟人、名人和明星,这芸芸众生,从来不会在历史的册页上留下痕迹,他们总被遗弃在记忆的空白和缺失里。他们的地位可能是卑微的、低贱的,可是在人性的天平上,他们有着自己沉甸甸的分量。他们的苦难,他们的灵魂,是大历史框架最不可或缺的组成,是对大历史叙事的最真实的说明和填充。着力于小人物的书写,正是文学作品较之于一切历史叙事往往更真实地揭示历史的奥秘所在。

"三部曲"为我们勾勒了我们时代的沧桑巨变,在这个背景下,一批又一批鲜明的小说人物向我们走来:

忠厚、善良,典型的苦命人蒲冬三;

经历曲折,忠诚信教的蒲玉魁;

勇敢离异,远走他乡的蒲冬林的母亲(在我国农村题材小说中,这是一个闪耀着特异光彩的妇女形象);

苦恋冬林,却又不得不远嫁他乡的童养媳玲儿;

169

因为无爱的婚姻疯了、死了的美丽少妇燕秋；

才华横溢的青年冯文轩，成为"文革"武斗的干将，他是"文革"在我国兴起的群众基础的形象注释。"文革"后他的离奇的上访以及恢复常人生活状态的人生轨迹，还有赵忠元因精明首先富裕起来的生活，为他们的悲剧人生画了一个喜剧色彩的句号。

苦难、艰辛和顽强的生命意志是这个族群性格图谱的基调。

王宝成对他笔下的人物，无一例外地倾注了同情、尊重与理解。当然也有例外（那个解放军农场的指导员，可以看作一个例外）。

王宝成是温和的。温和的王宝成用对故乡人的厚爱编织了他的小说人物，并予广大读者以心灵的撞击和思考。

思考之一，为什么所有人物几乎都那么轻信而盲从，那么怯弱、忍辱负重、委曲求全，甚至苟且偷生？从这个角度审思，不难发现，冬林妈以及冯文轩的出现，似乎给沉默的群体吹拂了一丝异样的风。

思考之二，王宝成解剖批判的刀刃为什么在这些弱势群体面前，失却了现代理性的光芒？如果把理解视为认同，那只能削弱甚至消解作家的历史穿透力。鲁迅对闰土们的"哀其不幸，怒其不争"的批判，在王宝成这里却委顿了，又是为什么？

思考之三，苦难诚然是苦难者性格成长的磨刀石，但是对苦难制造者的宽容却只能是对苦难者的渎职甚至背叛。

结论只能是，作家不能从他的对象中超越，那么，他就只能在对象的同一水平线上简单地复制，而不是制造出"第二自然"。所谓中国的现代化，将是一个漫长而曲折的过程，各项经济、科技指标也许必不可缺，但尤为重要的，仍然是农民的现代性转换。这将是一个更为艰巨的历史课题。

梦幻与现实

"三部曲"命名为《梦幻与现实》，具有丰富而深刻的意蕴。这是一个民族的百年梦幻在半个世纪里的严峻现实面前的历史审视。

小说主人公蒲冬林就其居于艺术结构核心地位而言,他的个人成长史,精神史就具有了涵盖与统摄全书的地位,他走过了一条从梦幻进入现实的人生之路。

在梦幻与现实的无情撞击冲突下,蒲冬林经历了一个从农村代言人到个体自由人的精神转变过程。正是在这个意义上,"三部曲"既是历史的画轴,又是精神的长卷。虽然直到小说终止,这个过程并没有完成。事实上,这个转变不能不给蒲冬林带来精神的裂变与人格的分裂。而这个人物的精神走向显然较之于他的完成转变更具有审美价值与现实意义。

如同我国近代以来大多数知识分子一样,蒲冬林来自农村,始终与农民保持着血肉的、精神的、情感的联系。

小说有这样一个情节:饥饿年代为挣学费,冬林与农民赵忠祥去县城照相馆为生产队拉粪,受尽了屈辱。赵对冬林说,一定要考上大学,不为别的,就为给庄稼人争一口气。"现在农业社把穷根扎到东海里去了还有啥盼头?千万不要回到农业社来下这死苦,将来在外头混得好,端上公家的饭碗,说得起话时,不要忘了农民的苦处,多替农民说几句话,也不枉农民把你供养了一场。"《人生》中的高加林就是冲着这,想要走出黄土地的,他终于不能走出黄土地而成为一个悲剧人物。冬林却走向了成功之路,因为,他终于考上了大学。

冬林之所以成功了,除了当时的高考给他提供了机遇外,与他自己的苦读是分不开的。《爱情与饥荒》对此有过动人心弦的叙述。他的自强不息的生命意志,不仅与他个人身世有关,更与他孜孜以求地从故乡历代先贤及农村传统文化中汲取精神营养分不开。

在"文革"的特殊年代里,冬林也未曾中止他的思想与精神的求索。天安门城楼被接见,他居然会因与一女青年的邂逅而难以平静。居然,他也明白,在这场空前的社会动荡中,家庭、爱情、婚姻、事业,一切都取决于自己在这场风暴中的表现。他与同学杜义成在系资料室里的钻研社科书籍和深夜长谈终于使他吃惊地发现,他开始有了自己的头脑用来认识这个世界。绝不要轻估这一段思考的日子,只有从人类精神遗产宝库中,冬林才能获得普罗米修斯之火。

冬林有抱负,为此,他自信又勤奋。他无意于仕途,他选择了文艺之路。省直机关,他并不留恋,他义无反顾地来到了文艺团体。他的创作获得了成功,鲜花与美女来到了他的怀中。他不是幸运儿,他走过了一条坎坷的奋斗之路。

在从乡村到城市、从农民到干部到作家的社会身份转换中,冬林一直关注着农村。他的论著,他的创作,仍在为农民呼喊。农村是他的生养之地,也是他的精神家园,"他不能设想自己什么时候可以抛弃这个家园……这里是大地的中心,他需要用在这里经历的生活所构成的精神财富来支撑自己既宏伟又脆弱的心灵大厦"。应该说冬林从来不愿放弃他的农民代言人的角色定位和人生期许。但,他的坚守不能不在社会转型的巨浪冲击下显得力不从心,或者说有了偏移。创作的丰收为他带来的不只是荣誉,还有美女,他的潜藏在内心深处的种种欲望因此而被激活。是的,冬林仍然是一个痛苦的理想主义者,但,这并不意味着,他就一定同时又是一个苦行僧。伴随着成就感降临的,还有尘世生活的种种引诱。他开始从"超我"的长期禁锢中,发现那个鲜活的"本我"。冬林陷入了巨大的困惑与痛苦之海。作家倘能在冬林的"自我"层面上,更大胆而尖锐地揭示主人公的精神与情感、理智与欲望的冲突,也许会给读者一份意外的惊喜的吧!

冬林并没有从代言人走向自由人。这并不重要,重要的是,他有了精神突围的最初萌动和发展趋向。冬林的心路历程,也因此具有了当代知识分子精神史的价值。

王宝成十分注重从不同侧面扩展和深化冬林这一形象的审美内涵。

冬林与父亲、与玲儿、与母亲的亲情,与杜义成、冯文轩等同学的友情,与机关同事特别是和几个女性的交往,有如舞台的各色侧光,它们聚焦于冬林这一形象的塑造,赋人物以立体造型。冬林终于把父亲接到了城市,母亲终于回到故乡看望亲人。这是冬林乡情的回归还是迁移?是情感的承担还是了却?

值得注意的是贯穿三部曲的两位女性:宋雅君与韩琼丽。她们一直如影随形,伴着冬林,共同跋涉在冬林人生的旅途。美丽却轻佻的琼丽在情场上败给了雅君,这与冬林的选择分不开,更与雅君的魅力分不开。作家的这一处置是艺术结构与人物塑造的需要。

在"三部曲"的人物系列,尤其女性形象中,宋雅君丰满而又卓然特立,寄寓了作家的审美理想。在王宝成笔下,雅君庄重、典雅的美,藏而不露的爱,东方知识女性的风采都写得相当迷人。

小说有一章,写冬林在"文革"中徒步七八百里去解放军农场看望雅君,那是雅君处境危急的时刻。这常常让人联想起梁祝的十八里相送的经典爱情故事。区别在于,一是探寻,一是送别。

为了呵护这个窘迫的四口之家,作品写到了雅君的超负荷辛劳与无私奉献。携孩子挤公交车上班的细节,如果作家不曾亲历,很难写得如此到位。

雅君与冬林家务上的龃龉,尤其是冬林移情婚外恋给家庭带来的危机,给雅君带来的伤害,作家的艺术把握很有分寸感,既写出了当事双方的情感世界的复杂性,更为雅君这一形象的树立,增添了重彩。雅君正是在从家庭出走后,完成了自己的学术专著。

宋雅君并不只是蒲冬林形象的补充和背景,作为一个艺术形象,雅君有她自己的独立的审美价值。

在爱情与事业的双重憧憬里,蒲冬林与苦难与挫折不断搏击。作品的成功在于,蒲冬林不仅要面对来自外界的压力,尤其需要不断战胜自我。

作品曾两次写到冬林在古榕树下的沉思。尤其是后一次,作家想要告诉读者,冬林开始进入人生新的精神境界,实现精神的完美提升。问题也许并不在于是否抵达完满,而在于走向完满的过程。问题还在于,冬林的精神涅槃果真能实现吗?从农业文明的精神脐带上的自我剥离,是不是被处理得轻松了点呢？从现代知识分子对社会的思想批判的承担来看，冬林是不是显得既缺乏深度，又力度不够呢？或者，冬林并不是一个完全意义上的现代知识分子，包括我们自己在内，我们还处在这个转变的途中？而这正是王宝成的初衷。那么蒲冬林这一事业成功者形象的塑造是成功的。

青年蒲冬林在故乡的抗日阵亡将士公墓旁，曾想："也许自己就应该变成一只乌龟，背上驮起一座石碑，石碑上的碑文就是故乡的土地、岁月和人……"

作家王宝成以他辉煌百万巨著《梦幻与现实》三部曲，为我们这个时代留下了一座文学的纪念碑。故乡与土地，岁月与人，梦幻与现实，是镌刻在这座碑石上的碑文。而弥漫在这一切之上的，是王宝成对农民、对故乡的绵绵情感，温馨中透着忧伤，苦难中寻求超越。

原载《小说评论》2001年第5期

贺抒玉，艺术生命长驻

——评小说集《山路弯弯》

读《山路弯弯》，我们是在读贺抒玉，读共和国心灵史的某些片段，或者说读共和国曲折而非凡的历史与贺抒玉精神世界相撞击的一束艺术剪影。

新中国成立以来的相当一部分作家多系亲历型的。杜鹏程参与了延安保卫战全过程，于是有了《保卫延安》；柳青直接介入了农业合作化运动，于是有了《创业史》……这种状况在新时期后，有了变化。一批年轻的作家的实验小说、新历史主义小说的问世，标志着想象型的作家，更多地诉诸艺术虚构的作家开始出现。

贺抒玉依存于两者之间。《山路弯弯》收录的贺抒玉的小说，创作于1957年到1988年。她亲历了我们国家两次历史转型，这不能不给她的创作烙印下时代和艺术的双重印记。

文学是回忆，是回忆的情感化，是回忆的审美组装与感性显现。创作于1957年1月的《干姐妹》，就像是记忆的大山流泻的一泓清泉。它讲述的是1944年冬根据地动员妇女上冬学的一段往事。叙述者的小女子的身份为这段故事平添了生活的情趣。叙述者事实上也成了小说的主人公，直接参与并推动了情节。《永生》《视察工作的时候》和《红梅》，写于20世纪50年代、60年代之交，让人略感意外的是，这批作品今天读来仍让人感到亲切。这不只是它们记录了一段曾经有过的真实，还是因为，在政治主宰一切的年代，作家以她迂回的、舒缓的笔触，扫描的不是旋涡的中心，而是处于边缘的普通人的情感故事。从一开始创作，贺抒玉就关注着女性的命运。这种关注，在1980年后期的《她》里，一以贯之，而更具穿透力。作家在《她》里，抓住的只是陌生的女主人公匆匆的一瞥，但借助于这一道目光，贺抒玉就以简练的文字为我们勾画了一位女性不幸的一生。

《雪》以后的十二个短篇，写于1979年至1988年，属于新时期，阅历的复杂化，情感的复杂化，人生思考的复杂化，以及这些复杂化转换为艺术创造时所达到的意义深度和艺术多样化，使这批作品与前期相比，有了明显的变化和发展。作家在《月色朦胧》里借主人公之口，说过这样一段话："自然界的生物有各自的轨迹，而千变万化的社会里渗透着人们的创造……一旦停止了创造，便失去了一切。"贺抒玉在她的艺术生涯里，遵循的正是这样一个不停歇地创造的人生信条、艺术信条。对于曾经从事文学编辑工作三十多年而又不懈地坚持写作的贺抒玉来说，我以为，最可贵的正是这种创造精神。她总在努力地超越自己，而不愿重复过去。在这十二个短篇中，细心的读者是不难发现她变化的足迹的。

如同那些亲历了革命战争而又难以忘怀这段为信念而出生入死的岁月的人一样，贺抒玉的作品常常把现实的关怀同历史的记忆联系在一起。写于1979年的《雪》，那个焦大伯蒙冤受屈，仍在深冬的黎明悄悄一人为集体的田地积雪的身影；《树叶儿，沙沙沙》的老姜，半生坎坷，被迫提前离休，仍为"心目中永远神圣的时代"而平静了自己的烦乱心绪；《星的光》里备受歧视与折磨的老作家与作家的女儿，两代人吟诵的那首小诗……都足以表明，作家在冷峻地审视生活的苦涩时，并不曾遗弃那心中的歌，并不曾动摇她对理想信念的坚守和呵护。在某种意义上，这种坚守是与她那一代人的青春记忆联系在一起的，是与她以及她那一代人的故土的情结联系在一起的。青春与革命，故土与延安，对于她们来说，几乎是同义语。而且，这种呵护不再是早期作品的单纯，而是溶进了深刻的历史反思的意味。早年的热情已被冷静的理智过滤。深情仍在，但历尽磨难的这份呵护既来之不易，又于冷峻里透着一份成熟了的尊严。这种尊严在《命运变奏曲》里，呈现得尤为鲜明。老作家老童的坚守自我不只是一种职业的崇高，一种人格力量。也许无奈中的躲避所显示的无声的抗争，才是作品真正的价值。

作家信念的执着，并不曾妨碍她对历史、对现实的清醒的认识，反倒是为她营造的艺术世界提供了一个内在的精神尺度。人的价值、人的尊严、人的真正解放，本来就是当年革命追求的最终目的。不幸的是，在这条道路上，我们有过不少的失误与挫折，常常会偏离乃至背离这一目的。得奖作品《女友》《琴姐》，当然是在继续贺抒玉对女性命运的思考与探索，早期对歧视妇女的传统观念的批判此刻已经融进了更为丰富的历史与社会内涵。《女友》中女兵班长米霞的不幸命运，是在向扭曲了的政治斗争发出人性的拷问。米霞是无辜的。她是那个不正常的年代里的牺牲品。这只是一个方面，更重要的也许还在于：一个女人在经历了诸多苦难之后，在失去了丈夫之后才真正懂得了爱情，才更强烈地爱上了不再属于她的那个男子。作家的这一体认，可以说凝聚了数千年来人类女性的历史记忆与历史经验。这样，作品的内涵就不只是政治上的拨乱反正所能涵盖的，它触到一个更为深广的人性误区、情感误区。如果说，历史的一段愚昧曾经制造了米霞的悲剧，那么《琴姐》告诉给我们的则是贫困与愚昧作为一对连枝的苦果，让琴姐吞咽了无可诉说的悲苦。琴姐有着一颗淳朴、善良而又真诚的心。她与城市生活错位的思维方式与行为失调，她的对家人、对亲朋的爱的奇特方式，蕴藏着极为复杂的社会内涵。我们很难对琴姐做简单的价值判断。琴姐身上有着一种古朴遗风熏陶的单纯和明净的道德魅力、人情魅力。但，长久的经济拮据，难以挣脱的贫困生活的重压，以及封闭落后的生存空间制约下的精神空间的匮乏与单向性，却又把她的全部美好给涂抹和扭曲了。琴姐在这场现代文明与传统文明的不动声色的冲突里品尝的人生五味，既让人同情，更让人痛心。琴姐，作为一个复杂的艺术存在，显示了作家深厚的农村生活积累和对人物精神世界的独特发现。正是这个"发现",标志着作家终于从社会政治的纠缠中摆脱出来,走向了一个远为广阔的审美世界。在这个艺术原野中,人性的健康发展成为艺术创造的旨归,人类生存的困境和对这种困境的突围,成为作家无可回避的审美焦点。

从社会政治视角转向人的生存现状的视角,为贺抒玉提供了观照人生的新的可能性,实现这种可能性的一个重要表现就是人生的尴尬逐渐在贺抒玉的作品中上升到突出地位。

尴尬是一种生存状态,一种精神状态,是人面对选择,不得不选择却又无从选择的困境。《树叶儿,沙沙沙》写老姜面对不正之风的尴尬;面对同一难题,《命运变奏曲》的老作家也陷入了困境;《晴朗的星期天》里刘才也陷入了这一困境。较之于前两位,刘才的尴尬虽然同样来自内心的自律与坚守这种自律的困惑,但由于作品采取的是一种旁观者的视角,并不从正面落笔,不直接去写不正之风,反倒具有了批判的力度。《新闻广播之后》写市场经济条件下,人的价值选择在金钱与道德的夹缝里的无奈。这些都表明作家对现实生活的当下关怀的敏锐性。

这种敏锐性又是与作家的艺术探索的创新结合为一体的。《山路弯弯》前后两部分作品,在叙述视角、叙述时间、叙述结构等叙述方式及叙述语言上,都有了变化。新的艺术方式的追求证明了贺抒玉艺术生命的不衰的活力。

贺抒玉向来以细腻的心理描写与抒情见长。后期作品的刻画已向着潜意识、梦境、幻觉发展。这在《我的爱情与婚姻》和短篇《山路弯弯》里尤为明显。短篇《山路弯弯》的叙述结构,也见新意。双重叙述时间的艺术安排既扩大了小说容量,也为小说的心理活动的展开提供了特定的空间。《女友》的艺术结构,跌宕多变,由于叙述视角的变化,为小说营造了一种亲历感。《琴姐》的语言很有特色,"年轻的时候,把世事想成金枝玉叶,谁知道只是一场梦!"切中人物身份又道尽了琴姐内心的苦涩。

任何个人,都只能是历史的中介;任何艺术创作,在人类精神创造的长河里，也只能是后浪推前浪的一朵浪花。无论是亲历型作家，还是虚构型作家，只是从主要的倾向性说的，事实上，它们二者之间很难截然区分，在审美创作的意义上，也无从轩轾。重要的是贺抒玉从不停止自己的艺术追求，她从亲历型逐渐向虚构型的转换，已显端倪，它们传递的信息是，贺抒玉艺术青春不老！

原载《小说评论》1997年第4期

《状元羊》：温馨、悲凉之歌

《状元羊》，吴克敬的一篇近作，在2007年中国文学的编年史上，会成为中篇小说的翘楚之作吗？在吴克敬的文学创作历程中，会成为他标志性的作品吗？

我以为，答案应该是肯定的。

时间将为此做证。

当不少作家为市场写作，为私人写作，为身体写作，乐此不疲，名利双收时，仍然有一批作家坚持为苍生、为民瘼写作的初衷，且越行越远，越行步履越坚定又从容，仅这一坚守，这一执着，就让人尊重。吴克敬正是这样一位值得尊敬的作家。

从《渭河五女》问世，多年来，吴克敬的艺术视野里，农民与底层的生存痛苦与欢乐，一直占据着审美的中心地位。这不只是一个题材选择的问题，它反映的聚焦的是吴克敬作为一个作家的社会担当与艺术良知。对于一个严肃的作家，有或者没有这样的担当与良知，是大不一样的。

"万物互为喻指"曾被不少人认为是东方艺术的特征与传统，这当然不是说的修辞手法，而是一种艺术想象和意象构成的美学内在规定性。

从这个意义上，不妨说《状元羊》是一个现代中国寓言，至少是现代中国农村寓言。

《状元羊》给我们讲述的是羊"变成"了人，人又"变成"了羊的故事。

人与羊的互为证明及转化，构成了《状元羊》最奇特却又是合情合理的内在机制。它是"万物互为喻指"的东方传统美学的现代发展，也是吴克敬在创作道路上登上新台阶的重要收获。

黑眼圈羊在赛羊会上的夺冠以及半截人冯来财因此而当选为乡人大代表，在别的作家、别的作品那里，有过多姿多彩的别样书写。然而，几乎是一个普遍的存在，一般作家在作品里，写到这儿，就止步了，停笔了。吴克敬的高明，吴克敬的深刻，吴克敬的不同凡响，就在这里。他从一般人止步搁笔处，继续挺进，深入开掘，将一个人们司空见惯的故事深刻化了，开拓出了一片艺术的新天地。

关于科技扶贫，关于扶贫致富，在一般作品中，我们见得还少吗？大多是停留在表层，限于政策的诠释，干部作风的讴歌，而似吴克敬这样，从深层，从人的存在的内在困境落笔的，实在罕见。何况，吴克敬写的还是一个残疾人，一个半截人！

作品是从麻拉拉的一句话开始逆转的。

麻拉拉天真地提出了她的困惑，"羊又不是人！"在作品里，这个问题具有"天问"般的分量与效应，可谓"石破天惊"。它从根本上扭转了小说内在情势发展的走向，为小说内在意蕴的深化提供了可能。

"状元羊不是人，冯来财是人，大家投票给状元羊，就是投票给冯来财，我们说，是不是这个理？"姜干部理直气壮，回应了麻拉拉。

姜干部显然是偷换了概念，虽然，姜干部出于好心，出于对投票结果的维护。作为一个农村基层干部，他的应变能力，又一次得到了表现。

"状元羊不是人"，一个常识性判断，然而，在世俗的层面，在小说的规定情境里，状元羊就是冯来财又是一个不争的事实。它既是冯来财作为一个人的本质力量在现阶段的转化和对象化，更是我们社会进步的一个实实在在的证明。如果没有蒋县长深入坡头村，诚心诚意地帮助冯来财，如果没有姜干部巧与周旋，处处随缘，又精心安排，就不可能有黑眼圈公羊，更不可能有冯来财的披红挂彩，一夜之间，成了公众人物、新闻人物。一般作品之所以就此止步，正缘如此。

问题在于，从法律的、理性的、逻辑的角度审视，羊仍然不可能是人，冯来财也因此不能是状元羊。《状元羊》的深刻性、独创性正是在这里。这不只是一个形式逻辑的论题，它涉及的是人的解放、人性勘探的生命哲理、生活哲理的深度和广度。《状元羊》的后半部分即小说的一半篇幅，以生活的逻辑，无情地颠覆了世俗的谬误。冯来财与状元羊的分离，乃是必然的，悲剧因此不可避免。这与政策无涉，与干部作风也无涉。冯来财生命的脆弱性涉及一些更为深广的社会与历史背景和现阶段的复杂矛盾。吴克敬艺术眼光的独到与犀利在这里有了突出体现。冯来财在乡人代会选举中的自作主张，在为挽救麻拉拉带来的孩子生命的固执，你能说，没有合理性吗？然而，冯来财因此一而再，再而三陷入困境，以至于无助中，在雪夜里，幻化为羊。如果说，村选举会以状元羊象征冯来财为喜剧，那么，这一次，则不能不是真实的悲剧了。从社会学层面，我们可以说，基层选举的民主化进程，农村医疗社会保障系统的建立与完善，等等，都被吴克敬的审美扫描予以定格。从文化精神的层面，整个社会，尤其广大农村的精神面貌的改变提升，也在有意无意间，进入了《状元羊》的艺术世界。然而，《状元羊》给予我们的远不止于此。

马克思早就指出，人类历史经历如下几个阶段：从对人的依附，进入对物的依附，然后走向自由人的联合体。

这是一个宏阔视野里，关于人的命题的人文思考。

由于我国历史发展的复杂性，特别是现代化进程的曲折性和加速化，这样一个当下语境，人对人的依附，对物的依附，可以说，几乎是并存的。这给艺术家提出了挑战，也提供了一个自由度相当广阔的驰骋天地。

问题还不在这里。

我们所关心的不是吴克敬对当下生存状态的理解，虽然，我们已经指出，这种理解是否准确是一个作家创作能否成功的根本性前提。我们关心的是他理解这种生存状态的文学方式，也就是他与现实世界的审美关系以及他呈现这种关系的属于吴克敬自己的独特风貌。

不难发现,《状元羊》建立在一个二律背反的悖论之中。这是人类命运的斯芬克斯之谜,这是从人类的"类"存在来看。如果从人的"个体"存在,人的本源性存在来看呢?

人的本质力量对象化,是马克思的重要观点。对象化了的,包括"人化的自然"在内的外部世界却又往往异化为异己的力量。恩格斯因之认为,"人类文明每前进一步,不平等也同时前进一步。随着文明产生的社会为自己建成的一切机构,都转变为它们原来目的的反面"。原因在于文明的发展是人类性的,而人是自由平等的发展却存在于个体的层面。人类性与个体性从理论上说应该是统一的,迄今为止的文明史证明了两者之间的对立与紧张。而且,个体生存的有限性及对这种有限性的超越,始终是每个生命个体面临的问题。为缓和这种生存个体的有限性,西方依靠上帝的拯救,而传统中国的"天人合一"则是个体生存向群体、向外部世界单向趋同,在其中消解了个体。

吴克敬是作家,当他艺术地思考并建构《状元羊》的艺术世界时,他感悟到了生活的复杂性。准确地说,复杂的生活引领了吴克敬潜入表象的深层,潜入农民个体生存的深层,潜入我们社会在历史转型中的错综复杂,从而深化了他关于中国农民命运的思考和艺术表现。区别在于为什么别的作家发现不了,而偏偏是生活向吴克敬发出了艺术的邀请函?

这就牵涉作家主体的人文关怀与艺术素养,牵涉作家主体强烈的社会责任感和历史穿透力。

《状元羊》的话题是温情的,不只体现在那份难以克制的对苦难中坚韧地执着于改变自己命运的农民的情感认同,还体现在小说的叙述策略上。当吴克敬不无揶揄地把半截人冯来财推到读者面前,那个比正常人矮半截的男子,一直以来生活在人们的眼角缝里,他的日常生活与心灵世界不能不激起阅读的期待。作品写到"一个过去不像人的人能够像人一样参加人民代表大会,像人一样发表意见"时,文学的调侃与欣喜背后的悲悯之情，似流水那样，无声地漫溢了。小说结尾：冯来财"甘愿他能成为一只羊"，感伤中仍不乏柔情；"敬爱的蒋县长忘记了他，不认识他了，可他总该记得和认识状元羊吧"。朴素的期望仍不愿为绝望窒息。叙述主体与角色主体的分离与疏远与《状元羊》是不相干的。作家吴克敬不能不这样，他写状元羊分明是在写冯来财，他写冯来财，似乎又在写状元羊，人而羊，羊而人，"万物互为喻指"的东方审美魅力，征服了读者，也撞开了读者思绪的大门：如果把"解放"的希望寄托在别人而不是自己身上，这种选择是可行的吗？然而，在当下，不经过这样的"阶段"，我们还能选择什么？

《状元羊》有两条逻辑线：羊是人，羊又不是人。它们构成了一个现代性悖论。这是一个二律背反：为了人的解放，人的本质力量应予释放，人的对象化、物化乃是社会进步的必然；然而，人一旦物化，也就难免变成异己的力量。

是这个悖论构筑了《状元羊》的艺术世界。它是现实世界与虚拟世界的差异中，由吴克敬发现并创造的。所谓原创性，所谓陌生化，所谓小说是审美创造的范型，应该是在这个意义上说的吧。

"生活的错误乃生活的必需"，尼采曾经这样论断。尼采是在为生活的复杂性与人类认知的可错性开创一个开放的、诗性的可能性吗？

《状元羊》襟怀之阔大也许正是在这种生活所必需的错误之对待上，采取了一种同情的理解？

《状元羊》写得温馨而又悲凉。

原载《小说评论》2007年第5期

智慧温情的《青木川》

在一般人眼里，《青木川》是历史小说，这话没错，是写土匪魏富堂的，这话，也没错。

但，这显然并不是《青木川》的全部。

《青木川》不只是写历史，它同时也是，而且更是在写现实。这不只是说写历史是在以现实眼光观照历史，通过历史以反思现实，而是《青木川》以更多笔墨写了现实，但这种现实，是通过外来者的眼光折射的图景。

在历史与现实的相互映衬里，在历史与现实的内在联系里，历史与现实的"真相"及其意义得到了彰显，有了纵深感、历史感和鲜活的当下性。

20世纪初，日本作家芥川龙之介，这个被誉为"形成日本现代文学教养的基础"的作家，因在1915年创作了《罗生门》名垂于世。黑泽明拍了同名电影，成为世界电影翘楚之作。

芥川龙之介认为反映现实、解释人生，是以历史为题材的小说的最终目的。"其兴味的中心，是捕捉相通于古人与近代人（意为现代人）之间的人性的闪光，给古人的心理以近代人的解释。"

写历史，写现实，目的在写人性，这正是小说永恒的主题。

叶广芩的《青木川》亦当作如是观。

魏富堂的一生确是《青木川》的贯穿线，但这并不是唯一的，小说还有另外几条线同样贯穿始终。

一是老干部冯明重回青木川看望乡亲，凭吊当年的恋人、牺牲在青木川的林岚之墓。

一是跟随着冯明的他的女儿冯小羽，从旧报纸里发现了程立雪（谢静仪），小羽想寻找这个程立雪（谢静仪）的下落。

一是跟随着冯小羽的从日本读博士归来的钟一山，来青木川田野调查，追踪杨贵妃当年的踪迹。

这几条线索交织在一起，而冯明的回访显然占据了主要地位，成了主线。这样的小说构思，这样的叙述策略，充满了小说家叶广芩的智慧和情感。

多条线索交叉而又突出主干。在《青木川》这里，主干是冯明与魏富堂的斗争和对林岚的寻访。而谢静仪的出现及其下落则是对主干的补充和丰富。钟一山似乎是一个旁逸斜出的枝干，却在历史的想象和考古的挖掘里，将现实与悠久的过去在青木川这块神奇土地上建立了一种精神和情感的联系。

毫无疑问，写魏富堂是叶广芩的初衷。

叶广芩在她的《老县城》里就曾说过：

> 我与青木川的接触带有戏剧性。……有一年到阳平关的铜矿去采访，这里离青木川有几十公里。我跟铜矿的人谈到了这个地方，他们告诉我，青木川过去有个大土匪叫魏富堂，在外头坏极了，在乡里却净干好事，建小学，建中学，修桥铺路，是个善人。这个魏富堂，非常向往山外的文明，在山外买了汽车，拆成零件，让背工背到深山再组装起来，在镇子里嘟嘟地开。那个镇子至今古色古香，保持着清末民初的风貌，土匪的压寨夫人还在老屋里住着，是个大美人……我当时听了就很冲动。

写长篇的念头就是从那时萌生的。

那是2001年，小说完成在2006年。

将魏富堂的原始素材扩展开来，予以艺术加工，未始不能写成一部长篇。事实上，这样的小说，已经不少了。

如果这样写，就不是叶广芩。

智慧而温情的叶广芩另辟蹊径。

我们所看到的《青木川》呈现给我们的是另外一幅画面。

我们当然可以说，冯小羽似乎有叶广芩的影子。以一个作家的采访去写魏富堂，未尝不可。但这样写，不是太落俗套了吗？而且，不是有人为之嫌吗？

冯明回访这条线的确立及突显，对于小说来说，是太重要了。它从根本上改变了小说的内涵与意味，将小说提升到了历史反思的高度，文化探寻的高度，人性勘探的高度。

当然，文学艺术往往不在于写了什么，而在于如何写，如何呈现给我们一个迷人的艺术境界。

叶广芩调动了各种小说文体的艺术元素，组合成了《青木川》。

《青木川》有悬疑小说的因子。

林岚的墓，找到了吗？她是怎么牺牲的？

程立雪（谢静仪）找到了吗？

贵妃的遗迹找到了吗？

魏富堂到底是个什么样的土匪？

这些都是在小说的开篇里预设的。

《青木川》有穿越小说的因子。

钟一山关于杨贵妃的传说以及为此而进入青木川寻找杨贵妃的踪迹，穿越时空，扑朔迷离赋小说以穿越色彩。

《青木川》有地方风物小说的因子。

位于川陕甘三省交界处的青木川的独特地域及风俗民情，山水风光都给人以异样感受。

《青木川》具有很强的可读性，几乎每章每页，都给读者留下了诸多悬念，让读者有往下看的期待。

例如，为什么在送大、小二赵返西安时，李树敏独独给了青女三块大洋，而其他随行的丫鬟只有一块？这么一个细节，看似不经意，却让青女保住了一命，而其中暗含的玄机，直到小说快终了时，才被揭穿。原来这是李树敏、刘芳的有意为之，好让青女给魏富堂传递假信息以煽起魏富堂对解放军的仇恨。

小说的叙述，往往以五十年前的模糊记忆写历史事件特别是事件中的人物和细节的不确定性给读者留下许多空白，让小说叙述的时空摇曳不定，但又在叙述中确立一些标杆性的物象、事象，如滔滔巨流漫过原野，总有那么一些屹立在河水中的标志，让读者在恍惚迷离中不至于失去大的方向。

历史与现实的交叉与重叠，使叶广芩笔下的青木川历史具有立体感和多重性，使青木川的山山水水抹上了或浓或淡的情感色彩。

叶广芩没有忽略人物形象的塑造。

她为我们塑造了一个当代文学人物长廊中不曾有过的土匪头子魏富堂。

魏富堂是个复杂的人，具有多重性，他是人，也是魔，魏富堂的多面性被叶广芩把握得很有分寸。

在外面，魏杀人越货，无恶不作，极具残酷性；而在本土，在故乡，他又似乎讲仁义，重文明。

华阳镇，掠杀剧团，强娶朱美人，典型地反映了魏的人格分裂。

魏推行的一套完全是传统中国在20世纪前半叶割据一方的军阀们的"强人政治"的变种和改版。

"尊尊亲亲"的传统伦理，让魏对父母亲，姐姐和弟弟，以及乡亲们、手下人十分讲究纲常。等差序列的伦理规范，在魏身上表现得极为突出。以"五服"为限，在家族内部扩而大之，在他统辖的地区，他充当了一个稳定秩序的统驭者角色。一切唯他之命是从，他不让乡亲们吸毒却让乡亲们广种鸦片。他建立了一支固守地方的武装，以枪杆子称霸一方，他有亲信老乌等铁杆，也有许忠德这样有文化有眼光的少校参谋（少校军衔是他颁发的），他甚至发行地方通用的货币。

但对非血缘非宗亲的外乡人、外地人，他实行的又是一套。他的对"非我族类"的残暴、凶恶、酷烈、惨虐，达到了令人瞠目的程度。

政治权力如何获得、巩固和扩大，核心是区分你、我。划分你我的标准，在魏富堂这里是家族血缘和地缘。

当然，对李树敏这个亲外甥，他始终保持清醒，尤其在临近解放，他逐渐认清了李树敏、刘芳的真面目，以至于临刑前，宣称，我不是你舅，你不是我外甥。

他的明智在于，一辈子不走出青木川，除了迎娶大、小赵时来去匆匆。他绝不涉足境外之事。他的自我封闭，突显了农业中国社会结构的等差性，即除重要城镇与交通要道外，中国的不少地方是"天高皇帝远"的政治边缘地带，统治者的鞭长莫及让这些地带常常成为强人出没或聚众造反的渊薮。

他极有手腕，也重感情，对唯一的亲生女金玉的婚事的干预充分揭示了封建家长的伦常观念。他忘记了金玉的母亲朱美人对金玉性格形成的先天性支配性影响。他也完全忽略了谢静仪对金玉的潜移默化和以身说法。

小说以传奇性笔触叙述了魏富堂的发迹。他从一个穷小子而入赘富户刘家，他巧取豪夺将刘家财产据为己有，进而摇身一变，以贩油开始发家，杀死了地区民团团总，铲除了"鱼肉乡里"的恶霸。小说在这里轻轻点了一笔。叶广芩说，如果魏富堂沿着这条路走下去，再接受红军的编制……

小说家以历史家的眼光指出：1924年是中国革命的初创年代，时代风云激荡，在魏富堂面前，各种政治选择都有可能改变魏富堂这个血气方刚、有魄力和能力的年轻人的命运；然而，在魏富堂所处具体语境里，以魏富堂个人的禀赋和眼界，他只能在小说所提供的规定情境里延续他的人生轨迹。这就是叶广芩的高明处，她的艺术智慧在这里又一次得到了显现。

正是人的未来的无限可能性和有限时空条件下的无可挣脱的局限，它们之间的冲突与协调，使大千世界多彩多姿，人物命运千差万别。

魏富堂因此而纠集了手下一帮人以种鸦片敛财去购置军火而成为王三春这个悍匪的手下。魏富堂的明智是在王三春穷途末路时，另拉山头，成了一方霸主。

如果，魏富堂只是作为一个占山为王的匪首出没山林，《青木川》就只能沦为一般的匪盗小说，叶广芩的高明在于她遵从历史又在历史的复杂性里挖掘了魏富堂这个人物的特殊性、个别性。叶广芩突出地写出了魏富堂对现代文明的渴望和践行。这是这个人物鲜活而富有魅力的方面。

洗劫辘轳把教堂一幕，意大利神父的优雅与外语、电话、冰箱、钢琴、汽车等现代物质文明的象征，如此强烈地刺激了魏富堂。他不是义和团，不是仇恨与破坏，而是憧憬和向往，他的人生从此有了改变。

是对现代文明的热烈追求，让魏富堂对境内百姓采取了新的举措。

他修了风雨桥，不惜工本，务求实效。

他建了中学，对谢静仪尊敬到唯命是从，把谢静仪视若女神。

他远去西安，娶了大、小赵姐妹俩，企望从改变后代入手，改换家族命运。

他购置了通不了电的电话、冰箱，从不启用的钢琴，只有一张唱片的留声机，只能跑几百米的福特车（不是车不好，是没有行车的路）。

青木川从此结束了没有大学生的历史，培养了一批未来的汽车专业的人才。

叶广芩的高明还表现在写魏富堂不只是倾心于现代文明，他同时也感受到了传统文化传统伦理规范对青木川的支配性影响和这种影响对他的有形与无形的压力。

在青木川他想为他的爹修令牌碑，受到了施秀才的阻挠，他再有权势，也拗不过千百年来形成的乡俗和民情，他只能退让。

他因此想到他死后一定要戴上这个令牌。为此，他决心改换门风，改变遗传，要到山外去另找有文化根底的女人。

这也是魏富堂不同于王三春之流的地方。

一方面是现代文明，一方面是传统文明，魏富堂对文化的敬重与践行，让他逐渐从一介武夫而变得较有修养了。

但魏富堂毕竟缺乏政治眼光，对全中国的政治走向，他显然并不了然。风雨动荡中，他把握不了对新政权是"反"还是"降"。他乞求于谢静仪，谢静仪倒是明白人，给了他一个正确回答。时势弄人，李树敏作梗，他走了一条摇摆不定的路，把自己葬送。

改革开放后的青木川，有了夺尔，有了佘鸿雁，有了青女女婿的医院，有了魏金玉的归国探亲。特别是佘鸿雁的制造贩卖假古董，解苗子死后的佘的精明算计：以亲外甥之后代自居。佘鸿雁认为李树敏是魏的外甥，他是李的遗腹子。但，不论是魏富堂，还是夺尔、佘鸿雁，都不难发现，他们对现代化的追求仅限于器物与表层。现代性在他们身上是缺乏的，他们并没有也不能在短期内从精神层面完成从传统到现代的转变。

叶广芩是否自觉意识到这点并不重要，可贵的是作家的艺术直觉。小说深刻揭示了在传统中国，几千年积淀下来的农耕文明要实现向现代社会的历史转型，人的精神的现代性具有举足轻重的重要意义。这绝非一朝一夕之功。历史转型之于中国，是一个漫长而曲折的系统工程。

冯明是《青木川》的枢纽性人物。

如何写冯明，叶广芩并不正面展开剿匪除霸，那还是老套路。如我们在《青木川》所看到的，叶广芩写冯明半个世纪后重返青木川，寻找林岚之墓，这样，一个深情而凝重的底色就被巧妙地铺就了。

但作家并不想写得过于沉重，她加上了冯小羽，加上了钟一山，这样两条线，注入了年轻人酷爱穿越时空的现代趣味，让悬疑在寻找里获得了诱人的艺术效果，强化了小说的吸引力和可读性，从而让小说在情感基调上产生了平衡。

调动多种艺术手段，借鉴多样小说文体。

我们注意到，作家有意将五十多年的模糊记忆在寻找与回访中逐渐清晰，这样一种不确定性到确定作为小说情节推进的内在线索，使得小说深层意蕴产生了令人不曾意料的丰富性。历史在这里与现实交汇，历史具有了立体感和多重意义。

林岚是那个年代的革命女性。

年轻、活泼而又美丽，她多才多艺，是文艺兵，热情地投入了剿匪反霸的严酷斗争。

竹林里，她把冯明的名字刻在了一根竹竿上，这个细节是那个年代透露爱情的诗意传达。还有林岚那对白缎子鸳鸯戏水枕头，它们都被叶广芩创造性地发现和表现了。

林岚这个形象是从冯明的、青女的回忆里逐渐浮现的，从模糊的远景而中景近景及至特写，林岚定格在了广坪暴动的壮烈牺牲里。

冯明永远铭刻在心的林岚，是促成冯明晚年重访青木川的情感动机。

就林岚而言，有了冯明这么长久的纪念，这也是一种慰藉吧！

林岚是摇曳在青木川的鲜红玫瑰。

林岚去富堂中学路上遭伏击，以及满身爬满蚂蟥为她的牺牲做了有力的铺垫。

我们还要提到冯明和土改中的积极分子。

一个老干部念念不忘当年从事革命的伴侣和群众，这本身就很有意义，很富诗意。

冯明是带着内疚来到青木川的。

怀旧与歉意让冯明的寻找之旅复杂化了。

20世纪40年代、50年代之交，在青木川地区，国、共、匪的斗争极其严酷而复杂。冯明以营教导员身份出色地完成了解放青木川剿灭反共势力的历史使命。

新中国成立后，冯明步步提升成了地位显赫的领导者，在离休后他萌生了重返青木川寻找林岚的念头，并不顾年老体衰轻车简装不带随员，以私人身份出现在青木川，这本身就彰显了一个老干部老军人的不忘过去不忘群众不忘战友的高贵情操。

作家以动情的笔触展开了冯明内心深处对林岚那一份永志不忘的恋情与怀想。

寻找林岚与寻找程立雪，似乎是两条线，其实也是青木川历史的多侧面，是历史丰富性的侧影，作家极其聪明又智慧地将叙述化为悬疑与穿越，这当然是一种修辞，更是一种情感态度。

历史是有重量有温度的，它厚重而凝聚了血肉丰满的人的体温以及触摸历史的人的感悟。

冯明曾热切期望见到当年发动群众时的积极分子，然而生活无情。

张保国的父亲张文鹤是冯明在青木川发展的第一批共产党员，是并肩战斗在青木川的生死战友，冯明曾给张文鹤留下话：有什么事尽管去找他！冯教导员是个讲情义的人。

多少年后，身患绝症的张文鹤让儿子保国陪着，满怀希望去了省城，寻求冯明，结果是侯门深似海，根本就没见到人。他们终于懂得了什么是高低贵贱，什么是人情世故。

相比当年的积极分子，冯明最初见到的是"四大贤人"许忠德、魏孝漱、郑培然和三老汉。接风宴上，"四大贤人"给冯明些许难堪，大谈林岚死后的凄凉和落寞。

许是魏的少校参谋主任。

魏孝漱是魏的堂侄。

三老汉是魏的上尉营长。

郑培然当时是富堂中学学生。

这些人一个个活得有滋有味。

冯明要见的主任张文鹤，早已病故；抓捕李树敏、击毙刘芳时的关键人物老万（至顺），"文革"中上吊自杀；锄奸委员沈二娃远去深圳，再无消息；副主任刘大成，大炼钢铁时死在小高炉前，脑出血。怎么一个个

193

都死了？冯明深切地感到"回来得太晚了"。但，他毕竟还是回来了。

魏富堂被关进了死牢，冯明给刘小猪爹分了魏家大院三间瓦房，至今对共产党忠诚不贰。现在，为了搞开发旅游，招商引资，让刘小猪搬出魏家大院，政府补贴资助另盖住房，刘小猪极不情愿，主动找上了冯明。

刘小猪在冯明面前的表现写尽了一个农民面对官员的畏缩与奴性，狡猾与不讲理。

冯明突然觉得哪里不对头了！土改当年一个"分"字，倒成了把柄，刘小猪他爹最初的隐忧几十年后浮现了出来。而且，腾房是要让魏家的人回来居住的，那么当初的土改不是白改了？

冯明认为历史的一页被抹得乌七八糟，被撕碎揉烂，抛掷于地，他的思想还停留在半个世纪前。

冯明去看望当年的生产委员赵大庆，青木川的"老革命"，一个老实人，认死理儿。土改中分得一箱戏衣，染了，改了，照穿不误。两个儿子跟沈二娃去了深圳打工，在一场火灾中双双死亡，因为没合同，不得赔偿，两儿媳又双双出走。沈二娃因之无颜回青木川。赵大庆带着孙子赵人民艰难维生，为儿子打官司欠债不能还，大庆住房被封，他只能从窗口出入，为捡木头，脚也被钉子扎伤。

赵大庆晚年与幼孙相依为命，活得并不顺畅，他与孙子衣着新潮，都是城里人捐献的，与他当年穿戏装成了呼应，让人唏嘘！

老万妻子万老婆纠缠冯明重批庄基地。老万留下一个傻儿子，老万可是青木川的革命功臣。

生活就是这样，按照既定的逻辑，悠悠地展开了每个人的生生死死、喜怒哀乐。急剧的社会变革不论是武装冲突还是经商大潮，《青木川》里每个人物的命运都似乎是历史地予以了规定，他们在这种规定性里或左冲右突或安于天命，或出入于两者之间，他们的平凡与非凡都在叶广芩的《青木川》艺术世界里活跃着。

叶广芩的笔触冷静而温婉。她既不剑拔弩张也不冷嘲热讽，她沉着，她洒脱，不时还会幽默一把，稍稍调侃几句。

这种平静中不乏理解与同情的叙述语言不只是修辞，也是态度，更是立场。

请看她笔下的谢静仪，小说中她真名为程立雪，到了青木川，她自报家门为谢静仪，从此以谢静仪的身份生活于青木川。谢静仪其实是她姨妈的名字。

谢静仪，夕阳中的一抹余晖。

谢静仪似乎是蒲公英，时势动荡中漂泊到了青木川，她竟然以卓立不群征服了魏富堂，并给青木川留下了抹不去的影响。

这意味深长。

谢静仪是外来文明、现代文明的象征。她是天外来客。

所幸青木川这块神奇的土地吸纳了谢静仪，并让谢静仪在青木川有所建树，如一缕春风给青木川撒下了现代文明的种子，并催根发芽，绽放芬芳。

我们不妨设想，谢静仪落在了王三春手下，会有一个什么样的结局？

叶广芩是智慧的，聪颖而多情。她为我们虚构了这样一个现代女性。不仅为小说增添了传奇色彩，而且极大地丰富了作品的内涵。

无疑，冯明是虚构。如果说小羽还有作家自己的影子在，那么，冯明就是一个很好的虚构，谢静仪更是一个高明的虚构，由此而派生的刘芳更是一个虚构。

这里不乏巧合与奇遇。叶广芩拿捏得很好，不落痕迹。

一个省教育督察的夫人，在生死存亡之际，被丈夫弃于汽车座上。谢静仪突然醒悟，命运得自己掌握，危难时的镇定自如，让魏富堂油然而生敬意。

她的教养，她的做派，她的言谈举止，让她身上透溢着现代女性的静好和沉稳。这样的女性形象在叶广芩的作品里是一个系列，有一个谱系。

谢静仪的洁身自好，她的对教育事业的热忱和献身，让她在青木川留下了令人难忘的记忆。没有丝毫寄人篱下的尴尬，她不动声色地保持了自己的独立人格，她维护了一个知识女性的人的尊严。这缘于她的沉着，也缘于她遇到的是魏富堂。

谢静仪对青木川的影响主要是通过魏富堂去实现的，她首先征服了魏富堂，成为魏富堂内心世界的支撑。

刘芳，号称"十万地下军"里反共游击总队的分队长，一个杀人不眨眼的血洗青木川的军统女特务和悍匪，发动广坪暴动的策划人与实施人。

这个人物叶广芩处理得相当高明。匪夷所思的是，谢静仪和刘芳竟然是亲姐妹。

所谓"道不同，不相为谋"。姐妹俩在各自追求的人生目标上的差异，终于让她们分道扬镳。

佛坪县先后两任县长在权力交接时，同时惨遭杀害，充分反映了那个时期的诡异政局，两任县长是王三春和魏富强内斗的牺牲品。

《青木川》的叙述策略还表现为几条线索交叉，却并不齐头并进，它们是主次有别，错落有致。

冯明、魏富堂是主，冯小羽是辅，而钟一山只是一条支线。支线有支线的作用。

钟一山与许忠德这两个学历史的人在傥骆古道考察上有了共同语言，他们共同发现了唐安寺，这个埋藏于废墟中的古建筑。通过墓碑的解读，我们知道了唐德宗逃难经此，大女儿唐安公主病死于此。历史如此奇诡。

一条古道的历史丰富了、生动了。

钟一山一脑子奇思怪想，工作起来又极端地精细认真，一丝不苟。这是一个考古奇才。

钟一山初衷是寻找当年杨贵妃东渡日本途经陕南及蜀道的路线。

结果寻到了傥骆道的骆驿口的涌泉寺，青木川之行，钟一山是有收获的。

这里我们还要提到《青木川》的叙述基本不离开青木川，但也有例外，叶广芩的笔也会拓展开来，伸向别的地方，她写二赵是让青木川与古城联系起来，空间的扩展丰富了小说容量。

从大、小赵的命运，写大家族的没落，而她们的死，完全是李树敏、刘芳的阴谋，造成假象，嫁祸于人，让魏富堂去仇恨共产党，青女送大、小赵时，李树敏独给青女三元钱的预谋，这一笔写得有些刻意。不过，这正是刘芳的用心之毒之处。

　　《青木川》的结构灵活而跳宕，却又被作家巧妙地妥帖地安排在冯明、冯小羽回访青木川的"事件叙述"里。"话语叙述"的这种非线性时间的悬置、穿插、倒叙、追溯等等，赋小说以强烈的吸引力，娓娓道来的略带诙谐与调侃的文字，将读者的眼球牵引，进入了作家布置下的艺术世界，风光旖旎，情趣盎然。

　　这种叙述方式的"穿插藏闪"在《海上花列传》中运用得惟妙惟肖而又充满作家的自觉。

　　《海上花列传》的作者韩邦庆在例言中明确告诉读者：《海上花列传》的叙述："劈空而来，使读者茫然不解其何缘故，急欲观后文，而后文又舍而述他事矣；及它事叙毕，而叙其缘故，而其缘故似未尽明，直至全体尽露，乃至前文尽叙，并无半个闲字。"[①]

　　《青木川》开篇第一句：

　　"魏富堂是在1952年春天被人民政府枪毙的。"

　　这一下子把读者胃口吊了起来。

　　魏富堂是何许人？为什么要枪毙他？是怎么枪毙的？等等问号，一个接着一个。

　　作家针对这些问题，并不直接正面回答。一般作家要写的，叶广芩不写。不写的，叶广芩倒是写得从从容容。例如，她写，枪毙魏富堂的地点是在青木川中学操场。她写魏富堂被关押在"斗南山庄"，她写一同被枪毙的有魏富堂的外甥李树敏。

---

① 韩邦庆：《海上花列传》，百花文艺出版社，2011年。

写着写着，叶广芩的笔摇曳起来，恍惚起来。

五十多年前的镇反大会，虽然青木川人记忆犹新，但是，许多细节却模糊了起来。

是谁为魏富堂收的尸？

是谢校长？是解苗子？

这种模糊的记忆再次吊起了读者的兴趣，一种想要探明真相的欲念，被迷蒙在历史不确定性的猜想推测里。

写了七十多页，叶广芩又拾起开篇的话题，回溯到公审大会，写张文鹤奉命看守临刑前的魏和李，写魏不动一口上路饭，写李树敏被魏淡淡地拒绝：你不是我外甥，咱们没关系。写风雨桥上那个穿蓝色旗袍的年轻女子和她脚上的那双皮鞋，写魏明白了，是谁在这桥上与他做最后的告别。（注意叙述角度、角色在这里有了转换）

谁？这个女子是谁？

"五十四年后（那么是2006年？）冯明和郑培然在青女的院子里又谈起这件事情。"（郑培然那时作为一个中学生奉命刷革命标语）两人又为记忆的不同而争执。

笔锋再次跌宕，作家写起了青木川的风雨桥。

小说结尾，魏金玉自国外回来扫墓，这才将谜底揭穿，六十多年前的一则新闻，湮没在历史的迷雾里，终于尘埃落定。

谢静仪长期患病而饮药自杀。

解苗子（魏的第四任妻子）代表谢静仪与魏金玉在桥上给魏送别。

让魏金玉这个当年的现场目击者讲述谢静仪与刘芳（程立雪与程立册）的关系，谢静仪与魏富堂的关系，解苗子的充当几个角色的用心，这样的叙述角度是让小说增强其可信度，也是让小说的叙述角度多变化。

《青木川》的艺术视野是有广度的，钟一山从日本归来，魏金玉自美国来寻根，他们都以不同的眼光审视青木川又参与了青木川的变迁，这让小说的叙述呈一种开放态势。

小说结束在几座墓的整修一新。

魏富堂的墓由魏金玉出资,有了令牌。碑文由许忠德撰写,低调而含蓄。

林岚的墓迁到了竹林里,金色碑文在阳光下闪烁。

谢静仪的墓在水磨坊旁,"谢静仪长眠之地"昭告了她的归宿。

正如青女所说,生活仍在继续,"过好日子比什么都有意思"。"好"在这里是动词,还是形容词?似乎都可以。

几座墓,是一个时代的终结,也是一个时代的开始?

小说中的人物每个人都走在各自的命运轨道里,这与他们的性格有关,更与建设新中国的曲折道路相通。小说形象地对半个多世纪的中国社会予以了艺术扫描,当然是在一个独特的艺术视角里。

《青木川》不是没有缺憾,如林岚的一些言行,属于1952年土改的语境,而林岚在1950年4月就牺牲了。另外,魏富堂的内心世界也揭示不够,行为叙述多于心理刻画,他自身的局限性是明显的。

王阳明说:

"其视天下之人无外内远近,凡有血气,皆其昆弟赤子之亲,莫不欲安全而教养之,以遂其万物一体之念。

"君臣也,夫妇也,朋友也,以至山川神鬼鸟兽草木也,莫不实有以亲之,以达吾一体之仁,然后吾之明德始无不明,而真能以万物为一体也。"[1]

以万物为一体,以达吾一体之仁。这种超越于个体差别、个体生命体验的,与万物共生共荣的大美境界,曾经为王阳明所憧憬。

《青木川》是向着大美追求的审美创造和审美实践,突破历史的局限,回眸过去,"于矛盾中求调和"。《青木川》在抵达大美的艺术之旅里为我们树立了新的标的。

选自《边界上的风景》,西安出版社,2016年

---

[1] 王守仁撰:《王阳明全集》卷2,吴光等编校,上海古籍出版社,2012年,第46页。

对生存的一种解读

——评安黎的《小人物》

读安黎的长篇小说《小人物》，一个突出的感觉是：这不是一部现实主义作品。用现实主义创作原则去要求它，难免会有些对不上号。它明显受到现代主义文学，甚至后现代派文学的影响。当然这种影响或多或少地带有我国20世纪90年代文学自身的特色。它不是一种艺术方式的简单移植，而是浸润着安黎独特而敏锐的生命体验和艺术感悟。

从艺术结构看，《小人物》分为上、下两卷，时间定格在1988年7月12日和1993年12月25日这两天。近四百个页码，三十余万字的叙述，被浓缩为短短的两天时间。小说的时间不是线性的，或倒叙，或前伸，前后构成一种直线发展的因果链。它采取的是福克纳式、普鲁斯特式的时间叙事，将时间拧成了一个疙瘩，有如牛的反刍，先吃草，再反复咀嚼，这样生活的原汁原味就出来了。显然，7月12日、12月25日是两个限定了的日子，但，限定正是为了反限定，有限正是为了向无限扩展。小说给定的这两个日子，似乎是个核，是光源，它向四周发射、辐射，再反射、折射回来，将这个艺术的核照耀得通体透亮，从叙事的一片混沌中逐渐走向显豁。

就作品来说，几乎没有一个完整的故事，没有一个贯穿始终的故事情节，只是一大堆发生在生活中的琐碎事件。这大大小小的事件又总是与作品所提到的人物纠缠在一起的，似乎游离，却又与主人公的心理行为紧紧相连。这就是说，如果要说情节的话，它不是稳步地展开，直线地进行；相反，它呈现为"不规则"的曲线运动，有很大的跳跃性、间断性。

从小说的人物看，《小人物》并不着力去塑造典型人物和典型性格。人物在作品里多少有点卡夫卡所说的只是一种"图像，仅仅是图像，别无其他"，在卡夫卡看来，他的图像就是他"个人的象形文字"，意味着象征，包含比喻和寓言。这是因为，卡夫卡倾心于把这种象征、这种图像，作为探讨世界秘密，参与现实的一种决定性手段。而在安黎的小说中，我们可以说，他笔下的人物，是一种抽象与具象的结合。抽象可理解为某种概念，某种倾向。具象表现在作品中是一些切切实实的生活细节组成的能够捉摸得到的大小事件。可以这么说，安黎并不写通常作品里的人物肖像、生活背景和性格特征等等，他往往在一个人物身上，抓住一点，而不计其余。不论是作品中的"我"，还是许华、于庆庆；是刘社会、石永宁，还是燕子、杨春花、白丁夫人……我们都不难发现，在某种程度上，他们只是一种艺术符号，一种概念的具象化。他们分别是清醒、洁身自好、乐于助人，或是诸如权力欲、金钱欲、色情欲、成就欲……这样一些抽象的具体演绎与生动真实的化身。当然，同样是对男性的追逐，燕子对"我"的追求，下意识却也不乏真情，杨春花则更多的是借男色而追求权力和金钱，白丁夫人则干脆是一个淫荡的暗娼，她们又是各有区别的。也就是说，通常在现实主义作品里，熟悉的陌生人，在安黎的小说中，却成了供读者去解析去研究的对象，有些匪夷所思，让人捉摸不定。

显然，安黎的叙事方式，不是要把读者带到规定的情境之中，使读者亲历其中的事件，而是有意识地让读者与文本拉开距离，使读者始终保持一个冷静的观察者的身份与心态，迫使读者自己去理解事件，去做出自己的思考与判断，这与布莱希特所倡导的间离法陌生化效果，应该说间距不会太远。

《小人物》的话语方式或者说语境与现实主义作品也大不相同。大量的荒诞、变形、反讽、黑白幽默，使《小人物》呈现了另一种审美风格，拿李书斋的话来说，似乎全部带有反讽的色彩。这种反讽，可以说布满于全部作品。我们看到，作品人物几乎全是变形了的，如在哈哈镜之前整体变形了，局部被夸张到可笑的地步。但恰恰是在这个局部里，我们发现了日常生活中被忽略了的惊人的事实。整部作品是荒诞的，但，局部的细节却又是向着生活的真实面逼近，具有一种咄咄逼人的气势。

卡夫卡曾经认为"一切皆是虚构"，包括卡夫卡自己与他的小说。卡夫卡一生都在扮演一个"外乡人"的角色，他不只与所有的人格格不入，还与自己格格不入。

《小人物》的主人公"我"，在某种意义上，也是一个"外乡人"，他与周边人大都难以相处。他的欲死而不得，究竟是不为，还是不能？这是个谜。但，他的痛苦，他的走投无路，是真实的，甚至是痛彻骨髓的。是社会抛弃了他困扰了主人公，还是他自绝于、疏远于甚至是背弃了社会？这也有待于思考与破译。这将永远成为清醒者、孤傲者、狂狷者的人生悖论。鲁迅的《孤独者》里的魏连殳的命运，有他那个时代的烙印，同时也展示了一个普遍的命题：《小人物》的主人公"我"不是魏连殳，但在精神气质上，又有某种程度的相通。主人公"我"的如同孩子般的坦率，不苟同于世俗，也许是他悲剧命运的根源？似乎又不尽然。

乔依斯的三卷本的《尤利西斯》面对权力、伟人与大事件，他另辟蹊径。小人物布卢姆的十八个小时的卑琐平庸的反英雄生活与胡思乱想被乔依斯郑重其事地予以了叙述。讽刺与嘲笑的利剑指向了资本主义的历史秩序和历史等级。

《小人物》呢？写的也是一批小人物，安黎以他对生存的独特感受与思考，对我们的生存状态进行了艺术创造，他将生存的原始状态，撕开了一个裂口，期望从中解读出普通人的命运与可能的走向。这种努力，是有意义的。

选自《看到与没有看到的风景》，太白文艺出版社，2005年

欲望的陷阱

——《老坟》的一种解读

作家王海推出的长篇小说《老坟》是这个世纪初长篇小说园地里的一部令人刮目相看的力作。

对《老坟》可以做各种阐释,展开不同的话题,例如政治的、社会的、文化的、艺术的等等。这些不同的角度,都会有不少的话可说、可圈、可点。这正证明了《老坟》的成功。成功的作品,总是让人长久地思考,而不是激动于一时。

一部小说,它的开端与结尾往往寓有深意。《老坟》的结尾,写的是新中国成立后土改刚刚拉开序幕,咸阳五陵原的农家生活又将展开新一轮的角逐。不变的则是世代延续的恩恩怨怨,亲亲仇仇。龙家的子弟们能走出这个历史的怪圈吗?如果以这种血缘为纽带、地缘为网络的宗法家族社会结构不从根本上撕裂、瓦解,那么,一切仍将重演就会是必然的,无可遁逃的。

老坟即汉代以来的陵墓群,在小说里不只是一个背景,或者艺术上的象征,事实上,如同《北京人》里那个始终在背景上浮现的北京猿人一样,老坟在小说中是一个角色,一个虽未出场、始终在场的巨大存在。这句话的意思是,老坟无须出场,它从来就在这块土地、这块时空里。它是不可或缺的,无从分离的。老坟之与龙氏家族,是一个一而二、二而一的相互依存性关系、依存性存在。小说所叙述的正是这种依存性关系的一段演绎。我已经说过，这段演绎的故事，还将重复。即使经济秩序、社会秩序改变了，而文化仍然坚守，如同故事主人公之一的夏文那样，那么，一切将会重演。只是原先是悲剧，而其后是喜剧。马克思当年评价波拿巴政变正是这样论述的。

仅从小说提供的情感世界来看，米雪的悲剧就震撼人心。她死于谁之手？她为什么会嫁到斗半家与一个木偶相伴厮守？作家告诉我们，是为了财产。但随着小说叙事的推移，财产似乎失去了它最初的诱惑力。其实，米雪作为一个少女，从她踏进斗半、斗婆家，就从来不曾觊觎过这家的钱财。当她出落为一个如花美女，她的性心理也如花似的怒放。小说对此，在潜意识的层面有相当细致而准确的描述。因有了龙家村的村规村俗，米雪苦恋着夏文，忍受自虐的折磨，甚至到了残酷的地步。性在米雪这里是天然合理的，却被夏文置换成了家族复仇的一个筹码，一个工具。夏文的所谓男子汉大丈夫气究竟是什么？米雪死了，死在夏文一手制造的陷阱里，死在了夏文赠送的定情物——一枚铜钱里。较之于赵树理笔下的那枚铜钱，作家王海赋它以更深沉也更令人心悸的思想文化内涵、人性内涵。磨得如同刀片的铜钱在米雪追求痛感的痴狂中，成为性爱的替代物，也成为置她于死地的利刃。我以为王海在探索中国女性形象的性爱生活的残缺与酷烈上，达到了一个强度深度很少有人能够匹敌的水准。

同在龙家村，有米雪的自虐，也有麦草的偷欢。麦草之所以抵挡不了二虎的男性的诱惑，动机却是有个儿子可以传宗接代。在生物性本能的涌动后面，仍有老坟的文化积淀在起支配作用。其后，麦草的成为孝女，作家也许是有其深意在，至少，麦草为米雪提供了一个参照系。米雪可以不选择自虐，但，不在肉体上自虐，米雪也逃不脱如麦草那样精神上的自戕的厄运。我不以为麦草成为孝女为作家所肯定，因为，麦客二虎作为土匪是将那牌坊烧毁了。夏文的对立面即夏仁在麦草失身中扮演了一个策划者的角色。在这个意义上，夏仁于麦草，正等于夏文于米雪。在中国，尤其乡村，男子中心主义的历史之所以延绵不绝，是由于夏文、夏仁们代代有传人。

还应该提到梅娘，提到秀，这是两个贤妻良母。梅娘是皈依于佛门了，也逃不出厄运，秀则淹没在平庸里。

值得注意的还有小玉、小凤，她们也是殉葬在"老坟"的牺牲者。我们看到作家对小玉的性心理的朦胧与觉醒后的放纵的艺术把握是有分寸的，写得非常出色。即使传统的道德枷锁也锁不住她们生命的旺盛与性欲的燃烧，即使被扭曲、变形，也蓬勃着"力比多"的不可遏制性。

男子们，不论夏文，还是夏仁，为复仇、为财产、为土地，同样难逃欲望之海的诱惑。

王国维早就在《〈红楼梦〉评论》里说过，欲望与痛苦，乃人生无从摆脱的定数与命定，唯审美是补救之一途。

不论老坟是如何无从撼动，欲望在老坟仍然会萌生。它对米雪们是羁绊，是桎梏，但也是一种激活，一种逼迫。于是生命的张力在这块土地上就表现得酣畅而淋漓，持久而光彩照人。

这是王海的艺术的成功之笔。

《老坟》没有忽略对外部世界的观照。《老坟》描写的民情风俗、自然风光、山川草木、人情世态以及世事变迁，为我们了解秦地，增添了一个范本。

但，《老坟》不同于陕西近年长篇小说之处，不在于它的广度，而在于它的深度，在于从它的深度上去开掘它的矿脉，即从欲望的层面剖析人性的复杂性、丰富性与多样性。为探索人性的深度，作家们在通常的情况下是诉诸心理分析与意识流程，《老坟》又并不以此取胜。王海走的是中国传统小说的叙事方式，即在行动与言行中捕捉与呈现人物心灵的图像。最出色的篇章，是关于麦草的偷情、米雪的性企盼与性焦虑，以及小玉的性觉醒。

王海是有潜力的，他还可以写得再好一些。

选自《看到与没有看到的风景》，太白文艺出版社，2005年

"十字架"上的拷问

——评王海的《人犯》

继《老坟》之后,王海推出了他的又一部长篇小说《人犯》。短短两年,连续两部力作问世,这证明了王海艺术创作的实力与活力。

读《人犯》,不由自主地会联想到雨果的《九三年》。

《九三年》写的是1793年法国大革命期间的一场惊心动魄的平叛战役,是雨果的最后一部重要作品。为了完成这部作品,雨果用了十二年时间。强烈的、鲜明的人道主义思想给《九三年》这部英雄史诗般的作品,抹上了浓重的悲剧色彩。

《人犯》也是一部悲剧,对人性的痛苦思考,使这部作品拥有了自己的价值。

小说截取的是"文革"及其刚刚结束不久,这样一个特定时段,黄土高原上一个劳改场和劳改场相邻的一个小山村里发生的故事。写"文革",写劳改场,写山村,这在新时期以来的文学作品中,已经是司空见惯的了。《人犯》的新意在于:在人性的开掘上,做出了自己的努力。

小说在时空的设置上,颇有自己独特的构思。

小说总共八十二节,从五十九节以后,写的是1979年后的"春天的故事"。"文革"持续十年,1978年年底党的十一届三中全会庄严宣告"文革"结束(1789年的法国大革命从1785年起,也是在十年后即1795年正式宣告结束）。这使得社会生活发生了戏剧性的变化。小说告诉我们关押在劳改场的犯人全部释放，原来这些所谓犯人，或者原本是冤假错案，或者早已该刑满释放。人们不禁要问：此前的种种究竟是怎么发生的？

荒诞不只是发生在劳改场，同时也存在于劳改场比邻，翻过两座山的豁家村。拥有"自由"的山民们，一旦发现"不自由"的劳改犯拥有相对的"不饥饿"，他们不再安分了，首先是女性不惜以"身体"换取一点点粮食，然后是男性发现了"另一样"的生存状态和生活方式。微薄的物质文明对于他们竟然是一个挡不住的"诱惑"。

如果不是老黑误闯山村，这两个各自封闭的世界，也许会继续"各自为政"吧！但，缺口一经打开，双方也就势不可当地纠缠在一起了。无论如何，女性以及相对正常的人的日常起居，对于劳改场里的人，是梦寐以求的巨大诱惑。

这是双重的荒诞。不自由的荒诞，饥饿的荒诞，叠加为一个荒诞中的荒诞。

小说在人物的塑造上，也为我们提供了一些新的思考。

老黑是小说着力塑造的一个人物，从大恶而走向大善。老黑是怎么走出他精神的炼狱的？在一场"艳遇"中，他结识了慧，一见钟情，生死相依，不惜一切代价，与之结为家庭。是二十年的劳改软化了他那颗粗粝的暴虐的心，是恶在女性的美之前的震慑后的洗心革面？小说似乎并不在意老黑心灵轨迹的捕捉与扫描，而是让老黑在劳改场、在豁家村扮演了一个"天使"般的角色。老黑是"黑暗王国"里的"一线光明"吗？

站在老黑对面的是劳改场场长孙大山。孙大山无恶不作。这类恶棍，我们在反思文学、大墙文学中，见得不少，值得注意的是孙大山在与老黑较量中，似乎精神上总处于劣势，原因是孙大山在暗地里、在内心深处，一直羡慕、倾心于老黑当年的土匪头身份、做派和气势。人性中，果真善性难泯吗？

站在老黑对立面的还有一个人物，这就是豁家村支书能行家。基层干部的败类形象，似乎并不能概括他。他同样是一个复杂的人。貌似强大的能行家，其实内心是怯怯的。

小说力求把他笔下的人物钉在"苦难"的十字架上，予以人性的拷问，灵魂的拷问。

劳改场里的不自由，豁家村里的饥饿，都将人陷入了非人的生存状态。人，几乎撕去了最后一块遮羞布，让灵魂赤裸裸暴露无遗。正是在这样的挣扎与煎熬里，慧的沉静与贤惠，两难处境中的选择与宽容（先是在俊强与老黑之间，后是在豆豆婚嫁上）给这个非人的世界带来了柔情与温暖。

让人难忘的还有那个老黄，那个黄埔军校毕业的老军人，在顽固的"坚守"里，获得一份少有的人格尊严。老黄绝食自杀，又是一个悲剧。失去起码的人与人之间的信任，使他在猝然到来的"变异"面前，丧失了活下去的可能！

辜鸿铭曾经认为，中国人的性格或者说中国人的文明，有三大特征：深沉、博大和纯朴。此外，他又加上了"灵敏"。他说，这种"灵敏"对认识中国人和中国文明是重要的。"这种灵敏的程度无以复加，恐怕只有在古代希腊及其文明中可望得到，在其他任何地方都概莫能见。"辜的见解与鲁迅对国民性的解剖，可以说是处在对立的两极。一部"二十四史"充满了统治者的阴谋权术，在血腥统治下的广大民间，在皇权不能及的下层，应该说，存在另一种文化、文明系统。但，人性从来是复杂的。人性又总是"与世推移"。生活愈趋复杂，人性也就日见复杂。当生活脱离常规，人性也就难免扭曲与畸变。这种扭曲中的乖张与暴戾，畸变中的膨胀与压缩，当作家予以艺术地审视与观照时，是需要勇气与策略的。

王海不乏这种直面人生的勇气，他没有回避，没有粉饰，他给我们留下了一份历史的档案，但这又是一份有待深化的历史档案。

之所以把《九三年》与《人犯》联想在一起，是因为，同时写特殊年代的复杂人性，雨果有一种出离悲愤的冷思考，王海显然写得不够冷静。他与他的创作对象还缺乏应有的距离，缺乏一种将创作冲动及主体情感冷却下来的从容不迫。他写得匆忙了，急促了。王海还缺乏叙述的节制。夸张的、漫画式的笔墨，时时可见。这尤其表现在小白菜、白萝卜、老刀、老驴头等人物的处理上。王海的叙述策略也显得单一。全书八十二节，每节都是景物描写后，再铺开故事情节，而且前者总是对后者暗示，自然景物几乎总与人物命运呈对应关系。这在叙述方式上，似成定势。

之所以联想起雨果的《九三年》，还是因为，而且更主要是因为，雨果有一种悲悯的人文关怀，一种人道主义的博大胸襟，这为雨果提供了一个历史的视野，一种精神的穿透力和情感的震撼力。一方面，雨果肯定了大革命的历史进步意义；一方面，雨果反对暴力与血腥，雨果是矛盾的。《九三年》也是矛盾的。唯其矛盾，《九三年》具有了历久不衰的强大魅力。

不能说，王海缺乏历史理性的思考。小说命名为《人犯》而不是《犯人》就说明，作家力图在特殊年代、特殊地方发生的特殊故事中，关注一种具有普遍意义的人性焦虑。而这种焦虑，不仅指向过去，也与王海对"当下"的思考相连接。《人犯》的生成性结构或者说内在结构动力，止是来自历史与现实的双重人性焦虑。问题在于理念上的体认与艺术中的呈现并不是等同的，何况，理念的把握还有一个深度、广度的问题。

《人犯》的开篇与结尾，各引用了一段《圣经》，但附加的《圣经》是融汇在小说的叙述中，还是仅仅只是一个附加？这不能不让我们，同时也让王海进一步思考。

把《人犯》与《九三年》放在一起来比较，的确是一种冒险。《九三年》是一部世界名著，而《人犯》是王海创作途中的一次重大收获。时代变了，人们的审美需求也变了，但人文关怀、人性的美好发展的追求，将永远是文学的价值所在。在这个层面上，以《九三年》为一个参照系，探讨《人犯》，就不会是没有意义的。

选自《看到与没有看到的风景》，太白文艺出版社，2005年

一路风雨一路歌

——《鹰眼》序

公安纪实文学，在世纪之交的我国文坛和众多媒体中，可以说是相当走红和火爆。治安问题与反腐倡廉、婚姻家庭、医疗、住房等诸多社会热点被文学和媒体关注，应该说是我国改革事业推进到现阶段的必然，也是社会进步的一种标志。

20世纪90年代以来，商品经济在我国的兴起及发展，使我国的社会结构、群众的生活方式发生了广泛而深刻的变化。这种社会转轨所带来的新旧交替、新旧混杂，在都市生活中更呈现一种众声喧哗的多声部交响的态势。广大城市居民关注的焦点更多地倾向于与切身利益相关的问题。而这些问题，又无一不与改革的深化息息相关，并且成为推动改革进一步向纵深发展的内在驱动力。面对这一新的复杂格局，城市公安干警，无论是工作重心，还是工作方式，都发生了大的位移与变动。为保证社会的稳定和发展，他们提供了坚强的后盾，在新的环境和背景下，展现了他们新的战斗英姿和风貌。以艺术的形式，通过各种媒体，及时反映和报道他们的忠于职守、忘我工作，以满足广大读者和受众的需要，也就成为文艺工作者和媒体义不容辞的职责。

高亚平的《鹰眼》就是一个公安题材的纪实文学作品集。

《鹰眼》由《风雨长安路》和《激情夏日》两个长篇纪实文学组成。

它们都曾先后以连载的方式在《西安晚报》刊登，收到了很好的舆论宣传效果。

《风雨长安路》和《激情夏日》分别记述了20世纪90年代后期发生在古都西安长安路和文艺路两个派出所的真实故事。虽然高亚平抓住的只是这样的两点，但窥一斑而知全豹，聪明的读者是不难举一反三，从中受到诸多启发和教育，对战斗在公安战线上的广大干警们油然而生敬意的。

我们看到，作为公安基层单位，长安路派出所、文艺路派出所同其他派出所一样，承担了超负荷的繁重而紧张的治安任务。文艺路派出所的辖区如所长彭耀平所概括，市场多，暂住人口多，打架斗殴多，是西安地区经济繁荣、治安环境复杂的地区之一。长安路派出所地处西安城区中轴线——龙脉的龙脊和龙尾的一部分，城乡交界的形形色色居民和暂住人口以及自发性劳务市场，构成了现代化大都市的奇异景观。它的驳杂可以说与文艺路大同而小异。然而，正是在这样的严峻局面下，两个派出所都在各自的辖区内做出了一番轰轰烈烈的光荣业绩，涌现出一批又一批优秀干警。为保一方平安，为还百姓以安宁，他们无私奉献了他们的智慧、青春、热血和汗水，牺牲了个人的、家庭的正常需要，打破了常规的生活秩序与安排。长安路派出所荣获全国先进派出所称号，文艺路派出所也是西安市公安局的先进单位。

这两个派出所是怎样战斗、工作和生活的？在通往成功和荣誉的道路上，它们又是怎样艰难成长的？《鹰眼》对此给出了自己的思考和回答。

建立一个强有力的领导班子，是这两个派出所的共同特点。请看看长安路派出所所长张聚奇，为了破案，他可以拔掉打了半截的吊针。他说："先进派出所如果不在我们任内向前走，本身就是倒退！"与张聚奇并肩战斗在一起的教导员孙炳申，副所长罗光、徐智金，也是这样对待荣誉的。正是在这种荣誉感、紧迫感的召唤下，长安路派出所百尺竿头，更进一步，上下齐心，连创佳绩，为先进派出所旗帜增添了光彩的一笔。

再听听文艺路派出所所长彭耀平发自肺腑的声音："老百姓无小事，

群众再小的事,对我们来讲都是大事。"这种与群众心贴心的、时刻把群众冷暖放在心上的责任感、义务感、公职感,正是彭耀平精神力量的支柱和源泉,他是这样说的,更是这样做的。不只是彭耀平如此,副所长王文军、李军锋、杜进也无不如此。他们就是这样以身作则,率先示范,坚持战斗在最困难最危险的岗位。

拥有一支过硬的、高素质的干警队伍,在工作实践中不断完善和优化自身,是这两个派出所的又一共同特点。

正如张聚奇所说:"确保长安路地区的长治久安,这是为老百姓而战,也是为我们自身而战!"

《风雨长安路》和《激情夏日》所记述的那一桩桩成功侦破的案件,那一件件感人的事迹,无一不映现着干警们的顽强身影,折射着干警们的献身精神。他们当然不是完人,他们身上同样存在着这样那样的缺欠或不足,但这不妨碍他们在自己的岗位上忘我工作,牺牲自我。正是在这个过程中,他们的精神得到了提升,性格得到了锻炼,人格也不断完善。

作为一种文学样式,纪实文学当然要求迅速及时地忠实记录生活的真实,同时又要求这种当下的真实性与审美的文学性的成功焊接。不然,又怎么能说是纪实文学?高亚平在《鹰眼》的创作过程中,显然不乏这种自觉的文体意识和审美追求。在纪实文学的真实性与文学性的有机契合上,高亚平做出了有益的探索。

《鹰眼》十分关注纪实文学的导向性,这一点,我以为至关重要,它保证了作品正确的思想倾向和高品位的阅读价值。高亚平绝不渲染丑恶和污秽,绝不搞什么猎奇猎艳的庸俗佐料,他坚持文学的真善美的和谐统一。他的作品,展示和宣扬了正义、正气、公正、善良、仁爱、真诚、坦率、精诚团结、奉公守法、秉公执法、依法办案……这一切,对于文学,尤其是公安纪实文学来说,不只是一个职业道德的需要,更是精神文明建设的需要。

《鹰眼》始终把塑造人物放在中心地位,力求从多角度写出人物的个性。对于公安纪实文学来说，要做到这一点，是有相当难度的。因为大量的接连不断的案件侦破往往构成基层派出所的主要工作内容，如果不涉及这些，就无从映射生活的真实和全貌。高亚平不可能回避，也不应该回避它们。高亚平的成功在于，他并不罗列事实般地单纯去写破案，而是腾出相当多的笔墨，去写公安干警是以什么样的态度和作风去破案，适当描写和刻画干警破案过程中的精神面貌和心理活动，往往有点睛之笔。这样的例证，在作品中处处可见。例如副所长罗光，在高亚平笔下是个唯美主义者，但这不妨碍罗光作为"下得硬茬的狠手"的特征和表现。又例如孙炳申，寥寥一句"全赖有一个好妻子支持"，就足以让我们浮想联翩，事实上，公安干警哪一个没有自己的家庭生活和情感世界？也许在这个纯私人的领地，还有更绮丽的风光，有待我们的作家去开掘。因为它们可以从另一个侧面让我们用普通人的眼光更全面地去认识这些公安干警。值得留意的是高亚平认为犯人也是人。在写罪犯时，他的笔端倾注了对邪恶的鞭挞，同时也流露了人道主义情怀，并不把罪犯漫画化。如那个骗租小车的案犯，作为一个当年北京来的离休干部，他的狡诈与可笑的自尊、怯弱常常会交织在一起，画出了黑格尔所说的"这一个"。

　　高亚平很注意叙述与描写的穿插。除了人物肖像、语言、动作外，他还会忙里偷闲似的，悠然勾画几笔风景与场景。这不只是让行文舒缓有致，也不只是为了渲染铺垫氛围，它在某种程度上，也成为一种隐喻与暗示，形象而含蓄地揭示了人物的内心活动。

　　在叙事方式上，高亚平基本上是按照自然时间展开的。考虑到作品的可读性，他几乎是处处设下悬念，留下空白，让几桩案件的侦破交叉铺排。一方面这是当前派出所工作千头万绪的真实写照，另一方面也可使叙事避免单一与板滞，在变化中写出生活的复杂与工作的繁忙、紧张。情景安排上的这种一波未平，一波又起，对于读者是审美心理与阅读需要的诱惑与引导，表现了他驾驭题材的艺术才能。

　　亚平写过诗，写过小说，写过散文，其中《秦腔》一篇，可以说享誉散文界。有这样的创作经历,现在涉及公安纪实文学,应该说是游刃有余。仅从语言来看,《鹰眼》也是写得从容不迫,张弛有致,节奏感较强,而且文字简朴,富有吸引力。

《鹰眼》当然不可能完美。文学创作从来都是遗憾的事业。至少,在人物的精心雕塑上,有待改进的余地还不少。个别地方,语言的调遣还显得随意与匆忙。当然瑕不掩瑜,上述不足无碍于作品的整体效应。

祝愿亚平在公安纪实文学创作的道路上,有更优秀的作品问世,以奉献给公安干警,奉献给广大读者。

选自《看到与没有看到的风景》,太白文艺出版社,2005年

倾听历史的"金石声"

——读《铁血儒将——共和将军蔡锷传》

张爱玲说：

无穷无尽的因果网，一团乱丝。牵一发而动全身，可以隐隐听见许多弦外之音齐鸣，觉得有深度阔度，觉得实在。我想着就是西谚所谓——"事实的金石声"。

既然一听就听得出是事实，为什么又说"事实比小说还要奇怪"，岂不是自相矛盾？因为我们不知道的内情太多，决定性因素几乎永远是我们不知道的，所以事情每每出人意料之外，即便是意中事，效果也往往意外。"不如意事常八九"，就连意外之喜，也不大有白日梦的感觉，有点不对劲，错了半个音符，粗糙，咽不下。这意外性加上真实感——也就是那铮然的"金石声"——造成一种复杂的况味，很难分析而容易辨认。

米兰·昆德拉说过意思相同的话。

米兰·昆德拉说："小说的精神是复杂性的精神，每部小说都对读者说：'事情并不像你想象的那么简单。'这是小说的永恒真理。"[①]

小说《铁血儒将——共和将军蔡锷传》（以下简称《铁血儒将》）让我们听到了历史的"金石声"。

[①] 米兰·昆德拉：《小说的艺术》，上海译文出版社。

这是一部以蔡锷一生为题材的历史小说。

蔡锷一生可写可歌的，多矣，但小说不是编年史，它是艺术，是虚构，是审美创造。

从事实出发，尊重历史，而又要实现马尔库塞所说的"审美形式造就的奇迹"，小说作者给自己做了一个艰难的选择。

长篇小说，重在结构。小说结构是最有意味的形式。

作者运思奇妙而缜密。小说在艺术结构上做了很好的安排，这是《铁血儒将》的显著特色。

作者将蔡锷一生浓缩在日本福冈大学医院病室。这一特定时空的设定，颇见匠心。

以此为舞台，小说在或回溯，或平移，或推进的线索里，把蔡锷推到了聚光灯下，将蔡锷的前生今世予以了全方位艺术扫描，一个英年早逝的护国名将的光彩形象由此耸立了起来。

小说语言多彩多姿，摇曳生花，富于画面感。这是《铁血儒将》又一特色。

海德格尔说："唯语言才使人能够成为那样一个作为人而存在的生命体。"因此汪曾祺认为："写小说就是写语言。"

《铁血儒将》既写金戈铁马，也写似水柔情，既写政治密谋，也写闺房情深。叙述文字也因之而变化：或疾雷惊电，或明月朗照，或风狂雨骤，或高山流水，弹唱了多重奏乐章。

但，我要说，尤为重要的是小说的历史眼光和阔大襟怀。对于历史小说，历史人物小说，我以为，这是最为根本的。

试看司马迁在《史记》里是如何写陈胜吴广的。一个普普通通的戍卒，仅仅因为揭竿而起，就被司马迁列入《陈涉世家》，而与《孔子世家》等并驾齐驱，这是何等眼力，何等魄力？

蔡锷在皇冠落地后的年轻共和国的云谲波诡里的短短五年中，是怎样谱写他辉煌人生的最后篇章？

这里有多少壮烈，多少阴谋，多少风波，多少暗流，多少起伏，多少回旋？

而蔡锷又是怎样义无反顾地挺身而出，成为护国将军，成为中流砥柱，新生的共和国因此而终于在排空浊浪里站立了，挺立了起来。

《铁血儒将》对蔡锷这样一个历史人物的把握和艺术呈现，我以为是相当成功的，抵达了当下文坛的精神高地。在诸神坍塌、价值紊乱的当下，这种对理想、对完美的矢志不渝，难能可贵，令人敬重。

这不仅与作者十多年潜心蔡锷的历史文献研究分不开，更与作者对我们民族从苦难中崛起，走向民族复兴的现实关怀和远大憧憬分不开。在作者看来，蔡锷所"护"的远不止于"共和"，而是"共和"所体现的民族独立、国家富强、人民安康幸福。正是这种理解与阐释保证了作品的精神价值与艺术价值。

《铁血儒将》不是没有进一步完美的余地，还有一个更广阔深远的艺术空间，等待作者去开拓去掘进。

例如小说人物语言的个性化、现场感，还都可以做得再好一些。

毕竟，一百年前的语境与当下语境是有很大差异的。

而关于历史的复杂性、生活的复杂性的艺术创造，更是一个无止境的追求。

请与我同行，进入《铁血儒将》的艺术世界，你将聆听到铿锵作响的历史的"金石声"！

原载《西安日报》2014年12月17日

第二辑

散文评论

勘探勘探者　追踪创造者

——评李若冰散文的艺术世界

如果把李若冰的全部艺术创作看作他与世界的对话，那么，在李若冰的言说方式里，他的话语体系中，有两个关键性的词，使用频率相当高的词，值得我们注意，一个是勘探，一个是创造。勘探勘探者的灵魂，追踪创造者的足迹，可以说，这是构筑李若冰从20世纪50年代的《柴达木手记》到90年代《塔里木书简》艺术世界的一条贯串线，一个精神内核。

我国当代文学是从延安文艺起步的。当代文学最早的辉煌是在20世纪50年代。这两点，李若冰恰逢其时，他都有幸参与了。他12岁就参加了延安文艺的抗战剧团，18岁考入延安鲁艺文学系。当1953年《人民文学》发表了《陕北札记》并引起了广泛关注的时候，李若冰这位年仅27岁的年轻作家的名字，也就进入了与新中国一道成长的作家队伍行列。

1956年，他的第一本散文特写集《在勘探的道路上》出版了。短短几年，《柴达木手记》《旅途集》《红色的道路》《山、湖、草原》相继问世。李若冰是在一个高起点上开始他的文学生涯的。今天，我们重读《柴达木手记》，仍然能够为作品所喷涌着的青春朝气而感动。那是那个特定时代的社会情绪的艺术反映。

进入新时期，李若冰从"文化大革命"的沉默里再度崛起。《神泉日出》《爱的渴望》《高原语丝》《塔里木书简》《满目绿树鲜花》是他这一时期创作的主要收获。不难发现，充沛的热情依然不减当年，这一点，让人感佩。

在当代作家中，跨越两个不同历史时期，而又始终保持旺盛创作态势的，李若冰无疑是突出者之一。

对于陕西文艺界，李若冰具有双重身份。他是散文家，同时又是20世纪80、90年代陕西文艺宣传部门的组织者、领导者。

一个作家，具有上述几种资历中的一项，已经是很不容易的了，李若冰竟兼而有之。李若冰是有幸的。

我们说李若冰是幸运的，我们是在说，这是因为，李若冰把他的名字与我国当代文学发展的历史进程联系在了一起。是时代决定了一个作家的历史命运。

这也是因为，命运即性格。

同处一个大时代，每个具体的社会的人，显然各有他自己的生命轨迹和人生归宿。

李若冰在他12岁的时候，以一个赤贫的少年特有的执着，紧追革命队伍，并成功地实现了他最初的梦幻。我认为，这种执着，似乎贯注于他的一生。至今，他仍执着地在文学园地里耕耘不辍。而梦幻，一个连接着一个，李若冰追踪着，跋涉着。他是一个不改初衷的追梦人。李若冰曾经述说过他少年时在延安南门外一段难忘的情感经历。那是一支长长的骆驼队，那一声声驼铃，至今仍震响在他的记忆里。他因此以"沙驼铃"作为他最早的笔名。野外之恋，荒原之恋，永不止歇的跋涉之恋，是他与生俱来的情愫吗？是他因此而踏上文学不归路的原动力吗？

李若冰在《文学与梦幻——致友人》里，曾深情地写道："我惘然地想起自己是怎样踏入文学这个门槛的。这也许是一种误会，也许是一场做不完的梦……幻梦，真是一个幻梦。"

似李若冰这样，因幻梦而迷恋文学，并因之进入文学创作之途，终生而不再他顾的，难道还少吗？然而，在这条道路上，获得成功的，又有几许？要想真正破译一位文学成功者的密码，显然是困难的。也许，从成功者的作品里，我们有可能寻觅到一条通往奥秘世界的途径，窥见无限风光里的一二道风景？

从《陕北札记》到《满目绿树鲜花》，近半个世纪过去了，检阅李若冰的作品，不难发现，对未知世界的勘探，几乎成了李若冰生命欲望、创作欲望的强大推动力和导火索。而且，他几乎总是满怀着喜悦与欢乐之情去看待这个世界，去营造他的艺术殿堂的。

还是在延安时期，他还是一个孩子，登台演出，他就是满脸的笑。笑，伴随了李若冰的一生，直到如今。如果说，新中国成立初期成长起来的那一代作家中，杜鹏程、柳青是以严峻的眼光看取生活的，那么，李若冰和王汶石则是以对现实报以一种温情的微笑而为人称道。

形成这种对未知世界的迷恋与乐观，因素是多方面的。

作为一个年轻的文艺工作者，李若冰是以解放者、胜利者的姿态步入新中国的门槛的。他不同于沈从文，以忐忑不安的疑虑，迎来了解放军入城；也不同于冰心、老舍，以游子投入母亲怀抱的那份陌生与喜悦交织的复杂心态，踏上了归国之途。

而20世纪50年代，百废待兴，万象更新。何况，陕北刚刚发现新油田，何况，柴达木早期的勘探捷报频传。一切都是新奇的，令人振奋的。充满了阳光，充满了希望。

这样，李若冰以一个来自陕北的年轻作家的身份开始了他的陕北油田的采访。他不像杜鹏程、柳青，有过丰富的军事题材的创作经历，他和共和国一样年轻，一切都是刚刚起步，他站在了一个全新的起跑线上。他选择了石油。毫无疑问，这是一个具有战略眼光的选择。与他一起选择了石油的，还有那个写过《王贵与李香香》的诗人李季。李季，在20世纪50年代以石油诗人而名扬全国，李若冰也以《柴达木札记》而声名鹊起。

今天，我们重新审视20世纪50年代这批作品，当然不可能以今天的文学观念与主义等等，去要求李若冰。对任何一个作家，我们都只能采取尊重历史、理解历史的态度，将其作品放在该作品产生的特定历史背景、文学背景下，看看作品提供了哪些以往作品中未曾有过的新的内涵、新的艺术素质，而不是苛求它们反映了哪些今天的文学所应具备的思想与艺术要素，这是其一。其二，我们更应该在正视每个作家的所有作品无可避免的历史印痕的同时，善于发掘在这些作品中，有哪些潜在因素对文学的发展具有长远的影响力，包容或暗含了哪些未来文学走向的可能性。

综观李若冰迄今为止的全部作品，我们可以看到，李若冰对知识分子的尊重与喜爱，是一贯的，而在20世纪50年代，这不能不是一个与众不同的声音。

与当时流行的对知识分子的歧视、排斥，甚至丑化、打击不同，《在勘探的道路上》《柴达木札记》为青年地质工作者顾树松、严济南、陈鸿玉、秦士伟，为刚从清华大学毕业的葛泰生，为刚从北京大学毕业的徐旺，为刚从西北大学毕业的一批地质系学生，留下了动人的特写和剪影。

李若冰在柴达木感受的是："生活是这样的豪迈，这样的美好，为什么不歌唱？"

应该怎样看待李若冰1957年8月17日在青海茶卡写的《山·湖·草原》的这段表白？

公正地说，无论是作家的热情，还是他的憧憬，都如他的创作对象，全都是真实的。创作的主客体高度统一在真实而忘我的献身精神里。反右的风暴那时还未抵达柴达木，李若冰和他笔下的那批知识分子一样，还未曾意识到一场对知识分子的整肃正在降临。他们正沉醉在天真的高原之风里。

显然，李若冰不是从社会政治的层面来肯定与称赞知识分子的。"野外勘探者具有人类最美好的素质，民族最优秀的品格，他们才是我所敬重的、所爱所恋的。"1986年写于雍村的《野外之恋》一文，我以为，为我们理解李若冰一以贯之的对知识分子的那份特殊情怀提供了一个最真切也最明确的答案。野外勘探，新奇而陌生，是对未知领域的掘进与开拓，这样，挑战与创新，艰苦与冒险，构成了勘探者的生命色彩。这就是说，一切野外勘探者、未知世界的探寻者、未来世界的创造者，对于李若冰来说，是可亲可敬、可歌可泣的。正是从这样一个勘探与发现的意义上，创造与建设的意义上，李若冰以他一生勘探在勘探者的心灵里，追踪在创造者的足迹里的追求，与这批勘探者队伍里的知识分子，在精神境界里，自自然然地达成了一种默契，取得了一种共识。所谓"心有灵犀一点通"。李若冰与勘探者的知识分子的心心相印，使得李若冰笔下的那批知识分子，充满了生气与活力。在审美的意义上，他们正是李若冰心灵深处野外勘探之恋的对象化、具象化。

卢卡契说，特殊不仅仅是普通与个别的中介，它同时又是一个独立的中项。从这个中项往普遍偏移，就有了席勒；往个别倾斜，就有了巴尔扎克。在20世纪五六十年代，李若冰笔下的知识分子，的确，是一个特殊的存在。可以说与杜鹏程《在和平的日子里》对知识分子的正面讴歌，形成了一种呼应。

事实上，在李若冰的艺术天地里，值得我们注意的，不只是知识分子，还有石油工人王进喜、老红军将领慕生忠，以及十七八岁来自江南之乡的那批小姑娘，还有乌孜别克老人依斯·阿吉——柴达木的探路人，他们无一不是生活的开拓者、创造者。

除了大西北，李若冰的足迹可以说踏遍了祖国油田，如大庆，如华北油田。

除了石油，李若冰对"第一"充满了兴趣，"我感受最深的是那些活跃在华夏大地上的创业者"。李若冰20世纪50年代写过长春第一汽车制造厂，如《汽车城的崛起》，写过兴安岭的林木工人《啊，绿色的海洋》，写过江南造船厂自行设计、制造的"民生11号"海轮。20世纪60年代，他写西安九女化工厂《心里的春天》，写西安共青团化工厂《前进，青年创业者》。为什么李若冰对这些创业者情有独钟？一个作家选择什么样的审美对象，难道会是偶然的吗？李若冰曾经说过："第一次的记忆，怎么也忘不掉，路，就是这样走过来的。"他忘不了创业者的路！

224

新中国成立以来涌现的作家，基本上都是亲历型的。他们或亲历了血与火的洗礼，参与了新中国的创建，于是有了梁斌的《红旗谱》，吴强的《红日》，杨益言、罗广斌的《红岩》，曲波的《林海雪原》，杜鹏程的《保卫延安》，杨沫的《青春之歌》，欧阳山的《三家巷》等；或亲历了新中国成立后的革命与建设，于是有了赵树理的《三里湾》，柳青的《创业史》，周立波的《山乡巨变》等。唯一的例外，大约可以举出王愿坚。他只参加过抗日战争与解放战争，然而，他脍炙人口的反倒是写土地革命时期的作品《七根火柴》《党费》。当然李若冰写的是散文与特写，但这仍然需要一个从生活到艺术的审美提升与创造，仍然需要一个艺术灵感的获得与触发。李若冰对野外勘探的向往与迷恋，使得他曾四下柴达木。正是在这里，李若冰说："我的艺术灵魂仿佛被唤醒了。我压抑不住自己的冲动，在工作的空隙里，一抓住笔就写起来了。"从这个意义上，我们可以说，没有柴达木，也就没有了李若冰。而柴达木至今仍是一块沸腾的神秘所在。

这样，李若冰的艺术世界或者说艺术襟怀就不会是封闭的、停滞的，而只能是开放的、流变的，这大约是李若冰艺术青春至今不衰的原因之一，也是他作品热情依旧的原因之一。

20世纪90年代，李若冰以他的《塔里木书简》再次显示了他的创作的实力。比起20世纪50年代的《柴达木札记》，显然多了一份历史的沧桑感，如《龟兹舞之乡》；多了一份对现代科技的了解与熟悉，如对地质勘探手段的现代化与高科技，李若冰可以说了如指掌，写起来，也就得心应手，左右逢源。然而变化之中也有不变，这就是对勘探者的勘探依旧，对创业者的追踪依旧。

李若冰和他的作品，如李若冰自己所说，是燃烧的灵魂和灵魂的燃烧！为了勘探者，为了创造者！

原载《唐都学刊》1999年第3期

论匡燮的散文（二则）

一

匡燮不是专业作家，但他虔诚地迷恋于散文创作。《野花凄迷》视野开阔，艺术的触须伸向了现实人生的方方面面，题材广泛而体验深沉。他尝试着多种传达方式，并取得了初步成功。他为我们袒露了一位前行在审美世界里的跋涉者的心路历程。他的散文因此也就氤氲着一种"最瑰丽的杂乱无章"的美，凄迷而芬芳。

这里有故土、童年的顾盼与回眸，如《飘香的记忆》一辑里那些令人心醉的对逝去岁月的咀嚼。正因为如此，《蒲团》《屋盟》《鬼嫂》《小镇》等在海峡彼岸引起了共鸣。有咏物言志、借物抒情的篇什，记录了留在人生之旅和心灵轨迹上的印痕，如《朱砂月季》一辑里的那些生活小故事。有流连、徜徉在大自然里的风光、文物古迹殿堂里的浮想联翩，如《旅痕拾遗》一辑的记游文字。还有《悟道轩杂品》中截取生活片段，略去相应背景的人生世相扫描，清新隽永如《世说新语》，深刻犀利又与杂文相近。作家紧贴现实，情系民生的拳拳之心，炽烈灼人。还有《心态断录》，把作家稍纵即逝，无可名状的感觉、幻觉、情绪、意念，以内心独白、自我交谈的方式——定格在心灵的屏幕，折射了时代的心理情绪，汇聚了人生的经验与感悟。特别是《情到深处人孤独》和《蓝色的旋律》两辑，是人与自然，人与历史，人与现实，人与自身的对话。这是一组只有热烈地拥抱，深深地沉迷才能形诸笔端的佳作。

写生活，写自然，写历史，写情绪，写感觉。匡燮那只灵动的笔，海阔天空，寻幽探微，把主客体撞击的情思留在了他的一篇篇散文里。这大约是《野花凄迷》得到多方面的读者喜爱的原因之一吧！

匡燮的散文往往由画面组成，鲜明的视觉效果，赋予他的散文以生动的画面感。无论是状物写景，还是议论抒情，他都能巧妙地运用语言把它们化为具体可感的画面。摹写客体他注意凸现它们的总体特征，同时又在局部细节上精致入微地予以描画，使之成为有生命的活体。匡燮尤其擅长于把抽象的议论、哲理，把人的情绪、意念、心态外化为富有视觉可感性的意象。

他的早期散文，总爱把一种绵长的思绪凝结为画面。

是啊，在这个破旧的蒲团上，将永远跪拜着母亲为我们祈祷的灵魂么？啊，蒲团！

《蒲团》不去铺叙母亲的一生，而去说蒲团，不去写身影，而是说灵魂，这篇散文的构思的确是很有新意的。它虚实相生，形神兼备，通过蒲团上跪拜着的灵魂，把母亲的一生和思想境界，把儿子的感戴和终生遗憾（未能充分尽孝，也未能劝导母亲从传统的重压下解脱）全部凝聚在这个屏幕生活画面里了。蒲团在这里，也因此不再是一个编制物，它已经是一个意象，一个联结着生命世界的艺术创造。

匡燮以情绪体验去追踪生活，他特别注意以直觉、感觉的方式去把握审美对象。他近期作品的画面更多是由刹那间的感觉、瞬间的直觉构成。《蓝色的旋律》，是一篇描述青海湖的散文。在我接触的作品中，少见有这样写青海湖的。它完全是匡燮眼里看到、心头感到的那个青海湖。

当然，对于一个作家来说，以语言去组织画面，并不太难，难的是画面是不是包容了丰富而深刻的意蕴。只把特殊视作普遍的一个说明，一个比喻，这不是艺术。只有从特殊中不知不觉地感悟到、把握到普遍，这才是进入艺术创作的堂奥。《古城墙，历史的门》可以说明这一点。"历史的确是有门的,城垣高筑,就是洞开着的历史的大门……而当城破墙倾之时,历史的大门反就关闭着了。"登临西安古城墙,匡燮竟然从中领悟到这样一个历史的辩证法则,从古城墙里洞悉历史的教训。

匡燮不但善于运用文字,铺染画面,而且在画面的组合上,他常常有意制造断裂,以形成意义的空白。

匡燮喜欢略去叙述中的过渡与交代,即使写对话,也只有话语,而把人称、表情等一概删除。他往往出人意料地中断正在进行的描述而急剧地转换,跳跃到另一对象,另一意境。它造成了意义空白,有效地扩大了散文空间。

《渥洼池》是这方面的一个典型例子。它表明匡燮成功地借鉴了电影蒙太奇的手法,通过对画面进行切割与组合,增强作品的容量。在这幅由艺术想象与历史感悟交织而成的画面上,分别存在马、捕马人、"我"这几个不同的叙述者视角;存在两个时间差:一是过去与现在两千年的距离,一是过去时中马与捕马人几番角逐的时间间隔。但是,无论角色转换,还是时间推移,全部被作者略去了。呈现给我们的是一个扑朔迷离的世界,这是历史的迷离,也是渥洼池的迷离。

而《藏戏》却是另一个结构方式,是散文戏剧化的尝试。舞台演出藏戏,台下作者的感应,两个不同时空,分别穿插又齐头并进,营造了一个巨大的空白,让读者从中充分领会处理好人与自然的关系对人类生活状态有着多么紧迫的意义。

匡燮的那些以小说的方式写人写事的回忆性散文,同样出色地运用了断裂与意义空白。

空白本身并不是目的,而只是一个诱导,一个牵引。匡燮之所以在培养了读者的阅读期待之后,有意将这种热情猝然冷却,是为了从反方向上调动起读者更为强烈的解读欲,去破译填充这空白,进行二度审美创造。匡燮显然并不想给予对象一个明晰的、主观的阐释与见解,而只是宽泛地给读者以某种情绪的感染,某种感觉的联想,某种暗示和激发。

需要注意的是，匡燮散文的画面，空间的阔大与细微，时间的悠久与瞬息，往往形成强烈反差。正是这种人与世界的不和谐关系，使感觉敏锐的作家对人的生命、人的存在有了更直接更深刻的形而上体验，并把这种人与自然、人与社会关系中的不安全感、渺小感以抽象的方式传递给读者，和读者一道去寻找人类的精神家园——人生的终极价值与归宿。

匡燮那些看似空灵却执着、沉痛而充实的散文，之所以并不让人感到虚无，而是充盈着积极的生命意识，奥秘也在这里。

他什么也没有看到，视线只是盯着虚无中的一点，盯住一个久远的梦。①

天是空寂的，许久许久才会有一只鹰，却小到一个粒儿，地也是空寂的，许久许久才有了一个人，也小到一个粒儿，确实，只有一个，鹰和人就像一粒砂，在无边无际的茫茫间浮游，这个人就是他自己。②

匡燮不仅把"我"从对象中孤立，还把"我"从主体中分离，这种与对象与"自我"拉开距离的方式为匡燮提供了一个全新的视角，这就是以大自然，以历史长河作为一个宏大深远的参照系，以更冷静、更客观的态度去审视、观照人与自然、人与历史、人与社会、人与自身。

匡燮的某些散文仍难免斧凿的痕迹，这不只是一个技巧问题。如果匡燮能以一种更平静、更自由的心态去创作，在对美的倾心追求中更从容、更洒脱些，他的散文无疑是会写得更臻完美的。

二

读1988年《延河》第6期，一下子被《悟道轩杂品》吸引住了。

这里有"红楼"防盗的"绝招"，有公共汽车上少男少女的冲突，

---

① 匡燮：《野花的凄迷》，陕西人民出版社，1990年版。
② 同上。

有随官职晋升而带来的儿孙沾光，有所谓"梯队"多属牺牲品的妙语解人……举凡现实生活中司空见惯的人、事、物，一个场面，一次对话，几乎是不加修饰地被录进了"社会档案"式的"杂品"里，没有断语，以它真实的存在，发人深思！

所有这些真实的存在，是透过作者那双真诚的眼光摄取，"定格"在作者那颗真诚的心的荧屏上的。如果，没有为改革进程的艰难而焦虑，为社会弊端的积重难返而痛心疾首，为人的精神素质的亟待提高而大声疾呼……"杂品"作者就不会在日常生活中，在人们的一言一行、一举一动中发现那么多的问题，那么多微言大义。事实上，这些凡人琐事，在我们的生活里，谁个不曾遇见，谁个不曾参与其间？只是，我们熟视无睹，置若罔闻，而作者却从中或发现了端倪，或捕捉了闪光，经过了痛苦思考的锤炼，重新予以冷静的审视，见诸文字，纳入其"杂品"了。

我们的散文，不正是因为太缺乏作者的真个性、真性灵、真人格而日渐被读者疏远了吗？请读读"杂品"这样大胆地、鲜明地亮出自己心灵的散文吧！

写得深刻而隽永，是《悟道轩杂品》给人们的又一突出印象。

深刻，是因为作者透过生活的种种表象，揭示了隐藏于现象之内的底蕴，富有一种哲理的意味。

"时间，对于历史来说，是一种过滤。"这是《杂品》第三则的文眼，是历史凝固成的思想晶体。这则"小品"从秦始皇的再评价写到"十年动乱"的反思。着重写的，只是当年的学友重逢，剔除了"文革"的迷狂，重建了友爱和尊重。所写的事情本身，也许并不大，但在作者的感情生活里却也是一道波涌。可贵的是"小品"由此展示了一代人的思想走向成熟，使之布成文章的网络，有力地佐证了"时间过滤说"。

这种对哲理的沉思，不只是表现为历史的再认识，也表现为对人自身的透视。《杂品》第四则，写的是因池、湖、海的命名，而领悟的一番哲理。由于参照物的不同，对同一事物的评价也就相异，人对自身的价值的估定，亦然。

　　作者思想的触须，可以说灵动而富于机智，一旦黏附于一人物、一事件、一对象，即可触发其联翩的思绪，升华为洞悉人世奥秘的哲理思考。这种思维方式，不仅为"杂品"文体所制约，构成"杂品"的独特风貌，而且，有着深厚的东方文化色彩。它不是严密的逻辑推理，而是一种灵感式的整体领悟。虽不成体系，却时时迸射奇异的思想火花。

　　主要的是，对我们民族的传统文化积淀，"杂品"力图以一种批判的眼光，予以重新认识。无论是关于电影《老井》的对话，借老耿之口，辛辣地针砭我们文化圈子里某些同行的思想之封闭、愚昧；还是通过与吴天明的交谈，抒发对我们民族长期落后复杂根源的探讨的灼痛之情。我们都可以看到，作者对历史积淀之深重的批判态度，对时代变革的热切呼唤。

　　控制与选择的技巧，是《悟道轩杂品》艺术上取得成功的一个重要方面。

　　读《杂品》，我们仿佛是翻阅80年代的《世说新语》。但，这不是旧瓶装新酒。那种半文半白式的语录体，时时见诸报端，让人感到很不舒服。就像长袍马褂却配上一双皮鞋一样。而在这里，有精心筛选的素材，有严格控制的行文，有通体现代汉语的文字，是一种全新的创造。

　　从每则"杂品"，我们都可以看到，作者并非不加选择地有闻必录。生活现象纷纭复杂，作者对此进行了认真筛选。这筛选是在两个层次上进行的：一是素材的撷取，二是素材的处理。

　　作者很懂得，成功的艺术，就是除去那些多余的东西。从"杂品"行文的简洁，我们可以看到，作者很会控制自己的那支笔，行于当行，止于当止。"杂品"时时留下一些空白。这些空白，对调动读者的联想与回味力，非常必要。

选自《贾平凹的小说与东方文化》，陕西人民出版社，1992年

人生，是一本无标题的书

——评匡燮的《无标题散文》

这是一本作家写给自己的散文集。

和那些写给读者的书不同，展现在这里的不再是外部世界的"二度创造"，也不是内心情感的宣泄和倾诉，而是作家主体心灵的自我告白与独语。这种艺术化地坦露作家内心隐秘和孤独人生体验的独语式作品，虽然在我国现代文学史上，曾经是散文园地的一个重要品种，但出于种种原因，在当代文学史上却近乎绝迹，匡燮的《无标题散文》的出版，正是这一空白的一次出色的填补。

匡燮曾说："好不容易有一点闲工夫，回到自己的屋子里来，坐着，让灵魂伴着他，轻轻地轻轻地私语着……让他和他的灵魂在这儿和他自己重新相识。"（《无标题散文·F》以下引文，凡出自该书，只标英语字母。）认识世界，认识人生，难，认识自我，剖析自我，不仅需要正视自我的勇气，尤其需要一种深邃博大的襟怀作为参照坐标，更难。匡燮正在攀登这种自我审视的人生大境界。他不能拒绝这份诱惑。他在这条崎岖的布满陷阱的道路上跋涉。他获得了令人震惊的成功！

当然，一部作品一旦问世，就是一种社会存在，匡燮的人生独语也因此在事实上是与读者展开的一种心灵对话。任何生命个体，既是生物性的存在，也是一切社会关系的总和，一种历史文化的产物。在匡燮生活的心灵化、心灵的艺术化、审美化的认识、理解和表达方式中，我们不难体察到时代风云的折光和现实生活的脉搏。《无标题散文》仍然是当代生活在一个敏感而热情的当代诗人沉思中的艺术投影。作家对自己心灵的咀嚼、体味、审视与披露，无论其内涵还是方式，都是独特的，属于作家个人的，但弥漫于文本中的人文精神和现代意识却聚集了我们时代的困惑与焦点、寻找与探求。唯其如此，它才有可能与读者沟通，并激起强烈共鸣。

《无标题散文》为我们构筑了一个奇妙而充满诱惑力的心境世界。日本学者柳田圣山说："禅是非合理的，是冷暖自知的，不能用语言来说明。"匡燮不是在谈禅，虽然他经常想到禅，但当他运用语言来传递他的"冷暖自知"时，他无疑是在进行一场艺术的冒险。真正的艺术创造，又有哪一次不是一种艺术冒险呢？当我们希冀进入匡燮营造的这座艺术迷宫时，我们也不得不面临一次审美探险的选择。

一曲生命投放的乐章

现代散文的发展，基本上呈两种发展态势。一是写人生，写现实生活的林林总总，人生境遇的纷纭杂沓；一是写心灵，写主观世界微妙而复杂的悸动与震颤。以鲁迅杂文为代表的相当一批作品属于前者。林语堂、梁实秋以及早期周作人都写了不少这类观照现实、描摹人生的散文。无论是写景抒情，还是记人记事，在这类写实派的作家队伍中，有鲁迅、瞿秋白、郭沫若、郁达夫、朱自清……一长串响亮的名字。同时，鲁迅也首创了"自言自语"这样一种独语文体。《野草》无疑标志着独抒性灵的散文的文学史地位的确立。何其芳的《画梦录》中的《独语》、张爱玲的《流言》，分别代表了三四十年代独语体散文的成就。匡燮拥有深厚的传统文化，尤其古典文学和现代文学底蕴，对上述作家作品，他是熟知的。当匡燮以他的散文集《野花凄迷》遨游于现实生活或大自然之后，他调整了自己的艺术视野，以外部世界转向了内部世界。这不只是题材的转移，而是审美创造的新的追求与深化。展现在《无标题散文》中的已不是那种理性的、条分缕析的冷静内心解剖，而是一种全生命的投放。他彻底地把自己的心解放了，让艺术的思维以一种无拘无束的洒脱与自由飞翔在心灵的天宇。

"人生，是一本无标题的书。"（《S》）这是匡燮对人生的蕴含哲理的艺术概括，既描述了人生的丰富、驳杂，可知与不可知，又状写了人的主体创造与被创造的生活辩证法则。它涵盖了深广的社会历史内容和生命体验。那么，人的心灵世界呢？"人是一个世界，人心是一个宇宙。""单色的不为世界，纷杂的才是人生。""芜杂也是一种纯一。""含混也是一种清晰。"（《C》）匡燮是以一种芜杂的纯一，含混的清晰的眼光去摄取人与自我的内宇宙。只有穿越了人生的苦难之后才有可能获得这样一种澄明清澈的心境，才能保有一份对外在客体、对内在主体、对世界、对自我的那份走出疑惑、惊异与新奇的超越。

认识人生、宇宙的复杂、纷繁并不难，对于一个步入中年、积累了相当丰富的人生体验又善于思考的人来说，大都可以获得这样一个共识。难的是，在经历了坎坷、忧患之后，那颗心并不曾被岁月的风尘蒙蔽，仍然保持着鲜活的对人生的疑惑、惊异与新奇。疑惑孕育着不解与猜度，惊异孕育着求索与发现，新奇孕育着陌生与鲜明。这是一颗赤子之心的纯真与美丽。尤为难能可贵的是，匡燮以一双沉思并又满溢着诗意的目光去探询、追究、拷问与破译心灵的奥秘、生命的密码、人生与宇宙的玄机妙理。他已经从现象的围困中脱身，升华与净化为一片诗情的葱郁与温柔，哲人般的肃穆与宁静！

"音乐在室内流荡了，像一道小流在无形的空间里。他站在岸上，本来是来感慨的，一不留意，却让自己的思维流进了音乐里，澎湃得气势很大，于是他便成了这流里的一块石。"（《C》）他已出离了痛苦与悲哀，欢欣与愉悦，在主客体的融汇里觅得了刹那的永恒，凝结为生命之流、音乐之流里的一方砥石，谛听来自宇宙与人生的密语在心灵世界引发的回声与逸响。是的,《无标题散文》就是音乐!

今天还朦胧吗?

我从来就没有朦胧过。

不是在弄无标题吗?

无标题不是朦胧。

是什么呢?

无标题就是无标题。

能说得明白一点吗?

也许是音乐。(《S》)

匡燮用他的生命之流谱写了一曲心灵的乐章。

《A》是乐章的总主题,概括了全书的基本内容。以下乐章分别阐释与传达了《A》的总体意蕴。它们或者按审美对象划分,如《B》写追求,《C》写哲理,《F》写寂寞,《G》写心,《H》写思路,《I》写心绪,《J》写情绪,《L》写情趣,《M》写风景,《N》写幻觉,《O》写梦境,《P》写画,《Q》写赠字题词,《R》写文学追求;或者按意象组成划分,如《D》写日,《F》写月;或者按文体划分,如《K》是一组狭义的美文,《S》是全书的后记。

鸣响在文章里的生命的旋律和节奏,每一个读者都将从中领悟和生发出各自不同的体验和联想。真正的艺术既是一种限制,也是一种诱导和激发。重要的是要寻找到一条通往心灵世界的通道,保持一片温馨的心灵的空白。因为《无标题散文》"是一种超越,一种介于现实与心灵、热闹与空明的交流"(《R》)。

一份哲学思考的请柬

人类正处在20世纪与21世纪的衔接点上,每一个富有理智的人都很难避免理性对人类、对自我的困扰。人越是不安于惘然无措的迷失境界,在其内心深处越是充满了对世界对自我进行探究和询问的涌动之潮。生与死、友与仇、爱与恨、痛苦与幸福、成熟与天真、悲观与乐观、理性与非理性……这样一些似乎处于对立两极的人生课题，使人陷入了进退维谷的两难处境。如何从迷惘与困惑中走出？从传统思维的轨道滑离，跳出既成经验的窠臼，打碎因袭的世俗偏见、成见、定见，换一个方式，采取另一种角度去观察生命的存在，去领悟人生的意义，或者说在一种新的联系中，站在新的位置上展开对世界、人生以及自我的审视，难道不是值得尝试的吗？

中国的传统思维方式往往注重其本体性、整体性、具象性与内向性，而不是如近代西方那样在主客体的分离与对立中，强调分析性、逻辑性和抽象性。也许我国的思维智慧更洋溢着一种诗意的哲学气息，保留着一份生命哲学的品格。而且，恰恰是在这些方面，我国传统哲学与西方现代哲学取得了某种默契，从不同的文化背景出发，走向了新的双向交流。

匡燮无意于去对人生展开哲学的思考，这不是他的初衷，但是，既然他立足于生命的层面去渗透人心、渗透宇宙，他就不能不涉及生命与宇宙的一系列哲学命题。"任何哲学都是生活的外衣，而不是生活的真实。"（《D》）他是从生活、从生命的本真接近哲学的。"懂的是道理，不懂的是生活。生活让人去追求，去思索，去探微钩沉，去寻根究底，而底是个谜，谜就是魅力和诱惑。"（《I》）匡燮正是从生活的深刻领悟中，从生活之谜底的猜度与寻觅里，真正触及了哲学的底蕴、哲学的内核。我们很难分辨这种领悟究竟是来自我国传统哲学的启示，还是来自西方现代哲学的诱导，也许它只是匡燮以他自己的令人钦慕的领悟参与了现代智者对人的终极价值的共同关怀，而在这种悟性和参与里，我们分明可以看到，他是在向读者发出一份哲学思考的请柬！

是的，匡燮是在天、地、人，情、知、意三维统一的整体领悟中，展开他诗意的沉思的。"没有执着和痴迷，没有世界；没有果决和断然，也没有世界。就像没有悲剧和喜剧没有世界一样。世界一半是吻合，一半是错位。他站在吻合与错位的切合点上。"(《H》)世界既是和谐的统一，又是矛盾的对立，每一个存在都处在对立与统一的永恒运动之中。吻合既是吻合，又是错位的过去和未来，错位既是错位，又是吻合的昨天与明天。正是在现在，在今天，吻合与错位交织并存于每一个体的现实存在，并存于整个宇宙生生不息的运动发展之中。

让我们看看"站在吻合与错位的切合点上"的匡燮是怎样认识、理解世界、生命与自我的。

"永恒是一种混沌，一种玄黄。"(《G》)固有的既定的意义在这里被消解了。因为，它们只是人的暂时给定。此岸与彼岸、理智与情感、回忆与忘却等等，似乎是不相容的对立的双方，却都有可能相互转换而消融于对方，而人对这运动着变化着的世界和自身的沉思既赋世界以意义，也使人获得了自身存在的价值。

"重叠着时间，时间便成了一个空间。重叠着空间，空间便成了结晶的多面体。时间和空间的重叠便显示了杂乱的丰富和无章的壮美来。"(《A》)时间和空间是世界和生命存在的方式和内容，匡燮对此，有着他自己的理解和体认。他是在时空的相互转变中来把握世界和生命的。正如艾略特所说，"时间现在和时间过去，也许都存在于时间将来"，而时间将来包容于时间过去。过去可以流入将来，将来也可以流入过去。过去和将来都可以流入和远离现在。现在是历史向任何方向展开的起点和终点。过去、现在与将来面对面了。过去流入了将来，将来也流入过去，瞬间因此也就成为永恒。《无标题散文》正是把飘忽不定的、稍纵即逝的心灵的吉光片羽定格，在刹那的永恒中展开对人生与宇宙的沉思。

匡燮说："他一个人在屋子里，他觉得他是在拥有他自己的整个世界。"(《F》)刹那可以成为永恒，有限也可以与无限相通。正如宇宙无穷一样，心灵的世界也是无限的，可以超越有形的时空，漫步于海角天涯，地老天荒。

"有静有动为世界。动即静，静即动为哲学"(《D》)，因为"静与动需要相互依存，缺一不可"（《H》）。对动与静的辩证关系的理解，匡燮也是从生命体验的层面上获得的。山与水，常常成为《无标题散文》的意象。山的博大在匡燮这里可以说是动中之静，万变中的不变，是短暂中的永恒；水的流动，可以说是静中之动，不变中的可变，永恒中的短暂。因此匡燮常常写到山水而忘乎山水，忘乎自我，而将自我与山水融为一体，从中获得一种完善的空间感和完美的时间感，在对永恒与不朽的惊叹里，去沉思宇宙万物中的生命现象与生命意义。

现实与梦幻也是匡燮常常涉笔的。"人是需要做梦的，尤其是很美的梦。"（《J》）匡燮曾经写过庄周梦蝶的故事，认为庄周唯其非蝶，这才梦蝶，一旦为蝶，它岂不要梦中化为庄周？人之所以为人，就在于总在不断地追求，并在这追求的过程中不断地沉思。在这个意义上，真与假、实与虚、现实与梦境岂不消融了界限而彼此相通了吗？

"简单了才是最大的丰富，才有他心中的诗意。"（《K》）简单与复杂，单一与丰富，在匡燮看来同样是相互转化的。庄子说："夫虚静恬淡，寂寞无为者，万物之本也……静而圣，动而王，无为也而尊，素朴而天下莫能与之争美。"匡燮的哲理性思考，不仅有现代文明的暗示作为心理依据，同时，他时时可以从传统文化中寻找到"理论支援"。意义，因此消解了既定的解释，而在新的层面上被重新整合，"也许什么都是，什么都不是。什么都是，如万物之灵基，什么都不是，如宇宙之混沌"（《A》）。"是"与"不是"的界限的打破，当然不是取消了人的思考，而是暂停"前理解结构"并予以悬置，以一种活泼的生命体验和新的思维方式去重新感知和认识世界、宇宙与人生。

"历史是一条奔腾的河，人是河中的一只舟。有时候，人是一条奔腾的河，历史是河里的一只舟。"（《C》）这里，匡燮是以人与历史的辩证关系来理解历史、理解人的。人被放在了匡燮思考的中心位置。历史只有经过沉思的洗礼，才会真正呈现为人的意义。既然历史创造了人，人又创造了历史；那么，人，只有在精神上承受接纳了历史，历史才会接纳人，给人以具体而真实的意义。匡燮因此十分珍惜生命，珍重生命，提出"每个人都要十分小心驾驶这只小舟"（《C》）。

"当你失望了，也许你才对希望了解。而了解是一个十分复杂的全过程。"（《A》）重要的是积极地参与人生。"没有尽头的路让人失望，也让人渴望，而尽头该是如何的美好呢？"（《J》）匡燮认为追求本身足以构筑人的生命的金字塔。"好多事，顶峰是诱人的，是追求中的辉煌。但是，登上顶峰了，一览无余了，反少了那份梦幻，有什么意思呢？"（《A》）人生本来就是过程。它使人从此时走向彼时，从此在走向彼在，从此身走向彼身。在这个过程中，不仅充满了时空、事件与活动，更可珍贵的是一种对时空、事件与活动的沉思。

"唯其等待和寻求，才有了动人的神话和传说。等待很美，无望地等待也许更美。美的是那份执着。何况无望有执着孕育着，也要开花的。"（《J》）无望因执着而走向了希望，等待也因此获得了意义。

"人生是一条不可知的路。"（《C》）但是，有一点，对于任何人来说，都是毋庸置疑的，这就是死亡。死亡是一个限定。正是这个限定赋人生以分量、以意义。因此，只有人，才能规定生与死中人与世界的意义。人是一切意义的创造者与被创造者。死亡意识的获得是生命意识强化的必然。人的生命的一次性与短暂性虽然难免使人陷入悲观，但却因此让人更加珍惜这生命。这不可重复的唯一的人生是每个人所拥有的全部，失去了它也就失去了全部。对生命的态度，既无须悲观而视万事皆空，也不必一味占有而过于黏滞于功利。匡燮主张一种介于两个极端之间的注重于过程的人生方式与态度。他说："人生和生命的全部美好就在于生长和消亡，在于烟一样的燃烧之中，在于花一样的开放和凋零。生是一种美，死也是一种美了。"（《I》）"怕走进自己的归宿吗？他现在无暇所及，他现在只有路途的劳顿，需要休息一下，好赏心悦目地赶往终极。"（《I》）以一种从容不迫的态度和心境，在我们的有限存在中，在我们置身于其中的现实生活中去寻找生命的意义，这无疑是一种现实的，又是一种超脱的态度。"他只想跋涉,不想成佛。"(《A》)他不愿在虚妄中走向完美,而宁可在曲折中走向真实,"因为没有曲折的人生,都是不完整的人生"(《C》)。

孤独是匡燮难以摆脱的恒定心态。孤独感有如影子始终伴随着他。人类文明史上的杰出哲人与战士,几乎都拥有伟大而孤独的灵魂。这种孤独往往是他们所从事的事业的社会历史内容的超前性带来的,同时又与他们对现实人生的极具荒谬感的形而上的思考有着深层的精神联系。随着现代理性越来越暴露它的缺陷与不足,随着个体生命体验的日益深刻,孤独感几乎成为一种普遍的社会心态。对于匡燮来说,这种孤独感与他对美的执着追求中的失落感分不开。他说:"为什么要感到孤独呢?根本的还是一种生命意识的执着,一种极端的认真,对美的事物的一种苦恋。"(《R》)匡燮是在生命的、审美的层面上,因为一种执着中的失落,失落中的苦恋,深深地陷入了孤独。即使如此,他仍然认为有必要与孤独告别。"他还是在他的土地上插进了木犁,尽管木犁很钝,土地很贫瘠,他将坐化在他的土地上,用这面好大好大的镜子,照出他这一段人生的景致。"(《F》)从根本的态度来说,匡燮仍然是一个执着于人生的理想主义者。这种理想不是建立在虚无缥缈的未来设计中,也不是一种盲目的宗教般的虔诚,而是来自他对生命的诗一般的眷恋。没有了耕耘,在匡燮看来,人生的风景线将是苍白的。重要的是,匡燮与他的这种眷恋与耕耘,拉开了距离,展开了自我审视。这就提供了一种可能,使他站在世界与历史的背景上,以一种更加广阔而深刻的眼光,锐敏而清醒地、宽容而深情地去认识社会和人生,体验和感受生命与存在。

宇宙在控制,生命在反抗。宇宙和生命都在不断地说明着和被说明着,说明着生命的丰富和无知,说明着宇宙的深刻和无极。

于是,生命的最终价值就在说明和被说明着了。(《C》)

作为个体生命存在的人,他与其他生命存在的不同,不正在于人在不断的实践活动中不断探询、说明着自身?正如卡西尔·恩斯特在概括柏拉图的思想时所说："人被宣称为应当是不断探究他自身的存在物——一个他生存的每时每刻都必须查问和审视他的生存状况的存在物。人类生活的真正价值，恰恰就存在于这种审视，存在于这种对人类生活的批判态度中。"但是，正如马克思主义所认为的，人同时又是群体的社会存在，有他的社会关系与历史关系。人在人类发展的漫长历史中不断被塑造、被说明，而历史又是人创造的、说明的。宇宙在说明人，人也在说明宇宙。说明与被说明既相互依存又相互转化。不能说，匡燮对人生意义、人生价值的思考尽善尽美。人生真谛的发现本来就是一个不断寻觅的过程。但是，在人类精神家园的寻找中，匡燮为我们提供的这份答案，其深邃而丰富的内涵的确耐人寻味！

一片心灵放牧的原野

现代生活，尤其现代都市生活的纷扰、繁杂与匆忙，现代文明，尤其现代理性对人的心灵的挤压，都促使着人向着宁静、平和与单纯频频顾盼。这不只是时代的困惑，更是人性的向往，生命的需求，正如鲁迅所说："夫人在两间……倘其不安物质之生活，则自必有形而上的需求……欲离是有限相对之现世，以趣无限绝对之至上者也。"[①]人类精神需求的丰富性、复杂性与多样性远远不是物质需求所能比拟的。人的内在生命的这种形而上的追求与思考，既是哲学赖以产生的心理契机，也是真正艺术的最高境界。

《无标题散文》是匡燮生命的一次布白，他曾深感于"从来没有想到过在自己的生命中也要留下一些空白出来，供自己低回和品味"（《A》），因为："空白的确是人生途中的一个问号，一个停顿、一次心灵的满足和整休。"（《R》）

---

① 鲁迅：《鲁迅全集》2卷，人民文学出版社，1958年。

空白是"人生途中的一个问号"。如前所述，匡燮对自我、人生、宇宙始终保持着一份不断探求的诗意的沉思。这种对心灵的拷问，常常使他陷入更大的迷惘。"说什么干什么呢？"（《H》）像这类连表白也成为多余的无奈可以说充分揭示了现代生活中的现代人的尴尬处境。面对"你越是追赶，便越是远离"（《D》）的不可企及，他深感"他在地上月在天上，什么时候才能等到呢？"的茫然与困惑。即使如此，匡燮仍然坚守着他的等待。"有一种等待是幸福，有一种等待是无奈。等待幸福有时让人焦躁，等待无奈让人依然无奈。等待幸福往往是功利的，等待无奈什么价值也没有，没有也得等待，这便是无奈中的无奈了。"（《A》）越是执着于人生，执着于生命的体验，这种无奈中的无奈也就来得越是强烈而刻骨铭心，越是具有非功利的形而上的意义。

正是这种无奈中的期待，促使了匡燮喜欢在人群中成为活跃的一员，也喜欢一个人静静地独处。"他一个人待着，像一个孤独的老人。"（《A》）他要在这种孤独的静观里去咀嚼和思考人生。伽达默尔曾经说过："所谓寻求单独，真正寻求的并不是单独，而是想长时间地思考某些问题而不受其他人的干扰。单独对人的灵魂有一种魅力，它几乎能呼唤一种醉意，这种醉意使人避开一切可能干扰这种亲切状况的事物。对单独的寻求其含义总是想固执于某种东西。"匡燮之所以说："他挽着清风，清风也挽着他。"走在街市上，而在别人看来，便成了海市蜃楼，正是因为他总是在心灵深处保持着对美的固执的追求和憧憬，虽然这种追求和憧憬近乎虚幻，但却是一种壮美的景致。

"空白又是心灵的满足和整休。"构成《无标题散文》的心境世界，除了困惑与孤独，同时也有温馨与轻松。"他像牧鸭人一样，在水中放牧着自己的一颗心。"（《G》）目的在于"要好好地捉摸（琢磨）一下了，这一路上的好风景"（《G》）。在尘世生活的喧嚣、芜杂中，匡燮要为他生命的体验寻找一个栖息之所，以把他所领悟的人生从容咀嚼。"空白"不仅仅是安顿那痛苦孤独的灵魂的乐园，也是他舒展开那颗紧张而疲惫的心,在怡然自适中审视世界与自我的一方净土,不容他人践踏,也不容自我践踏的圣洁之地。"狐修炼于山林,人修炼于闹市,但各自都追求着对方的生活和目的,但他不是这样,他只希望在夕阳将沉的时候,有一片彩霞陪着他。"(《C》)只有以一种审美的而非功利的态度来看取人生,才有可能保持着这样平和宁静无欲无求的心态,与自然造化融为一体。匡燮说他"喜欢纷纷乱乱地想,既不是行为,也不是思想,只是一片无定的云。把过去的痕迹统统说出来,留住一片记忆就行了"。

当然,匡燮追求精神上的洒脱,也表明他还不曾真正达到这份洒脱。在心灵的深处,他仍然难免矛盾。"心要拉着身子一同走,身子要拉住心一同坐下,两端相互牵扯着,像拔河。情绪是一条浮荡的游丝,系住身子也系住心。"(《G》)他的心绪仍然徘徊于身与心之间,徘徊于诱惑与超脱之间。这样匡燮的"空白"也就不可能成为一片真空。"空白并不可怕,可怕是空白也是一种内容,也是不空白。"(《H》)在心灵的空白里,流动的仍然是生命的热流,心灵的追求。人类大约永远也摆脱不了这样的两难处境。"虽然他不愿自己艺术化,但是他愿意自己是一首苦涩的诗。极黑处是一种光滑,极白处是一种光滑,唯有相克相生着是一种滞涩,滞涩便是苦。"(《D》)他不愿极端,他宁可在两极的相互冲突中成为一首苦涩的诗。他只能以一种自我调侃的方式,将苦涩冲淡与缓解。"逆流而上是勇敢,顺水漂流的便是落魄。他想还应该有第三种情形,逆流而上不勇敢,顺水漂流而不落魄。清而不澈,混而不浊。他想,他这是对自己的一种调侃。"(《G》)调侃是一种自信,来自对生存处境的清醒认识和敏锐感受。他分外沉痛地感受到现代社会中个体生命处在重重包围中,任何想要摆脱与冲破包围的愿望与行动都将付出巨大的代价。匡燮说:"想要移动别的位置,先得争取移动自己位置的自由。"(《H》)现代文明的铁律早已将每个个体限定在各自的固定位置上。个体生命的充分自由的发展是与整个人类充分自由的发展互为条件的。匡燮只有向心灵呼吁,以调侃做伴,孤身展开争取心灵自由的搏击。"他重将散漫的心聚拢起来……像某种仪式一样。是的，该上路了，不管路在何方。"（《I》）重要的是寻找，在寻找中发现通往理想的道路。

一座营造独语的迷宫

散文的语境即散文的语言氛围既是形式的又是内容的。它是一种"有意味的形式"，是作家心灵的艺术外化，是作家审美方式特别是文体选择的必然表现。面对人生的散文，尽力消除文体语境与日常生活语境的间离，以最大限度地反映现实人生，实现与读者的沟通，追求一种话怎么说就怎么写的世俗化语言氛围。而面对心灵的散文在语境的格调、氛围上则迥然相反，它力求扩大文本语境与日常生活语境的间离，以营造一个相对自足的心灵世界，实现作者与自我的心灵对话，追求一种充满诗学意味的独语体语言氛围。

《无标题散文》为我们营造了一座心灵独语的艺术迷宫。无论在艺术视角的变化上，内在结构的打碎与重建上，还是在语言的风格上都有着与写实散文完全不同的独特之处。只有换一种阅读方式，我们才有可能进入匡燮《无标题散文》的艺术天地。

独语要求与现实生活，甚至与作家自我形成心理距离，以进行诗意的自我观照。这就决定了独语体散文的视角是变幻的、多重的。人称的转化往往在同一时空下完成，这种转化又往往在同一时空内复归于一体。

《无标题散文》中的"我"，当然指的是作者，但有时，由于引入了第二者，这个"我"可能又成为对话者的自称。更多的情况是，除了"我"之外，文中还常出现第二人称"你"。但这个"你"并非叙述者的交流对象，"你"所指涉的仍然是"我"。"我"被作家分裂了，所谓"你"实际上是另外一个"我"，是"我"的外化与影子。"你"的出现只是为了从另一个"我"的角度来审视自身。

"你在热烈着的时候，却在下意识地冷淡着；你在冷淡着的时候，却在下意识地热烈着。"(《I》)这个"你",无疑是"我"的外化、"我"的对象化,用以传递一种中年人特有的成熟的自我分析。

在更多的情况下,匡燮往往采用"他"这样一个叙述角度。这个"他"显然是独语者自身,并不是与之进行交流的第三者。"他"的介入,只是为了使"我"分解为又一个自我,以在相对距离中展开自我的审视。紧接着上引一段文字,作者写道:"他不知道这种感觉对不对,但这种感觉却让人心碎。"无论是"你",还是"他",实际上都是作者的外化。"你"与"他"借助"人"这个不定人称指谓而复归为"我"。《无标题散文·C》的第三小节,同时出现了"你""我""他",可以说集中反映了心灵独白时,"自我"对象化的灵活性与多变性。由于"我"可以同时忽而"你",忽而"他",这就极有效地扩大了心理空间,让"自我"分裂为不同化身,以展开心灵的对话。

这种角色的悄然转换,不仅酝酿了散文的朦胧感、不确定感,而且在心理距离形成的空白中,保证了散文的冷静客观的超脱感与空灵感。《G》的第一节写"静下来,心路开始远行","溪是热情的,山是冷静的。溪在追求,山在等待……""现在,他双目微合,坐化在一座山峰上。他要看尽溪的曲曲折折,山的起起伏伏"。"山"也好,"溪"也好,"他"也好,其实都是作者"我"的外化,"山"与"溪"是作者心路的不同走向的意象化。"溪"写作者心路的热情追求,"山"写作者心路的静观默察,象征与暗示了作者不同的价值追求。"他"对这种不同的人生态度采取了同样的审视与超脱。

值得注意的是"她"。"她"在某种情况下是抽象的概指,是美的具象化,可以幻化为不同对象,如月,如影;但在另一种情况下,"她"又是一种确指,有具体内涵,或指作者妻子,或指作者女友,在阅读过程中,只要细加体味,不难分辨。

除了视角的转换,《无标题散文》语境的显著特点是在传统结构瓦解的同时重构了一种新的结构。如果说意识流打碎了时空的物理秩序,以一种心理活动的自然流程与跳跃性、放射性、散漫性放逐了传统的逻辑关系，那么，《无标题散文》不妨说是一种情绪流。较之于意识流，也许更具有它的自由性、开放性与不确定性。关键在于，作者并不是以直白和宣泄的方式，而是广泛地采取了暗示、象征、通感等艺术手段，把自己的生命体验审美化了，意象化了。

意象的组合，可以说把每一篇心灵的独白都转换为可视的形象。就每一个意象而言，它的表层是清晰可辨的，问题在于隐藏在表层后的深层意蕴，往往恍惚不定。这是由于作者丰富而飘逸的想象与联想力总是把按常规思维看似乎是毫不相干的事物巧妙地联系起来，于是形成了局部不朦胧整体朦胧的审美效果。作者追求一种传统画中大写意的整体意蕴，在审美距离中，向读者发起了挑战，要求读者调整自己的审美视角，不是以思辨的而是以感悟的方式，用心灵、用情绪去体验、去领会、去进行审美的再创造。作者曾明确告诉我们，他是在写音乐。而音乐本来就是多义的，不确定的。如果我们过于黏滞于作者的本来意图，甚至刨根究底地想要寻找每一则散文的"本事"，反倒把我们束缚了，限定在一个有限的框架之内了。结合我们自己的生活感受与生命的体验，我们完全可以从中咀嚼出、体会出属于我们自己的感受与领悟。

《无标题散文》是无结构的结构，无头无尾，起之于当起，止之于当止。它的叙述方式是漫无边际的自由联想，很难寻找到一种明晰的内在脉络与叙述秩序。作者提笔就写，可以说是不假思索。不是作家在指挥笔，而是笔自由游动在作家手底。匡燮曾说过："什么都忘了，提笔忘字，如果能提笔忘心会多好。"（《G》）《无标题散文》就是在一种惘然自失的连心也忘了的状态下自自然然从笔底流泻出来的，笔不停挥，完全跟随着情绪、心绪、意绪而运笔而行文。匡燮同相当一批中年知识分子一样，承担着繁重的行政管理与具体专业工作。社会的、职业的、家庭的繁杂、琐细的困扰越是沉重、紧迫，压得人喘不过气来，他越是想写作，越是会忙里偷闲，匆匆提笔。一旦进入写作状态，他就适然怡然，轻松自如，沉浸在一片生命的怡悦与充实的汪洋大海之中。他无须惨淡经营，苦思冥想，搜索枯肠。写作对于匡夒来说，不仅是生命的需要，而且是他生命存在的方式和确证。他陶醉在创作的欢快里，获得了生命释放后的莫名的轻松。他不再是作家，他自己仿佛就是一件艺术品。

"一切都不是推理出来的。推理不行，那需要一个过程。他是刹那间，十分莫名地便有了一个想法，雨一样掉进脑子里。雨也不准确。准确地说是没有顺序，没有先后，黑暗里蓝电一闪，全部的光明便刹那间到来了。"（《H》）这一段话用来理解《无标题散文》的结构是再恰当不过了。没有推理，没有逻辑，一任情绪、心绪、意绪喷涌流淌，洋洋洒洒，自由驰骋。这是一种开放的、创造性的思维方式，审美的、艺术性的思维方式。正如他自己所说："野草如麻，野草如织，野草如一片情绪，在他的心上生长着。"（《C》）作家那支灵动的笔，不阻不涩，自由出入现实与幻境、客体与主体、实与虚、心与梦之间，渲染着一种幻美的神异色彩，注入了变形了的现代生活的复杂感受，恍若现代神话、现代童话。匡夒认为"童话是藏在心底里的渴求"（《B》）。他成功地把心底的秘密写进了他的现代童话。

在语言风格上，独语具有超现实的浓烈意向：朦胧、飘逸而柔美。它缺乏那种面对人生所带来的强烈社会冲击力，而以整体审美体验的蕴藉与含蓄予读者的心灵以诱惑、以暗示，在联翩的浮想中，获得审美的慰藉和人生哲理的沉思。

《无标题散文》的语言极富感觉性。这种感觉性的语言常常具有本体的意义，散发着丰富的弦外之音和哲理暗示力、牵引力。匡夒特别善于将抽象的对象予以具象化、意象化。在这些具象与意象中投射着个体的生命体验和审美直感。

"他刚要举起猎枪，想把思路的轨迹画在弹道上时，猎枪被拿去了。"（《G》）这是写思路的受阻。

"一个小小的逗号，丢失在思维的半路上，幻化成一块'，'的化石"。(《G》)这是写思路的中断。

有趣的是,作者在写这些片段的、破裂的思路时竟然洋洋洒洒,一泻如银。

一次前景诱人的探索

独语的文体,独语的语境,无疑是特定主体状态的显性呈现。这种主体状态既指作家的独特感知方式,又指作家的审美态度、审美理想,因此在深层背景上,它又是作家个性与特定时代的心理、文化特征内在联系的隐性存在。我们仍然认为作家与作品、与读者、与时代构成一个互补的多维结构,了解作家是理解作品的重要通道。

匡燮是一个艺术型的人,热情、敏感而纤细,具有很高的艺术悟性。在单位他是一位出色的领导,以公正、平易近人和富于开拓精神深得同人拥戴,把工作搞得红红火火,有声有色。在朋友之间,他是一位坦率得近乎天真、机敏得逗人喜爱、忠诚得让人信赖的人。在家庭,他是一位好丈夫、好父亲,具有民主作风与平等意识。匡燮当然不乏天赋,但更为重要的是,他对艺术的虔诚与献身。在精神漫游的田野上,他默默地耕耘了十多个年头,还渐渐积累了深厚的人生和艺术经验。他的书法与他的散文一样都达到了很高境界。《野花凄迷》是他奉献给读者的第一本散文集,凝聚了孜孜以求的十年心血。他从模仿学习杨朔起步,继而把借鉴的目光转向二三十年代现代散文和七八十年代港台散文,又扩展到英国随笔等西方近代散文,延伸到明清小品、笔记等古代散文。他与当代陕西散文诸名家有着密切交往并虚心地向他们学习。他向多方面借鉴,但又不拘泥于一家一派。他终于开始形成他自己的风格,这就是我们在《野花凄迷》里看到的那种凄迷的美、视觉的美、意蕴的美。《无标题散文》在《野花凄迷》的基点上显然又迈向了一个新的更高的台阶,它是《野花凄迷·心态断条》的发展和深化。无论在匡燮个人的创作历程中,还是在当代散文发展的总格局里，《无标题散文》都有它不容低估的价值。

这也是必然的。它标志着作家人格和艺术追求的永不停息。

作者曾经有过一幅自画像：

"本自山野人，常想山野去，耐不得官场无赖，红尘烦扰，平生趣，无宝玉才，有宝玉癖，最喜黛玉颦眉，晴雯脾气，辜负了金钗美意。松魂月魄，闲风野鹤，知我者，莫相逼。"（《Q》）从这份形象勾勒了作者人生态度和性格、情趣的自白中，我们不难窥得《无标题散文》成功的原因。

诚如作家夫子自道："艺道即天道，天道即人道，人道者，我心之道也。"（《Q》）作家深谙艺术的精髓在于艺、天、人、心的相互契合与贯通。因此，在散文创作中，他认为："何必要懂呢？何必要一览无余呢？文章应该作成一座永远读不尽的山……准确说是山的一片倒影，倒在我的心泉里。"（《R》）他企盼的是映在心泉里的永远读不尽的山的倒影式的散文，那是如同生活、心灵的无理性、无规则一样的朦胧和变幻无穷。"他追求的风格是深山的瀑布，一条白练落下来，疑是银河落九天，山中没有人，飞瀑又远了，热烈也清幽了，大气磅礴了，也流丽俊秀了。"（《G》）热烈与清幽同在，大气磅礴和流丽俊秀并举。热烈以清幽出之，大气磅礴以流丽俊秀显现。这该是怎样一个诱人的艺术境界。《无标题散文》正是迈向这一诱人前景的成功举步。

选自《贾平凹的小说与东方文化》，陕西人民出版社，1992年

审美征服与精神拯救

——匡燮《记忆蛛网》序

这是匡燮的第四本散文集。

20世纪90年代的第一个冬日,匡燮携着他的第一本散文集《野花凄迷》给本来就缤纷的陕西散文园地带来了一份凄迷的美,在热情的读者圈子里造了一个不小的轰动。今天来看,匡燮散文这些年的发展变化,在这本最初的集子里,已初露端倪。可以说《野花凄迷》是匡燮散文各类文体与式样的母本。

四年后,匡燮又以他的《无标题散文》的出版再次在西安地区引起强烈反响,并逐渐波及全国。独语式的、精致而优雅的文字,把读者从欲望的重重包围中引领出来,走向心灵的自我独白,一个澄明的中国式的"瓦尔登湖"。

不久前,匡燮给读书界奉献了他的第三本散文集《悟道轩杂品》。与《无标题散文》成为一个鲜明的对照,《悟道轩杂品》是社会档案式的,强烈的当下关怀以及从日常生活琐事中引申而出的人生感悟,赋这个集子以浓重的社会性。艺术触须的由里及外,由内心向周边世界的扩展和延伸,显示了匡燮散文操作层面的多样化,显示了匡燮散文艺术视野的广阔。

现在,呈现在读者面前的匡燮的《记忆蛛网》,我以为,无论在匡燮个人的文学生涯，还是在全国散文创作格局里，都是一个醒目的界碑，一份重大的收获。它标志了匡燮散文迈向了一个新的境界。在一定程度上，它传递了如下信息：我国散文创作的现代化追求，是一个历史的过程，是一个正在行进中的演化，而《记忆蛛网》是这种追求的一次成功探索。至少，它告诉我们：我国现代散文创作的原野上，正在开放它不败的花朵。

"五四"以来的新文学，散文无疑是收获最丰厚的，较之于小说、诗歌与戏剧，散文在承续传统、实现从传统向现代的创造性转化上，经过一代又一代作家的努力，可以说成效卓著，构筑了一道苍凉与辉煌并存的风景线。

事实上，在近代启蒙的诗界、小说界革命中，散文始终扮演着一个重要的角色。白话的形式，对平民生活的介入，对时代风云的感应，使得这批早期的世俗化散文赢得了它最初的成功。其后，不绝如缕的大众化要求，一方面呼应着社会的变革，一方面又连接着我国散文的世俗传统，给世俗化散文创作注入了新的活力。20世纪50年代以后，以赵树理、老舍为代表的世俗化散文，无可避免地走向政治化、理念化；但进入90年代，这种情况有了一个很大的变化。伴随着商品与市场的冲击及其与文化、文学的联姻，像王朔、方英文似的，消解着貌似合理、似是而非的常规常理的世俗化散文备受读者青睐，就再次宣告了我国世俗化散文传统的复兴已经到来。应该充分认识到，随着大众文化的普及，文化的广泛下移和世俗关怀的日益进入社会各个层面，世俗化散文或者散文的世俗化将是未来散文发展的一大走向。

当着散文世俗化被大众呼吁，被权利话语倡导（如《在延安文艺座谈会上的讲话》所提倡的），"五四"以后，散文发展的另一个重要趋势就是散文的日趋欧化与诗化。在某种程度上，这种欧化、诗化的散文一度曾居于散文创作的主流地位。当年瞿秋白及其同道对这种倾向的讨伐，不能说没有它的合理性。不无讽刺意味的是，20世纪50年代后，大量现诸报端，以至进入大、中、小学教科书的散文，正是这类不乏洋味的甚至是伪浪漫主义的时文。它所带来的影响，就是杨朔式、刘白羽式散文一度成为样板与范式，以至人对散文的诗化、诗化的散文倒了味儿般一律反感。

显然，诗化的散文是散文发展必不可免的趋向，它既是世俗化散文的必要补充，也是世俗化散文发展到一定阶段后的内在要求。这个要求就是散文从世俗走向精致。这种精致化要求，不仅散文中有，其他各类文本都有。散文园地本来就应该是一个长满奇花异草的百草园，多彩多姿、风情万种从来是散文创作的风貌。人们对诗化散文的一度拒绝，并不是拒绝诗化散文，而是拒绝诗化散文所充斥的政治神话和个人迷信。

综观匡燮的散文，在总的艺术追求上，属于雅的、精致的一类，它因此而在审美风格上与俗的、大众的散文有明显的区别。

如果从散文的叙述视角着眼，如同传统散文一样，"五四"以来的散文，大体上又可以分为客观性散文和主体性散文。

客观性散文侧重于对外部社会生活的反映，大量写人记事的散文以及反映民俗风情、自然山水、人文景观的无不属于这一类。这类散文，当然有叙述主体，但在通常情况下，叙述主体的抒情与议论，是建立在对外部世界的描述基础之上的，模仿自然或再现自然的这类散文并不意味着对倾向性的排斥。也就是说，忠实自然本身并不构成艺术的目的性，通过或借助自然以申诉创作者的某种意图，在客观性散文中是最常见的。

在相当长的一个时期里，客观性散文几乎处于主流地位。本来，"五四"新散文是以人的发现与解放即个性的张扬为其精神特质的。它推崇的是对传统习俗的反叛，推崇的是个人情感和欲求。不论是郁达夫、徐志摩、章依萍还是谢冰莹，他们的日记体、书信体散文都曾风靡一时，至今仍不失其本真的艺术魅力。强烈的个人色彩和这种自我崇拜中催生的浪漫情调，几乎左右了当时的散文创作。但，正如我们已经看到的，个人的孤立无助与个性解放的处处碰壁，使社会解放的口号，很快取代了个性解放。中国的社会结构和社会心理所孕育的群体意识，经历了马克思主义与我国革命实践的结合，这种集体无意识就以"革命"的名义，引导了郭沫若、蒋光慈等一批人的转向。这一精神逆转在散文创作上的结果，就是客观性散文跃居正宗地位，而这恰恰又与我国传统散文的载道宗旨一脉相承。散文的这一变化，其突出代表就有何其芳，去了延安的何其芳曾为自己的《画梦录》而不断忏悔，从此改变了自己的艺术面貌。

与客观性散文成为对照的是主体性散文，这类散文不再满足于对自然、对客观的真实再现，它所追求的是依从主体对客观的感觉、感受、感应、感悟，创造出"第二自然"，即追求艺术的真实，它尤其看重主体对客体的瞬间直觉与印象。在某种意义上，客体成为一种契机、一种引发、一个媒介，构成散文主体的是创作者的丰富联想与想象，它看重的不是对客体的准确复制，而是意境的创造，是意象的构成与组合。主体性散文对外部世界的这种审美取向，发展到极致就是非自然性，即对外部世界的变形处理。

向内的发展与深入，主要表现为叙述主体的心理活动与情感世界，这种主体性散文的私人话语形态，其实也是异彩纷呈，各具艺术个性的。例如，张中行散文侧重于人生感悟和认知判断，余秋雨散文侧重于文化追踪与人格重塑。有的则将艺术的扫描对准内心微妙而复杂的变化，写梦、写幻觉、写无意识，在意识的深处进行艺术的勘探与冒险。匡燮的《无标题散文》正是这种独语式的心灵剖白，而《记忆蛛网》中一些成功的篇章，可以说仍然延续了《野花凄迷》的强烈主体性，在《无标题散文》与《悟道轩杂品》的丰富艺术积累的基础上，将它提炼得不露痕迹，且风流尽得。

匡燮散文的主体性品格的获得，与我们时代的文学风气是互为呼应的。市场经济的兴起，促成了人的发现与解放，在其深度与广度上，是"五四"新文化运动所不能比拟的。意识形态话语在审美领域的逐渐淡出，纯文学话语也因此在长久放逐之后，开始了回归，这在各类文体中都有显现。散文，这种最具个性的自由文体，尤其得风气之先。

当新时期文学在何士光的《乡场上》、高晓声的《陈奂生上城》里，重新接过"五四"时期人的觉醒的旗帜，让冯幺爸与陈奂生堂堂正正地站了起来，维护了自己的人的尊严时，我们可以看到，"五四"的启蒙思想，在六十多年的历史蹒跚之后，仍然是我们社会的需求。同时，我们更痛苦地发现，我们的作家仍然过于乐观，仍然如"五四"后的那批作家一样，让浪漫主义的激情蒙蔽了自己的理性目光。无情的事实是，冯幺爸与陈奂生在人的解放的道路上，仍有一段长长的隧道，有待他们穿越。

正是在这样的思想背景之下，匡燮散文的主体性逐渐从轻松明快走向了深思。

不妨读读《琵琶亭对话》与《浔阳楼意趣》这一组散文。琵琶亭与浔阳楼已不再是纯客体的存在，它们全部进入了创作主体的意向与情绪之中。这才有了匡燮与琵琶女、与白居易、与施耐庵、与宋江的超越时空的对话。空间的阻隔，时间的差距，在匡燮的艺术世界里，是被解构，还是打碎了重组，这些似乎并不重要，重要的是匡燮与这些历史人物、艺术人物的心灵沟通。大量的非直接引语，如《琵琶行》原诗，不加引号，直接进入文本，这使得叙述者的声音不再是单一的，而是呈现了一种多声部的音乐效果。与余秋雨文化散文犀利的理性剖析不同，匡燮的文化散文更倾向于人性的沟通和氛围的营造。

在对历史的重新解读里，匡燮似发现了他的艺术自信心，他的一批历史文化散文因此也就写得游刃有余，得心应手。他的确拥有从文物古迹中穿越现象直抵历史心灵的感性把握力，这种感性把握力一旦与匡燮个人的阅历的曲折与深沉相撞击，就激活为一种独特的生命体验。质言之，自然的对象化是在匡燮的生命体验里完成的。

匡燮遨游于山水风情。模山范水并非他所长，他也似乎无意于此，他看重的是山水之内在性灵。同时，匡燮也是浸淫于友情、亲情之中，写了一系列人物散文。

如果说，《记忆蛛网》里《青眼，白眼》《夜约晁海记》及华阴人物系列，叙述对象是以他们各自的性格特征、人格魅力征服了叙述者匡燮，促成了匡燮以自己独特的感受把这些人物浮雕般推到了读者面前，那么《问佛》《与亚平文交人交》《品沈奇》《海祭》等等，就与前者拉开了距离，呈现了全新的风貌。

《问佛》一类散文中，匡燮不再拘泥于对象本身，而是彻底摒弃了那种就事论事的浮浅与琐碎。虽然，撷取人物的片言只语、某个行为、某种情绪表达的独特方式，点染开来，从中发现某种意味，几乎已成为为数不少的人物散文的惯用手法，但匡燮在《问佛》之类散文中走的是另一条艺术之路。凸现在《问佛》之类散文中的，只能是匡燮个人的人生感悟，是匡燮为人之道、为文之道的夫子自道。这绝不意味着叙述对象已退隐在背景中，或仅仅是一个道具，而是说人物一如《琵琶亭对话》中的琵琶女、白居易那样，在主客体的交融里，获得了新的艺术生命。无论是《问佛》中的赵长安，还是《与亚平文交人交》中的高亚平，他们分别是匡燮心灵的显影液浸泡、定格后的长安与亚平。换句话说，这里是主体化征服了对象，而不是对象对主体的征服。就艺术的创作来说，哪一条路子更为读者所喜爱，这当然会因人而异。但既然散文是自由心灵的自由创作，那么《问佛》这类散文鲜明的个性魅力，应该说自有它的迷人之处。

以《品沈奇》为例，全文系于一个"品"字，沈奇的人格、文格被安置在了匡燮的情感世界里，剔去了多余的枝枝蔓蔓，只留下了给予匡燮以情感冲击力的二三细节。面对朋友，匡燮沉浸在遐思冥想里品味着沈奇，品味着自己，品味着人生。沈奇的神采，沈奇的性灵，就因了匡燮的品味而飞翔在每个读者的审美再创造里了。

这很容易让人想到平凹。在平凹不少写人的散文中，传统写意画的细部点染，被运用得更加娴熟自如。平凹常常高度简洁地撷取人物的一个眼神、一个微笑，略加点染，就分外传神地把人物推向读者。你当然不会迷惑，你会十分清醒地意识到，这个人物完完全全是平凹眼里、心底的人物，与生活中的那个人物原型其实是有相当距离的，唯其在似与不似之间，艺术的趣味也就淡远而悠长。而这，正是匡燮散文所追求的。

审美的精致化和主体的个性化，赋匡燮的艺术大厦以独具的风貌。然而，真正决定了匡燮散文审美价值的，仍然是支撑这座艺术殿堂的精神品质和思想意蕴。

哈耶克认为："一般来说，各个人的教育和知识越高，他们的见解和趣味就越不相同。而他们赞同某种价值等级制度的可能性就越小。……其结果必然是：如果我们希望找到具有高度一致性和相似性的观念，我们必须降格到道德和知识标准比较低级的地方去。在那里比较原始的和'共同'的本能与趣味占统治地位。"①作为一个自由主义者，哈耶克在这里论述的是观念一致性和差异性，以及由此形成的见解与趣味的异同，他告诫我们切勿坠入原始的本能与趣味。借用哈耶克的这一观点，我们可以反思当前散文创作中的以揭隐私为能事的暴露散文，以及所谓"三分聪颖，三分感觉，三分真情，加上一分还不至让人生厌的虚荣心"的小女人散文。还有把媚俗当作奖章的对市侩情调的迎合。这些散文显然是误解了世俗化和世俗关怀。他们认为俗就是俗，世俗就是世俗，无所谓深意。他们只要平面，不要深度。他们忘记了迎合绝大多数市民的，缺乏必要的精神提升的所谓世俗，只能是最大的公分母。在这里，道德与趣味已经降低到本能的水准。

这当然不是说，教育与知识一定与人的素质成正比。但在通常情况下，一个作家的审美情趣总是和他的教养、素质有着不可分割的内在联系。而且，当我们指认匡燮散文的主体性时，我们绝不可忽略这主体的内涵。审美主体并不等同于一般的主体，它有着审美的、美感的质的规定性。

苏珊·朗格就曾在《艺术问题》中写道："艺术家表现的绝不是他自己的真情实感，而是他认识到的人类情感。"②一己的悲欢只有与人类相通，它才有可能获得审美的意义。世俗的关怀，如果不能通向人类的终极

---

① 哈耶克：《通往奴役之路》，中国社会科学出版社，1997年。
② 苏珊·朗格：《艺术问题》，中国社会科学出版社，1983年。

关怀，那只能使作品匍匐于地面，而永远不可能飞腾。

现代艺术与传统艺术的重要区别大约就是对哲理性的整体追求。既然，艺术作为人类掌握现实的一种方式，是区别于理论（科学）的、宗教的实践——它是精神的，那么艺术就无权拒绝对人的命运、人类命运的整体思考。正是这种思考的深度与广度决定了一部作品、一个作家的精神品格与思想意蕴。

《问佛》之所以震撼人心，就在于主人公赵长安的生活细节铺垫之后，写出的那个"晴天霹雳"：

> 这么一个少有的好人，怎么说死就死了呢？……世道天道怎么这般不公，好人竟然早死，而不该活的人却好端端地活着。……
>
> 赵长安一准是去了西天。
>
> 可是，佛却说，此刻的赵长安并不是在西天，眼下的西天是去了一帮恶人，官场无赖、文场泼皮、落井下石的、卑怯如狗的等等的一帮恶人，我就问佛：
>
> "这些恶人是哪里来的？"
>
> 佛说："从东土来的。"
>
> 我问："我的朋友现在何处？"
>
> 佛说："还在东土。"
>
> 我问："怎么还在东土？"
>
> 佛说："在引渡恶人。"
>
> 我问："这是怎么一回事？"
>
> 佛说："恶人引渡完了，东土就是一片净土。"
>
> 我无语，佛也无话。

不厌其烦地大段摘引是想说，至少在人性关怀上，匡燮正步当年鲁迅后尘，以一种悲天悯人的博大胸怀拥抱着困顿在尘世的苦痛里的大众的灵魂。

当年鲁迅就曾在《祝福》里为我们塑造了一个祥林嫂,她活着不得安宁,死后肉体被锯成两半的惩罚,让她的灵魂在地狱也备受煎熬。如鲁迅所说,这是怎样的一个"非人间"的存在!

匡燮似乎是想拯救!

不计成败,重要的是拯救!

匡燮的拯救的思考,在《林·路·人》一文中,有着更为明晰的表达。

这篇散文有一副标题——记友人兼对中国文学史的一次无意识关照。完全是意识流的写法,这也是匡燮的拿手好戏。

匡燮认为中国的人文知识分子真正能固守精神家园的,在文学上可以说屈指可数。"精神家园的破坏和大自然生态环境的破坏同样严重。"这振聋发聩的判断,不独具慧眼与胆识说得出来吗?

《记忆蛛网》是篇散文的题目,匡燮以这样一篇散文的题目作为这本集子的标题,可见他对这篇散文的看重。匡燮是智慧的。"一座遥远的边城,秋季,正是草木茂盛的时候。"匡燮目睹了一次蛛网的结成,"从此,我便记住了这算得上动魄惊心的一幕。之后,也便想起来了大半生我对蛛网的一些零碎的记忆,就一边干着自己喜欢或者不喜欢的杂事,一边继续走着自己想走或者不想走的路"。以蛛网的记忆的片段,连缀成一片心境、半部人生,匡燮散文结构上的这种奇妙与灵动常常给人以美的惊喜。但尤为重要的是,蛛网结成所勾起的匡燮关于人生、社会的思考,正是这种思考,支撑起了这一座记忆的树林,赋它以灵魂,以美感,让我联想起了这个世纪(20世纪)初许地山的《缀网劳蛛》。在这篇小说里,许地山以他的慈悲与博爱,宣扬了一种人生哲学:人生如劳蛛,不断补缀着尘世的网。然而,到了匡燮眼里,他又有了自己的发现与感悟。

我们曾经有过《一地鸡毛》似的作品,有过《一点正经也没有》类的作品,这些作品的出现有它的社会合理性和文学发展自身规律的必然性。但是,当商品经济的大潮惊涛拍岸之际,一些作家、一些人文知识分子的四顾茫然，日暮乡关何处去的迷惘，究竟要持续多久呢？充斥于某些散文中的境界低下、狭小的精神萎缩、卑劣的格局，难道不应该有一个解构后的重建吗？我国新散文要与世界散文展开平等的对话，关键仍然是精神品质与思想意蕴的建构。穿过云层，就是阳光。人类正面临着许多相关的共同困惑。我们的作家，人文知识分子，对此完全可以交出一份自己的答卷。

《记忆蛛网》里的作品，并不都在一个水平线上。一个作家，能有一两篇作品留在文学史上，就已经很荣幸了。何况，我们正处在信息时代，作家的书写和读者的阅读正在发生根本性的变化。在这样一个变革的年月，我们能读到匡燮的《记忆蛛网》，也不能不说是一件幸事。阅读就是选择，而选择的随机性与必然性其实是概率同等的。

在通常情况下，批语家的目的近似于一个高明的读者的目的，这就是"感受"具体的完整的文本经验，并且努力直接地具体地向读者传递这经验，而不是用概念为自己的经验辩护。这是利维斯汀在与《文学理论》的作者韦勒克和奥斯汀·沃伦学术争论时提出的一个很好的观点。

需要指出的是关于"文本"，它不是指印成书本的"制成品"，这只是一个具有潜在含义的文学实体，它本身的意义是不变的，它只是第一文本。只有经过读者阅读、构成意义的整体的才被称为作品，也称"重制品"或第二文本。显然，文本经验是以阅读者在阅读过程中的具体感受为出发点的。

这篇序写得似乎过长了，原因在于想与读者直接地具体地传递我个人的文本经验。当然，我不得不使用一些概念、一些规范与标准，否则，我们将无从展开文本经验，也无从展开平等的对话，聪明的读者想必会理解这一点的。

请与我同行，走近《记忆蛛网》。

原载《唐都学刊》2001年第1期

人的现代化的坚守与呵护

——谈李天芳的散文创作

　　一个作家能有一篇作品被选入基础教育课本，这就很不容易了。鲁迅的《秋夜》，朱自清的《荷塘月色》与《背影》，冰心的《小橘灯》，等等，成为家喻户晓的名篇，就与这些文章都曾入选中小学语文教材有一定关系。而天芳也有幸进入了这个作家队伍的行列。她的《赶花》《打碗碗花》以及《种一片太阳花》就是义务教育的统编教材内容。

　　罗素曾经讲过，各国的教育都面临着如下的两难选择：或者侧重于培养社会所需的公民，他们在各个方面都是按照社会普遍认同的价值观念在学校里成长起来的；或者侧重于充分发展个性与特长，而不要求他们成为通才。罗素曾以马克思、爱因斯坦等这些伟大人物为例，深刻指出，这些对人类发展做出过不朽贡献的出类拔萃者，常常为常规的学校教育所不容。这至少证明，传统的学校教育存在着弊端。同时，罗素认为，目前各国的教育都以前一种培养目标与培养方式为主，这是维护社会稳定的根本要求所决定的。

　　细细想来，文艺作品何尝不是如此。某些作品，如米兰·昆德拉所说，常常在审美与道德上采取一种向社会叛逆的价值取向。如果不是这样，至少也会让道德判断暂时中止，如《查特莱夫人的情人》之类。想当年，老托尔斯泰的《复活》问世之初，不是曾经有过一场风波吗？雨果的

《欧那尼》，作为浪漫主义运动史上的名著，在巴黎初演，也是风潮迭起，充满戏剧性的。

但是，一个无可否认的事实，正如马克思的《资本论》、爱因斯坦的相对论终究要被社会所接受一样，《复活》《欧那尼》与《查特莱夫人的情人》也终于进入了各国的文学史。这里，时间是一个公正的选家。时间将把真正的优秀之作、真正的创造之花，留在科学与艺术的圣殿。

从这个意义上说，天芳的散文自有它的不容低估的审美与教育价值。

天芳的大部分散文，尤其是那些成功之作，在审美与道德价值取向上，基本上与"五四"以来的新文学保持着一致。从20世纪90年代急剧变化的艺术态势来看，天芳的散文，似乎不那么新潮，不那么私人化，不那么世俗化。是的，天芳的散文，在追新逐异者眼光里，会显得有些"传统"。但是，这又怎么样呢？"五四"新文学的传统，"五四"新文学所倡导、所坚守的人的解放，人的自由与平等，人的自尊与博爱，人的个性的全面发展，对于我们这个民族，难道过时了吗？难道无足轻重了吗？与其说天芳的散文"传统"，不如说，她坚持了人的现代化的基本精神和要求。

今天的改革开放，我以为正是"五四"新文学所参与其间的我国历史从传统社会向现代社会转轨的必然发展。今天的文学，对"五四"新文学的主流，我以为，是应该继承和发展的，而不是如某些所谓"新潮"论者所言，抛弃或背离"五四"新文学。

天芳的《赶花》《打碗碗花》与《种一片太阳花》当然是给人以鼓舞、以警策的好作品。对于广大的青少年，是理想主义的人生教材。但它又不是那种不食人间烟火的、虚假浪漫主义的理想。"要让人赶花，莫让花等人"的认知，应该说是天芳一贯的积极进取的人生态度的必然选择。对于我们这个民族，对于现代化的历史进程，这无疑是必要的，可取的。

天芳的《先生朱宝昌》，我以为，足可以成为一个时代的见证。先生朱宝昌，既是一个生命的活活泼泼的个体存在，又是我们知识分子的有骨气的人格风范的生动写真。感人的,当然是朱宝昌先生的精神,但是,如果没有天芳那支传神的笔,这个可敬可爱的朱先生能从作品里站起来吗?而天芳对她的抒写对象的准确把握、记忆筛选与主体情感投入,难道仅仅只是一个艺术技巧问题?不!这里融注了天芳作为先生朱宝昌的学生,作为一个中国知识分子的个人的生命体验与人生感悟、人生认知。一方面是贯注于全文的天芳的审美判断与道德判断的和谐,一方面是先生朱宝昌的人生道路的坎坷,它们恰成一个令人感慨令人唏嘘的惊人错位,它所涵盖的社会历史文化思考,是凝重的!

值得注意的是这份凝重与幽默几乎是并存的。朱先生一生生活在诗性世界里,这使朱先生与非诗性的现实生活时时处在可笑的矛盾之中。幽默在这里成为理解这一冲突的窗口,并把种种人生的苦难照亮。

天芳的这些优秀散文充满了诗性。这不只是一个言说的方式,还是一种存在的境界、审美的境界。《小巷美人》就是一篇这样的作品。美人其实只是一个符号、一个指谓。在艰辛的平民生活世界里,她是一个令人惊异的美的存在,连路遥也为之动心。显然,天芳并不回避美与性爱的深层联系。从这个角度看,天芳也在调整自己的审美观念。然而,美人一旦进入金钱世界,一旦成熟了妇人之美,她还依然迷人吗?短短六年,小巷失去了路遥,也失去了一个天造的美女。那么,这美的遗失,遗失在哪里?从抽象的形而上的层面看,路遥与美女其实是同一存在。唯其如此,他们的失落,也就给读者带来了一种沁人心脾的苍凉感。当然,美人的失落,无可挽回,可路遥将永生在精神的世界里。

原载《美文》1999年第8期

世纪之交的英雄谱

——评莫伸《大京九纪实》

用最直截了当的话来说,《大京九纪实》的创作,应当是一个拥有大气势、大构架、高水准的工程和大境界、大奉献、高效率的建设者队伍的艺术富矿,使它的勘探者在审美开掘、审美再创造的过程里,完成了创作主体、审美主体的自我实现、自我超越。主体创作了客体,客体同时也成就了主体。

《大京九纪实》(以下简称《纪实》)也因此具有了如下几个方面的艺术魅力。

第一,强烈的历史感和时代感。京九铁路是我们共和国在20世纪90年代的一个大举动,它的政治、经济、科技意义,怎么评价也不为过。江泽民同志誉之为一条扶贫路,可以说是一语双关,它扶沿线之贫,也是我们共和国脱贫致富的世纪追求的象征。《纪实》突出了这一点,而作品又是把这一点放在了我们民族百年追求、世纪追求这样一个大背景下予以表现的。《纪实》的开端与结尾,一写孙中山的铁路梦,一写李鸿章的修建唐胥铁路,它们互为呼应,为我们勾勒了一个辽阔久远的时空。并且,《纪实》的好几个章节里,莫伸也总在现时态的叙述中,把笔时时回溯到过去。这种叙述方式的处理,表明了作者的一种历史意识。把现实的铁路工程与我们民族的铁路建筑史、民族的现代化进程交织为一个整体,从这样一个高视点来审视京九路，这就使得《纪实》视野开阔，气势恢宏，具有一种浓厚的历史意味。

第二，突出了市场经济体制与现代高科技在京九铁路修建过程中的重大意义。这一点就使得《纪实》与以往写铁路的文艺作品形成了差异，赋《纪实》以鲜明的时代气息，从一个侧面反映了时代的特征，为我们民族现代化进程的历史步伐留下了一个精彩的剪影。市场经济体制的初步建立，为京九工程的实施从管理到施工各个环节都带来了深刻变化，形成了强大的激励机制，同时也带来了许多新的问题。这次京九线采取的是分段责任承包，采用的是现代高科技，不再是人海战术，不再是强攻硬打。诸如岐岭隧道、雷公山隧道、九江长江大桥等等，运用了相当高水平的现代科技，其中有的在国际上居于领先地位。以至于当年的苏联援华桥梁专家认为，现在不再是师生关系，而是颠倒过来，俄国应当学习中国了。这对《纪实》的创作，提出了新的要求，也带来了难度。让人高兴的是，《纪实》较为成功地把现代铁路建筑中的高科技术语以相当形象的语言进行了再翻译，诸如"新奥法"之类。应该说，这得力于作者对生活的深入和对现代科技的学习态度，也得力于作者语言转换功能即运用浅显易懂的比喻来解说深奥的科技知识的才能。

第三，《纪实》作为报告文学，归根到底，应该把艺术扫描的焦点定位在建设者身上。能否写好人，写好建设者，这是成败的关键。我们兴奋地看到，除了国家领导人、铁道部和局级领导这样一些高层人物之外，《纪实》为我们再现了一系列知识分子、普通劳动者的真实形象。不仅写出了他们默默无闻的奉献，而且深入他们的心理层面、感情层面，写出了他们无私奉献的内在动力和潜在素质，也就是说不仅写他们做了什么，而且写出他们为什么这么做。莫伸的成功在于，绝不随意拔高，也不故意煽情。事实本身最有说服力。真理往往是朴素的。崇高并不一定靠豪言壮语，它是一种内在的精神力量、人格力量的显现。所有这些早已被证明了的艺术规律，莫伸都实践在他的《纪实》里。且不说那个执拗而又坚守对祖国的爱的信念的段飂，就说那个七十多岁的周竞之，活灵活现地从莫伸笔下向我们走来，就足以显示出莫伸塑造人物的高超艺术才华。写周竞之的报道已经不少了，然而，像莫伸这样径直烛照出周竞之的一切种种乃是出于他的职业惯性，真是一语中的，切中要害，抓住了周竞之人生价值取向的真谛。

《纪实》最为感人的篇章，我以为还是那些名不见经传的小人物的报道。九江长江大桥施工中不幸牺牲了的那些普通工人，他们的死，本身并不轰轰烈烈，有些还属于工伤事故。但重要的是，没有他们的献身，就不会有大桥的建成。感谢莫伸，因了《纪实》，他们的名字被镌刻在了京九铁路的纪念碑上，他们的亡魂成为名副其实的"看桥人"。还有那位死得并不悲壮的张娥芳的父亲的事迹，还有那总工于学智的妻子奇迹般地从死亡线上活过来……莫伸没有忘记那些铁路工人的家属、那些建设者忘我劳动付出的酸甜苦辣的人生代价。历史是人民创造的。京九是人民，是千百万直接或间接参与工程建设的普通劳动者创造的。他们的兴衰荣辱、喜怒哀乐与京九铁路有着内在的精神联系。他们平凡却又动人的事迹，是京九乐章中最动人的音符。莫伸的全景式的《大京九纪实》如果没有了这些最基本的亮点、最坚固的基石，就不可能完整，就不可能辉煌。对比一下社会上、文学创作上的种种不正之风，我想起了苏联作家艾伦堡的名言：一方面是无耻，是堕落，是纸醉金迷、灯红酒绿；一方面是崇高，是创造，是默默无闻的庄严的工作。感谢莫伸，为默默无闻的、庄严的工作者们建立了不朽的精神丰碑，为我们民族谱写了世纪之交的英雄图谱。

第四，《纪实》并不回避困难，回避矛盾，回避筑路过程中的种种曲折，以及失误。我以为，这显示了莫伸作为艺术家的胆识和勇气。一路凯歌高奏，当然快意，但不要说像京九这样的大工程，就拿一个京九北段的黄河桥架设来说，也是困难重重，矛盾重重。唯其艰难，京九的建成才可歌可泣。我们看到莫伸真实报道了工程局如何正确处理了村民与修桥工为土地而发生的争吵，写得很有分寸。又如雷公山隧道，围绕着新奥法的使用，一场科学与愚昧、先进与传统之争，写得也很有现实意义。略感不足的是，如果，莫伸在这些方面，再做一些思考，再挖掘一下素材，深层次地触及诸如地方保护主义、本位主义、保守主义之类问题，也许会使得《纪实》在思想深度上取得更好的效果。毕竟，京九建成在我国历史转型期，它不可能不烙下深深的时代精神的烙印。种种复杂的社会矛盾，不同价值观念、道德观念的冲突，都不可避免地会投射到建设者们的心灵上。在这些方面，作家完全可以写得尖锐些、泼辣些，从而写出一部20世纪90年代铁路工程队伍的精神史、情感史。莫伸在这些方面，已经做了很大努力，但从艺术的永无止境上来说，也不是没有再提高和精益求精的余地。另外，语言的个别地方的错漏、疏忽，也有待修正。这些意见，近似苛求。所谓爱之深，求之切，就是这个意思吧！

原载《文艺报》1997年第17期

我看方英文的散文

方英文的散文引起读者的关注，是近几年的事。在这之前，他主要写小说。这样，他散文的叙述方式就常有了小说的味道。但这并不是他的散文比小说写得好的主要原因，关键是他的散文写得轻松跳脱、诙谐有趣。这在当前的散文园地里是不多见的。目前流行的散文的确精品不少，但也有一些，不是过于严肃、沉重，就是忸怩作态，或是沾沾自喜、顾影自怜，或是目空一切，一副不食人间烟火的超凡脱俗。一些作品充斥了伪贵族气，假脂粉气，小家子气。相形之下，方英文的散文，有真情在，有生活的智慧与机敏在，而又以活脱脱的轻快，浅俗的话语方式出之。在大众文学将成为未来文学主要流向的背景下，方英文的散文，给我们提供了不少值得思考的问题。

对方英文的散文，看法并不一致，说好的，以为有趣，说不好的，认为写得太俗。说法不一，这很正常。需要辩证的是，方英文散文的俗，究竟应该怎样看。

这让我想起了老舍。

长期以来，老舍的小说，一直被认为"俗"，缺乏思想性，或者说思想性不强，因此，他的排名总被放在现代文学诸大师的后面。近些年，一些研究者在调整了自己的学术观念后发现，老舍这个"俗"，其实是有大讲究的。貌似"俗"的背后，深藏的是老舍博大而温暖的平民关怀、矛盾而执着的文化批判意识，以及对小说文体的别样的追求。仿佛摘除了传统观念的遮蔽，人们惊奇地看到老舍小说天空朴素的、无言的"美"和支撑着这种"美"的艺术家的那份从容和自信。

方英文不是老舍。

但老舍提醒了我们，不要轻率地对"俗"下判断。同样是"俗"，至少就有通俗、世俗的俗，浅俗的俗，庸俗、卑俗的俗，等等。"俗不可耐"，令人生厌；"深入而浅出""绚烂而至于平淡"，却是一种高境界，需要艺术家们付出巨大的甚至是终生的努力才能达到。

还是从方英文散文的文本出发，来谈谈他的"俗"。

俗而有情趣，是方英文散文给人的突出印象。

好的散文，离不了真情，更离不了真情的艺术表达。方英文散文往往把真情藏匿在趣味性的叙述里，具有很强的可读性，富于情趣。

试看《太阳语》，写的是在阳光里读出了语言，读出了真情。这是一个匪夷所思的奇迹，方英文却用一个生动的小故事，轻轻松松地讲述了出来。残疾儿童天使般的对他人的关怀，对人情淡薄的世风无疑是一个无言的挑战。但方英文似乎无意于这个"对比"，这个传统散文中常见的主题，被方英文"悬搁"了。他看重的只是这个孩子，这个孩子的纯真的童稚心。

像这样的好文章，还可以举出一些。

不难看出，方英文所抒之情，并不是那种宏大之情，那种关乎国家命运前途的庄重之情。他常常把他的焦点聚集在再普遍不过的老百姓七情六欲的常情之中。平常心、普通情，似乎更能引起方英文的兴趣。如《森林边的洗衣妇》里的母子情，不但打动了作者，也很快打动了读者。而且，方英文与他的书写对象总是保持着一种平等相待、促膝夜谈的对话姿态，没有鸟瞰众生的悲天悯人或冷漠、超脱，也没有仰视上帝的顶礼膜拜、俯首帖耳。他总是使自己采取一种同是普通人、同有平常心的叙述立场。这种创作主体与对象客体的相互贴近契合，使得方英文的散文很容易与普通读者沟通起来。如《风雪夜缘》那个孤独的老人的孤独中的平静，平静中的期待是通过老人与作者的邂逅写出来的。更重要的是，方英文叙述方式的巧妙，他常常编织一个小小的情节，在不动声色的叙述里，寄寓他的一片真情。如《美丽的蘑菇》，视之为一篇小说，也无不可。即使像《煮目炉小说》《再记》里，也会插入一段日常琐事的叙述，而深情也就在叙述里传递。

俗而有理趣是方英文散文给人的又一深刻印象。

方英文散文几乎从不写什么"中心事件""中心人物"，俗得不能再俗的吃喝拉撒睡，即凡人日常的衣食住行是《精选》所着力书写的。什么《酒人》《麻将》《吸烟》《吃宴》《洗澡》乃至《运气》，举凡当今俗人的一切日常应对，构成当今一般人生活内容的方方面面，可以说无一不被作家涉笔。

妙就妙在作家从这些最普通、最平常的琐事里，有了自己的发现，从常态里见出了非常态，从俗气里挖出了非俗气。

如作家所说，"酒这东西到底是好还是坏呢？""轩辕黄帝虽然创造了我们的生命，却并没有赐给我们怎样才能度过苦难人生的良药，是杜康——我们亲爱的杜康——填补了轩辕黄帝工作上的一个漏洞。"世上写酒的散文，连篇累牍，似方英文这样写的也不少见，但能写得如此轻松俏皮而又沉痛，而且在沉痛中揭示人生况味的又有几篇？

其他数篇，可以说，都是这样沉痛以轻松、俏皮出之。

方英文的散文，并不止于情，他是出情而至于理。但这并非什么深奥的哲理，而只是一些日常生活中的小小的理。他说，大理靠哲学家写，中理在社论里、文件里、会议里，小理却在日常小事中。这当然又是方英文的幽默。"小理"从来不少，一切的"理"都因小理而生发。

问题是，这些小小的理，虽然常见，但由于与我们的生活太密切相关，反倒是被忽略了，因而被人们轻看了。方英文的散文，就是要把这些小小的理从遮蔽中清理出来，而且，他使用的是新颖别致的手段，并且不是揭露无余。他特别不喜欢一览无余，他采取的是"轻云之蔽月"的朦胧与含蓄。

这当然又表明了一种人生思考的独特处。显然，方英文已经发现，世界的意义并不是确定的，意义只是人们的主观给定。这种给定既是一个界限，也是一个陷阱。他因此宁可在远离"中心的绝对性"上，以边缘人的眼光、相对的眼光，去看取与思考人生，这就给了他较之"事件中"的"当事者"多了一份局外人的清醒与从容。事实上，方英文也并非局外人，不然，他不可能获得那份彻骨的沉痛感。可贵的是，他学会了从局内走向局外。我们常讲作家的精神提升。什么是提升？大约指的就是这个意思。有没有这个"提升"，也就成了判定作品优劣与高低的标尺之一。

机趣，俗而充满机趣，构成了方英文散文的第三个显著特征。

读方英文的散文，你常常忍俊不禁。笑声常会打断你的阅读，迫使你停下来，想一想。这一想，忽然你又觉得笑不起来了，或者说，在笑声里发现了苦涩，发现了人生中一些说不清、道不白的况味。

《方英文散文精选》[1]第四辑《妃来妃去》的一组散文里，说"一个飞字，飞尽了生命的况味"，说得好极了。人之存在，永无中心，永无着落，不就像是"飞"吗？当年鲁迅《在酒楼上》的那个吕韦甫，不是同样说过这样意思的一段名言吗？苍蝇似的嗡的一声，飞开了，飞呀，飞，绕了一个圈又飞回来了。

《人情链》讲的是中国的人情，似乎又不只是讲人情。

《忆苦思甜》讲的是一种特有的传统教育形式，但又不只是教育形式。它反映了我们民族思维方式的特别之处，即喜欢忆旧，喜欢自我欣赏，喜欢在往日的沉醉里忘记现世的种种痛苦。

不难看到，方英文的机趣表现在他特别善于选取一个切入对象的"突破口"。这一点，我以为，对于作家来说，是非常重要的。不同的切入，那效果往往大异其趣。方英文似不喜正面切入，他总是侧面落笔，小处着

---

[1] 方英文：《方英文散文精选》，台湾金安出版社，1996年。

墨，而又总揽全局，大处着眼。以《憋着》为例，最足以表明方英文的机敏、机智。《憋着》讲的是中国人的一种生存状态，一个很重大的题目，方英文却举重若轻，从一件日常小事入手，一连串讲了好几个生活中的尴尬事儿，又演绎出如何对付"憋"着的那段精彩的结论，更于诙谐里写尽了人生的无奈！

这表明了方英文的一种思维习惯，用方英文的话来说，就是"种瓜得豆"式的逆反思维。"种瓜得瓜"是常理、常情，方英文却偏偏不这么按常规来想。怎么样呢？恰恰在这个反常规的思考里，生活中不易为人觉察的悖论，被方英文机敏地，却也是痛苦地抓住了。

方英文的机趣还突出地表现为他的话语方式的妙趣横生。这种话语方式的独特处，一是完全的口语与大白话，二是词语的连缀与搭配出人意料、超乎常规。一般人为文，常免不了摆出一副严肃的写作架势，流露出弄文舞墨的文人雅兴。方英文不这样，他喜欢直白与白描，而拒斥了通常意义上的修饰与包装。但，他又并非清汤寡水，而是充分发挥了白话的潜在功能，赋白话以超常的意味。请读读《拜丈人》，结过婚或将要结婚的男人，谁没经历过这尴尬？

"把一个女人追求成妻子，是个复杂的系统工程，这个工程的剪彩，便是拿到结婚证书。要想拿到证书，则必须经过一个黎明前的黑暗——拜丈人。"这就是朱自清说的修辞上的"远取譬"，把几乎毫不相干的两件事，扯到了一起，以之相互发明，"庄语谐用"那陌生化带来的间离效果，当然是相当诱人的。

再读《编辑》或《妙死》，无论是对编辑的妙解，还是对死亡的巧说，皆让人在奇妙而又精辟的比喻、暗喻、讽喻中领略了人生选择的难以把握与作家精神的指归。诸如"人生如一篇文章，死亡便是文章的结尾"，"常见的死法很乏味，毫无新意，算是没有收好人生文章的尾巴。如果阎王爷是个爱挑剔的编辑，那他就朱笔一挥：退稿！"这些话，不是聪明编辑方英文，一般人是很难写得出来的。

诸如这类妙语，《精选》里还有不少，读者自可在阅读中不断发现。

方英文的散文富于情趣、理趣、机趣，三者又都收拢在一个"趣"字上。为文离不了情感更离不了思想，但思想不等于智慧。一个有思想深度的人，和一个机敏、智慧的人，并不是一回事。就创作来说，感情与思想好比是材料，而智慧就是烹饪技巧，没有好的烹饪手段，再好的材料也难以成为佳肴。

这里，我们看到了方英文的艺术追求，而这种追求，又不只限于操作性的，而是反映了作者的人生态度与艺术精神。正是在这些方面，我以为方英文的散文显示了巨大的潜力，为我们提供了市场经济条件下大众文学发展走向的一个较有代表性的个案。

一个明显的事实是，方英文有意无意间把他的创作与传统散文的抒情、描写、叙述与议论拉开了距离。像杨朔式的、秦牧式的、刘白羽式的，将一个明显的内核，借助于托物言志、咏物抒情、夹叙夹议，卒章显志，以揭示给读者的传统方式，方英文是予以了告别。它不再是艺术语言、书面语言的苦心经营，而是直接从生活口语中获取它的鲜活、灵动，以及全无遮拦的直截了当，很少受到传统艺术语言的影响和理性的框定。也许，方英文的散文常常有小说的意味，有个故事，或有个事件，但这个故事、事件，我们已经讲过，并不具有处于"中心"的重大性或给定性，它们常常是凡人琐事。更重要的是，它具有多义性即不确定性，不像传统散文那样，作者的倾向性是鲜明的旗帜，召唤着全部的艺术手段奔向主题。而且，方英文并不想扮演上帝或传教士，想要向读者昭示些什么，教导些什么。他并非全智全能，他只是一个芸芸众生中的一个凡夫俗子。他的喜怒哀乐，他的体验与感悟，他的认知方式，更多地具有平民性、直接性，因而具有普泛性。

方英文也与梁实秋、林语堂们拉开了距离。市场经济与信息革命带来的激烈竞争与快节奏生活，造就了一个闲适散文的广大读者群。这种闲适散文，有的是文人学士悠然自得的雅趣，对生活的把玩，对自我的欣赏。

透过文章，我们会触摸到一个远离劳累与困顿的坐轿人看待轿夫的目光。这种目光，在当年罗素访华时，我们见过。他很欣赏抬上他上山的中国轿夫休息时对苦难的安然无视和自得其乐。这种心态，我们也不陌生。三年困难时期不少人处于饥饿之中，不是还有人在荔枝中采过蜜吗？也许，超越苦难是必要的、可贵的，但是如果，当苦难不仅是少数，而且是多数人的存在状态，我们是不是先不要忙于超越，与大众一道去咀嚼、去担当这些苦难，会不会是一种更好的选择呢？因为超越苦难，首先需要的是分担苦难。至少，在方英文的散文里，我们看到，他选择了后一种姿态，透过调侃，我们仍然能感到方英文的痛苦与无奈！

方英文的散文也与那些先锋性、前卫性的探索散文和独语式散文形成了差异。从文体的发展看，新形式的探索与试验，永远都是必要的，它是新的文学样式的催生剂，是新的生活方式、思维方式、情感方式在审美上的必然要求。但是，随着市场经济体制的逐步建立与发展，以大众文化消费为对象的新的大众文化的兴起更是一个历史的必然。文化进入市场带来了文化的又一次下移。不同于"五四"新文化运动和延安文艺运动的这一轮文化下移，它不再是因了政治的、意识形态的需要，而是在经济利益驱动下造成的整个社会剧烈而深刻的变动，以及这种变动带来的社会生活的普遍世俗化和社会心理的普遍世俗化。与传统的大众文化相比，这一轮的文化世俗化，具有它自己的新的精神特质。它不再是传统的农耕文化框架里以满足瓜棚豆架下传统农民文化需求的传统大众文化，而是从农业文明向现代文明、商业文明转轨下的适应文化市场需求的新的大众文化。我认为，世俗化散文的应运而生正是这种新的大众文化的重要组成部分。

无疑，在各种文学样式中，散文几乎对"宏大叙述"一直取拒斥态度。虽然，以往的散文创作也并不是没有过"宏大叙述"的模式，但"私人叙述"一直构成了散文的主要形态，也是不可否认的。当一般大众告别了政治神话与伪浪漫主义，当他们的日常生活愈来愈与权力话语疏离、与体制保持一种间容性关系时，大众的精神空间、情感空间也就变得相对宽松与活泛了。大众化的世俗性散文，一方面因与大众的亲近而受到了青睐；另一方面，在一定意义上，这种世俗性散文又具有了现代的意味。如前所述，对绝对中心、对绝对的二元对立的清醒认识与深刻反思，构成了后现代的文化姿态。我们已经看到，在方英文的某些优秀散文中，他的调侃、诙谐与反讽，事实上表明的是当代人的生存的种种困惑，其中充满了人生的悖论与荒诞性。这已经不只是中国人独有的，而是与人类相通的，带有世界性、世纪性的生存难题。而这，正是后现代所探求的。

方英文表白过，他对人生采取的是一种与大众同在的平常心。他的理想大约是一种近于原始的、绝对自然而然的生活。这样的人生态度保证了他的精神追求和审美情趣与大众的内在连接。他认为好的散文应该具备一种卧谈式的风韵，自由，随心所欲，童言无忌般，趣味和性情任嘴流出的。这当然是一种向往，一种追求。要抵达这个目标，我认为方英文还要走很长很长一段路。重要的是，他已经在向这个方面迈步。

方英文散文的不足，也是明显的。往往为那个"俗"趣，他会难以自禁地在俗中"淘气"，这妨碍了他向纵深开掘。缺乏深度，这是方英文相当一部分散文的通病。方英文还要警惕的是，不要画地为牢，把自己圈定在一个模式里。从目前看，他的散文似嫌不够开阔，还缺少变化。相信，方英文会逐渐地克服这些缺陷的。

选自《看到与没有看到的风景》，太白文艺出版社，2005年

高贵的深度

——读杜爱民的《眼睛的沉默》

"我们必须把自己制造成艺术品",是现代人的现代追求。

在这个意义上,杜爱民的散文集《眼睛的沉默》也属于诗,它如诗一般是另一种话语的独白。

读书如交友,读散文尤其这样,盖散文最见性情也。

我喜欢杜爱民的散文。读他的散文,常常会想起20世纪30年代的梁遇春。知识、情趣有机地奔赴在梁遇春别致的文字里,那是对生活的独到的认知与哲理性思考的言说。《眼睛的沉默》当然不是梁遇春的再版,而是刷新,是"开出一片新天地"。

《眼睛的沉默》是慎言,不是失语,更不是无语。遗憾的是,充斥于市场的散文,往往是没话找话,满纸扯淡。

以个人的名义,说出简单的生活中的神奇魅力,于平淡中见深沉,没有慧眼的独具,没有博大、宽阔的胸襟,不可能抵达这样的境界。《眼睛的沉默》呈现给我们的正是这种境界。

私人话语之可贵,之为陷阱,全然取决于这个私人是什么样的言说主体,这个主体又是以什么样的方式去言说。

我们看到的,多半是顾影自怜:自我欣赏,新贵的自得与自诩。

《眼睛的沉默》与此全然无涉。

读杜爱民的《眼睛的沉默》，你会发现，他总是不按你的阅读期待去写，他取的是另一条路径。这是一般散文、一般言说方式之外的另一种言说。在别人不写，其实不是不写，而是压根不曾发现，不曾感悟到的地方，杜爱民看到了、写到了生活中的别样风景、别样风情，给人以意外的惊奇和思考。

《四路公共汽车》写母亲。写母亲的散文连篇累牍，似杜爱民这样写的，可说罕见。不直接去写对母亲的爱，而以四路公共汽车为载体，满载无尽的无以诉说的对母亲的思念，这已经是别出机杼了。

尤为感人的是，杜爱民写到"没有人知道我的心情，没有人清楚我将要去照顾病危而生发的母亲"，平淡朴实的言说里，流淌着孤独的无助，将因母亲病危而生发的忧伤，写得感人至深。而"谁又能发现这些庸常细小的世相背后隐匿的无数个秘密"，更将个人的忧伤与世人无数个秘密联系了起来。个人的痛苦在这个联系里，便获得了一种普遍的意义。

杜爱民并不以此止步，他仍然在开拓他的心田，摇曳他的情丝。他继续说："人一生会遇到很多事情，也会在这些事情中改变许多。这当中没有根本解脱的途径，只有承受、忍耐，和对任何平凡的事物保持内心的敬意。"沉重与无奈，并没有让杜爱民因之消沉，反倒是激发起对"平凡的事物"的"内心的敬意"，他因此而"默默注视着它（四路公共汽车）远去"。

我以为对苦难的承受、对琐碎平凡的事物，采取一种"敬意"，非常难得，又非常必要。这是以一种平常人的平常心去看取生活的纯净而真诚的态度。这绝不是故作姿态。故作姿态者不会对琐碎平凡的事物投去关注的目光，这是一种近似于宗教的对生活的虔诚与敬畏。这恰恰是一个诗人，一个散文家最可贵的品质。它与激情主义保持着距离，或者说警惕激情给生活涂抹了原本不属于生活的色彩。

柏拉图从来不愿讨论巴门尼德。理由是巴门尼德在柏拉图看来是一个"可敬可畏的人物"。巴门尼德"有一种非常高贵的深度"。不说"非常",但《四路公共汽车》拥有"高贵的深度",我以为不为过。

《眼睛的沉默》里不少篇什都用的是这种闲处落笔的写法,表现为鲜明的个人化的独立性。这种独立性,这种个人书写的背后,究其实质有一个另类的文化逻辑、文化符号系统为支撑的。它是对胡塞尔批评的"主体性遗忘"的呼应,让"主体"在消费主义、享乐主义的泥淖里脱身,让"主体"在世俗的、通行的话语陷阱里突围。《人民》《1975年的琴声》等篇章,在生活的根基处,唤回人的本真,这样一个声音,始终在萦绕着。这种个人感知世界的独特处,不只是方式上的,而且是方向性的。它指向了通用话语遮蔽了的,或者说世俗语言未曾表达的那个"存在"。文章对"存在"的真实性的揭示,往往具有了某种黑色幽默的艺术效果。荒诞之所以更接近本真,原因也许正在于此。

杜爱民不动声色。他娓娓道来,他并不以为自己真理在握,他并不认为自己慧眼独具,他对生活采取了一种谦虚的态度,谦恭到了谦卑。正如《藻露堂》里的风,如果不用心去体味,你很难感到它的存在。

《眼睛的沉默》并不因此而失去力度。如老子眼里的"水",阴柔而莫可御。试看《三十年代》,一两千字,将一个时代摆在了面前,你会惊异于杜爱民的概括力和捕捉细节的准确与犀利。比之于张爱玲,比之于苏青,20世纪30年代的中国形象、中国记忆、中国想象,杜爱民的这一篇,可以说,更为简约深刻。

这让我想起福柯。福柯关于理性的"他者"有精辟的论述。他认为尼采、凡·高、陀思妥耶夫斯基属于"理性的他者"之列。作者的叙述功能建构出我们称之为"他者"的一种理性的特定存在,产生于并存在于作者和叙述者的裂缝当中。问题是不再是作者如何将意义赋予文本,作者如何从内部调动话语的规则来完成构思,而是在话语中作者主体在何种条件下,以何种形式出现,表现出什么功能并遵循一种什么规则。文本在这里成为无限开放和永恒变化的动态过程。

构成《眼睛的沉默》的各篇,显然呈现为一种复调,它是作者功能的各个"自我"及这些"自我"对话的必然结果。不然，我们将无从解释，杜爱民在《眼睛的沉默》里，时而是一个学者，一个智者，时而又是一个忧郁的怀乡者，一个未来的幻想家。不同角色的独白，往往构成一种互文性。也许，"我们必须把自己制造成艺术品"，这才是杜爱民的初衷与追求。

原载《西部大开发》2009年第2期，原题为《高贵的深度——读杜爱民的散文》

潇然的是慧雨

——读庞进的散文

庞进的散文，给我的突出印象是他的社会责任感自觉而强烈。

庞进的散文天地，当然并不囿于一隅。他也写闲适，写个人情感，写生活中的片段，写生命中的感悟，写山写水，写猫写狗。当今散文涉猎的领域，庞进几乎都一一涉笔，并给我们留下了不少佳作。但庞进散文形成自己独特审美意蕴与价值的，我以为，还是那些面对社会发言的，处处闪耀着批判锋芒的篇章。如《漫道雄关》《背对城墙》，如《骊山云树》《云阳狱》……

这几年，闲适散文日见走俏，从散文的自身发展与社会需求来看，这无疑是一种必然。这既是对传统散文中抒写性灵的小品类散文的创造性继承，也是世俗生活逐渐从边缘走向中心的社会心理在审美需求上的反映。但既然散文是最具个人性的、心灵自由的艺术生产，那也就注定了散文的多样化和社会化。事实上，生活并不是一个"闲适"就能涵盖得了的，社会生活还有其各个层面的诸多困惑与选择，诸多色彩与声音。散文也因此除了与人性之外，免不了与社会、与大众的当下性对话。构成庞进散文魅力的主要方面，正是这种当下关怀与终极关怀相激荡而迸发的思想火花。相比较而言，这种社会性、历史性思考，在庞进的散文中，常常会超过他散文的审美形式的追求，而以他的思想的震撼力吸引读者。

庞进曾赠我他的第二本散文集《慧雨潇然》，扉页上作家题诗："苍天稀雨，慧泉喷涌；大地多尘，灵树常青。"我的理解，心灵的智慧之泉之树，之所以喷涌，之所以常青，首先是因为苍天稀雨，大地多尘。然而，稀雨多尘难道仅仅只是庞进的个人存在？如果不是，那么，何以庞进感知了而别人不曾感知？或者庞进感知了并抒写了，而别人感知了却不曾抒写？因此，喷涌的慧泉、常青的灵树，不能不是转型的历史语境下庞进个人的主体话语表达。

这样，庞进散文的值得细读，在某种意义上，就转换细读庞进。不难发现庞进是一个理智型、学者型的作家。他的知识结构，他的心理素质，他的经典背景，都具有浓厚的文化基因与历史忧患。尤为令人注意的是，庞进对民族命运、社会使命的自觉承担，总是和他的自我解剖联系在一起。这就使庞进与新时期以前的那种外向型散文拉开了距离，而与鲁迅精神有了内在的契合。庞进的散文，外向与内省是紧密相连、不可分割地纠缠着、渗透着，融为了一个艺术的整体。

如果，我们的散文，拒绝精神的攀缘，拒绝思想的含量，而始终徘徊于低层次的琐碎生活乃至和生活的细小咀嚼，那么，散文还会有它沉甸甸的分量吗？还会有它宏阔的天宇吗？

原载《美文》1999年第4期

与雷涛同行

游记散文，尤其域外游记散文，似已成为大众传媒中的一盘西式冷点，一眼就能看透的仿制品的那份可笑的矜持，那份拒人千里之外的自我炫耀，那份千篇一律的索然寡味……

《走近阿尔卑斯山》却给了人一个颇感意外的发现。在雷涛为读者提供的这一方风景里，竟然一扫那么一股酸劲，那么一股"作秀"般的搔首弄姿、顾影自怜。

充沛于字里行间的是从雷涛拳拳赤子心中喷涌而出的对祖国，对故土，对自己的工作，对同事、朋友、亲人的诚挚的关注与深情。这不是那种假、大、空的豪情壮志，那种出于某种需要的自我包装，不是的。我们所能感受到的是发自雷涛心灵深处的责任感、事业心和一往情深。几乎从踏上去瑞士的旅途的那一刻，这种割弃不了的对故土、对亲人的眷恋与焦虑之情就不曾离开过他。瑞士之旅不过是一契机，引爆了久已潜伏的汹涌的情思。请读读他的开篇之作《会聚京城》，没有强烈的现代化追求的雷涛，会在他笔下去涉及京城餐饮业中的那幕喜剧？还有压卷之作《带给娘的礼物》，献给亲娘的难道只是一对坐垫？我想，往大里说，给《走近阿尔卑斯山》一书冠以爱国主义、理想主义，不会错；而从文学创作说，这种人文关怀，这种超越个人的精神追求和审美情趣，在今天的文学环境中，更属难能可贵。

这些年来，林语堂、梁实秋、周作人的散文是愈来愈走红了。这是文学发展的必然，人们阅读需要的必然。但是，能否因此而从一个极端走向另一个极端，拒绝鲁迅甚至贬斥鲁迅呢？似乎只有闲适，只有苦雨，只有雅舍，才能悠悠然臻于艺术的至境，而鲁迅的那份"世纪的焦虑"，那份"我以我血荐轩辕"的献身，反倒成了多余，成了矫情？

如果我们承认，审美的世界，是个广阔的自由的创造空间，为什么，我们总难从非此即彼、非彼即此的二元对立的误区里走出来？

当个人体验、个人感悟、个人叙述、个人抒情被先锋派新潮派们推崇时，为什么，把个人与祖国、与故土、与一般平民百姓的命运联合在一起的情感体验和生命感悟就应该排斥？

我因此而看重《走近阿尔卑斯山》，我以为此书至少提供了又一个证明：问题不仅在于精神追求本身，还在于这份追求是否真诚。当然，对于艺术来说，仅仅真诚远远不够。精神的追求可以是贵族式的，但也可以或者说更可以是平民化的、大众化的。毕竟，我们仍处在社会主义初级阶段。

阐释学大师迦达默尔说："我们在独特形式中接触艺术……艺术只存在于不能纯粹概念化的形式里。"独特性，独特的形式，对于艺术，乃是生命之所在。如何把自己的真诚的精神追求从"纯粹概念化"转换为、生成为鲜活的感性形式和感性显现，始终是文学创作不可回避的难题。事实上，不少作家在创作一开始就遗忘了、疏离了那"纯粹概念化"的世界，但这并不能说，作品问世之后，读者在文本中读不出"纯粹概念化"的抽象。这里，重要的，仍然是"独特性"。《走近阿尔卑斯山》的独特性在于什么地方？人们在阅读中会有各自的感受。从我来说，我以为是雷涛的那份执着——平民化的执着，文学的执着，以及把这种平民化的人文关怀化为非"纯粹概念化"的文学创作欲、文学创作潜力。

选自《看到与没有看到的风景》，太白文艺出版社，2005年

异域眼光里的欧洲

——《欧行三记》序

老友宏志信，华裔加拿大学者的《欧行三记》出版了。我为他高兴。《欧行三记》是一本好书，值得一读。值得再读。

我与《欧行三记》有过一段因缘。

十年前，我在耶鲁大学讲学后应邀访问温哥华，这就有了与宏志信的相识与相交。此后，他翻译了罗素论教育的一批论著，先后寄给了我。我以为比国内原有的译文好，在我主编的学报陆续刊发了，获得好评。接着，他断断续续写出了旅欧等地的游记，我有幸成为第一读者，深为赞赏。那个阶段，只要收到他寄来的作品，不管多忙多累，也要一睹为快，不惜通宵夜读，把本该要处理的急事，也暂且放在一边。好文章，对于读书人，总是最大的诱惑。我当然也抵挡不了这种诱惑，只有挤对自己。时光流逝里，文稿往返中，我们从朋友成为知交与挚友，颇有"人生得一知己足矣"的感慨。这还不是一般意义上的以文会友，实在是，通过这些游记，我们彼此有了更真切的理解与心灵的沟通。

那时，我就坚持，这批游记应当出版，让更多的人共享这精神的盛宴。几年过去，几经周折，于今这批游记的一些篇什，得以结集并以《欧行三记》的书名付梓，于我，于宏志信，都可以说是了却一桩心愿，这份喜悦，真是胜过自己出书。

当然，不能说，因了与志信的情谊，就妄言《欧行三记》是一本好书，一本难得的书。《欧行三记》自有它的特色与价值，这里，试略述我的一些理解与评价。

人，在我看来，一个有教养的人，一旦以旅游者的身份出现，他就会自觉不自觉地从日常生活中剥离，以一份或闲适散淡或沉思静穆的心境，以一种或欣赏或挑剔的眼光，去看取世界与自己。在某种意义上，这是一种接近于思想者、审美者的状态。而当他将他的所思、所感以文字为载体外化为散文时，这散文中的叙述者与生活原型中的作者，显然绝不同一。在散文中出现的那个叙述者，是以"他者"的面目活跃在言说里。

宽泛地说，人生就如同在旅途。李白不是说过：天地，如万物之逆旅；光阴，为百代的过客。人生，也因此而浮生若梦乎？这是东方式的一种人生智慧、人生境界，旷达中透着凄美与苍凉。

宏志信自有他的人生感悟、人生思考、人生态度。他与现实世界的审美关系，他感知并表现这种关系的话语方式，也因此与他的现实存在既相联系又拉开了距离。

《欧行三记》是宏志信去国三十多年，定居温哥华的一段生命的乐章。宏志信从来不做生活中的匆匆过客，《欧行三记》也不只是通常所说的欧洲之行的游记而已，他在书里是以一个思想者、文体家的姿态出现的。他将他整个生命投放在《欧行三记》的创作里。《欧行三记》里的那个"我"，那个叙述者，已不是生活中的宏志信，而是一个审美的创造者，一个以独特方式向世界言说的意志主体。

北美生活数十载，宏志信从事于音乐工作，之余，他将全部精力投入阅读与思考中。他系统地、广泛地阅读了文、史、哲领域里的英文原著，俄文原著。这给他打开了一个多彩而深邃的思想空间。他徜徉于、浸润于这精神的密林里。这远不是一般的耳濡目染，更不是食洋而不化，他以一种清醒的批判精神，游弋于人类优秀文化的原野。我以为有没有这样的思想结构、知识储备与文化背景，是大不一样的。他开始了他思维方式的决定性变化，他开始从全人类优秀文化的视角审视与观照世界，审视与观照自我，可以说完成了自我的重塑。

志信毕业于广州音乐学院钢琴系。20世纪70年代后期，离开了故土，从香港而温哥华。这段青年时代的经历，为他提供了反思传统中国、传统中国文化的契机，可以说刻骨铭心，终身受益。苦难在志信这里，成为玉汝于成的砺石。他热爱并熟知孔孟老庄等中华文化的优秀结晶。改革开放以来祖国大地的历史性变革，更牵动着游子的心，他多次回国探亲访友。他的那颗中国心因此而日见纯粹而坚定。这为他在东西方文化的比较中，感悟历史，感悟人生，构建了牢固而不是虚飘的心灵停泊的港湾。

忘了是谁说的，读书、嗜书是有钱、有闲、有品位、有雅兴人的一种奢侈。志信的嗜书如命让人羡慕。志信不仅"读万卷书"，而且能"行万里路"，他的脚几乎踏遍世界各地，而欧洲之旅则是他最初的行踪。

严格地讲，"读"也是一种精神的"行"，"行"更是一种身体的"读"。全部关键取决于主体的选择。志信并不缺乏这样"异域的眼睛"和文学才华。这使他有了发现与表现自我真实性存在和外部世界真实性存在的可能。他在他的电脑键盘上敲击出了如此优美的文字，一如他弹奏钢琴美妙而深沉。

志信的眼光，独到而毒辣。志信的思考，往往犀利如闪电烛照于暗夜，时有惊人的发现。他似乎总是关注于所到之处的人文景观、人文历史。欧洲文明史的长空里，那些耀眼的人文巨星、哲学家、思想家、艺术家、音乐家……总会牵动他那颗敏感的心。并与之展开平等的对话。他的思考有时近乎苛刻，他绝不人云亦云。他常常会有自己的理解、阐释与判断。

志信的语言文字，简洁，晓畅而极具幽默感。行文跌宕有致。《欧行三记》写作之初，并不曾想到日后要发表，要公之于众。因此，这种近乎备忘录式的游记，坦率、坦诚，袒露着志信的心迹。当然，对于艺术，仅有真实、真诚，还远远不够。真实，并不一定美，真诚也并不一定美，但它们都是构筑美的基石，尤其当志信捕捉到"刹那的永恒"，将心灵的瞬间感悟定格为他笔下的文字时，阅读中的你往往会默然心许，会击节赞叹，会陷入沉思。

志信的幽默，我以为是天生的，那是一种智者优越感的表露。而人之成为智者，又与后天的学养与情趣分不开。志信的幽默感，不是表层的，粗俗的。这是一种对尘世荒谬、荒诞的洞见与超越，对人生自信的从容不迫，这保证了他在"世纪的焦虑"中，始终持有一种冷静地隔岸观火的清醒与超拔。也许，这就是福科所说的"理性的他者"的精神特质的一个方面。

阐释学大师迦达默尔说："我们在独特形式中接触艺术……艺术只存在于不能纯粹概念化的形式里。"独特性，独特的具象化的形式，对于艺术，乃是生命之所在。如何把真诚的精神之旅从"纯粹概念化"转换为、生成为鲜活的感性形式、感性显现，始终是文学创作，包括游记散文不可回避的难题，也是判断一部作品优劣的试金石。事实上，不少成名作家在创作一开始就幸运地疏离了甚至遗忘了那"纯粹概念化"的世界，但这并不能说，作品问世之后，读者在文本中，读不出"纯粹概念化"的抽象。这里，重要的依然是艺术的独特性。《欧行三记》的独特性在什么地方？人们在阅读中自会有不同的感受。从我来说，我以为是志信的犀利的见解，独到的眼光和幽默调侃的文字表达。而在这一切的后面是宏志信笔下的那个叙述者，那个近似"理性的他者"的叙述者。

请与宏志信同行，走进那异域眼光里的欧洲……

选自《边界上的风景》，西安出版社，2016年

第三辑

诗歌评论

痛苦而又幸福

雷鸣是痛苦的。

雷鸣又是幸福的。

只有真正理解幸福的人,他的痛苦才会沉痛而深广。

雷鸣的痛苦不是悲观厌世,也不是愤世嫉俗,更不是出于一己的哀乐。他的痛苦源自一种精神上的不断求索和求索中的自我冲突。这是另一种形态上的痛苦,一种思索者、思想者的痛苦。

人类一思考,上帝就会发笑。

我们这个时代,还需要特立独行的思想者、思想家吗?那种从既定的或者自制的精神枷锁中解脱的"启蒙"精神还会有存在的合理性吗?那种力求洞悉生活的种种不合理、不公正,并从中寻找通往想象性需求之路的"时代的大脑"式的思考,果真全被弃置在"虚妄"之境了吗?

自从启蒙运动以来,丢弃德行传统,全面功利化,这样一个历史难以克服的人类困境是什么?有人把21世纪界定为市场交换价值成为支配社会文化价值观念的功利主义时代。这种判断,陈述了一种现实;但它并不全面,并欠准确。它显然忽视了另一种选择,另一种可能,这就是对功利主义、实用主义的反拨,对消费主义、享乐主义的清醒反省。

从前现代社会向着现代社会蜕变,我们曾经以为市场经济会引领我们穿越历史,实现社会的整体转型。回眸来路,我们发现我们陷入了历史文化的万山丛中。正如宋人杨万里所说:"莫言下岭便无难,赚得行人错喜欢。正入万山圈子里，一山放过一山拦。"超稳定的前现代文化均衡的逾越，首要的前提应该是清醒地认识传统、认识现实。这里，个体生命的自由和创造性思考，将是不可或缺的。

雷鸣就是在这样的背景下走到了我们面前。

雷鸣的敏感的神经，促使他忧郁的目光，绝不放过掠过他身边的种种现象，种种琐细，种种卑微，种种不幸，种种荒诞和荒谬。他完全可以不这样，他完全可以和他的同时代的人那样，在欲望的狂欢里，投放他青春的"荷尔蒙"。

然而，把"疯狂"理想化，恰恰是人类难以改变的厄运；雷鸣却想要推倒它，至少是想要洞穿这"疯狂"的喜剧性存在的荒谬。如蒙田所说："他们想要逃避自身，放弃为人。这是疯狂：他们变成了野兽而不是天使；他们自甘沉沦而不求上进。"雷鸣因此将他的诗集命名为《野蛮派对》。

雷鸣因了敏感而不能不痛苦，拥有对于他来说，也许是过于沉重的尖锐和犀利。但，雷鸣决不刻毒，决不阴暗；他的眼光，他的健康，来自他对民族、对人类的未来的思索和思考。

知我者，谓我心忧；不知我者，谓我何求。雷鸣似乎是一个孤独的夜行人。

艾略特在20世纪初，写下了他的《荒原》，为淹没在精神危机中的西方世界寻找出路。雷鸣以他的《野蛮派对》奉献给了我们。现代理性主义给予人类关于自我与历史的空前乐观主义信念遭到了雷鸣的质疑。

诗的言说，对于雷鸣，并非他的初衷，他并不想做一个诗人。但诗歌的诗性乃至神性，对于雷鸣，又不能不是一个"诱惑"，一个喷发的"管道"。

反讽，几乎是《野蛮派对》的整体基调。

雷鸣的敏感，不只是投向了外部世界，他的内心世界更丰富而敏感，对语言文字，他同样表现了他的高度敏感。他的用字，他的造句，他的诗歌意象，他的诗的内在结构，充满了戏剧性和节奏感。这种个人感知世界的独特性已不再只是方式上的，还是方向性的。它指向了被世俗的日常的话语遮蔽了的，或者说通用语言未曾抵达的那个"存在"。《野蛮派对》对生活和"存在"的真实性揭示，往往具有了某种黑色幽默的艺术效果。荒诞、荒谬之所以更接近本真，原因也许正在于此。

《野蛮派对》是矛盾的，几乎所有的经典都充满了内在矛盾。

忧郁的或艺术的矛盾与难以自我更新的审美焦虑，与雷鸣的诗的创作相伴相随。当人类蹒跚地走向新的时代，《野蛮派对》至少提醒我们，如何去寻找自我，虽然这个自我已变为碎片。这是《野蛮派对》不能不矛盾重重的内在紧张、内在肌理。这恰恰是真正诗歌精神的必然形态。由此，也赋予了雷鸣诗歌形式的紧张感和高强度的冲击力。雷鸣诗歌中的意象有如原子核的裂变，巨大的能量释放使词与词之间，次生意象与次生意象之间，充满了张力，它们的边界可做充分的延伸和扩大。这是充满了北方力量的诗歌。

选自《野蛮派对》，陕西人民出版社，2010年

诗歌，作为一种信仰

新诗更多地属于诗人的心灵个体。

好的诗歌，我以为，它是作为一种信仰被创造的，这让新诗的个体书写获得广大受众的共鸣。

我不懂诗，却喜欢读诗。只是为了自娱。

在我看来，正如音乐是心灵的旋律，诗歌乃是心灵的义字，是心灵文字奇妙的组织。

以个体生命的名义，把心灵的悸动和奥秘诉诸奇妙的文字，没有博大而仁慈的胸襟，没有慧眼的独具，没有对文字的诗性的敏感，很难抵达这种境界。

吕刚的这本诗文集，呈现给我们的，正是这种境界的晨曦。

当诗歌作别宏大的颂体，私人话语登堂入室，并左右诗坛之际，私人话语之可贵，之为陷阱，也就渐为人们所警觉，所认识。

人们发现，诗歌言说的私人主体，是个什么样的主体，这个主体又是以什么样的方式去言说，至为关键。

近几年的诗坛，我们看到的，多半是新贵和伪新贵的自得与自诩，言不由衷的谀辞，轻浮的自恋，插科打诨，无病呻吟……

吕刚的诗文与此全然无涉。

读吕刚的诗，你会欣喜。他总是不按你的阅读期待去写，不按所谓"诗的样式"去写。这是一般诗歌写作之外的另一种诗的言说。别人不写，其实也不是不写，而是压根儿不曾发现、不曾感悟到这一方风景。恰恰是在这里，吕刚看到了感悟到了生活中的、心灵里的别样风情、别样意味，给人以会心的喜悦和感动。换句话说，从日常的平凡日子里，在身边的琐细的物事里，吕刚创造了他的"诗歌世界"。这个诗歌世界，当然与他的实际生活的世俗尘界有着千丝万缕的牵连，但绝非后者的复制或再版。"诗的世界"是诗人吕刚的诗性创造。正如杜夫海纳所说的那样："作者全力以赴的不是描写或模仿某一预先存在的世界，而是唤起他所再创造的世界。"这也就是禅所谓的"第二月"。

《1970年代纪事》组诗，可以说，为那个特殊的年代留下了吕刚的"心灵记忆"。这个记忆与经历了那个时代的人的"公共记忆"有重叠，但绝不重合。这是两个不同心的圆。交叉，但各有自己的天地：

多少英雄

死了

我活着

敌人活着

无须剑拔弩张，更不必金刚怒目，在平静的、从容的诗的世界，扭曲时代所塑造的"英雄"之碑，倒塌了，瓦解了。在历史的匆匆一瞥里，在吕刚的轻松淡定的话语中，你感受了四两拨千斤的"诗"的举重若轻。

人生的路啊

去表姐家那一条

最熟

写"路"的诗，多了去了！似吕刚这样的写法，可有？

青春的萌发，压抑不了的生命之泉的涌动，在那个禁锢一切生机的畸形年月，凸显了生命的抗争；而放在人生的路的辽阔悠远的背景下，它又远远不止于抗争。青春拥抱的，是这个广阔的、活泼的世界，悠长的、悲欣交织的人生。

在名为《悼念》的一首诗里，吕刚写道：

讲三国的那个人

走了

留下

热闹的故事

孤单的我

是三伯在讲三国，还是三国在讲三伯，也许无关紧要。一部历史，从民间看，原本就是渔樵闲话。个体生命的欣喜与苍凉，是世世代代都不能不承受的吗？重要的，正是那份抹不去的亲情、乡情、故土情和故事里的人生启示，寂寞里的思绪绵绵……

吕刚的诗，大多采用的是这种小处落笔、闲处落笔的视角，表现了一种鲜明的个人化的独立性。这种独立性，这种个人化书写的背后，究其实，存在一个另类的文化逻辑、文化符号系统的支撑。

胡塞尔曾经批评"主体性遗忘"在西方的普遍存在。它是指主体在消费主义、享乐主义的泥淖里的陷落和淹没。20世纪末，市场经济的无情杠杆，撬起了个体的觉醒，又跌落在横行的物欲里。人的失落，从另一个层面，降临在东方。辜鸿铭一厢情愿地张扬的"深沉、博大和纯朴"的东方文化精神，从遥远的20世纪初，回响着它的余音，渐行渐远。如何从世俗的、通行的话语迷阵里突围，由此获得对"存在"的真实性探求的意义，是至为紧要的文化生命之姿态。《青藏高原的八种想象》《在阆中古城的闲思碎想》《新疆十日》《湘黔半月记》《人在广州》等，从自然的风物，从历史的碎片，从文化的民间根基处，唤回人的本真，这样一种声音，在吕刚的诗文中始终回荡着。这种个人感知世界诗意的独特处，不只是方式上的，而且是方向性的。它指向了通行话语遮蔽了的，或者说世俗语言未曾抵达过的"人"的"存在"、文化的"存在"、精神的"存在"。

吕刚不动声色。他轻言慢语，他似乎不愿惊动生命的静好。读读《蒙娜丽莎和你》：

换你到画上去

你就知道

蒙娜丽莎

为什么微笑

和谁微笑

微笑的蒙娜丽莎

多么想

从画里出来

像你一样

坐在后院的台阶上

闭上眼睛

想想心事

在诗人与蒙娜丽莎的对话中，我与她的关系，置换为我与你——另一个"蒙娜丽莎"，生活在尘世里的那个"你"。一切都被颠覆了。历史中的，异域里的，另一个时空下的蒙娜丽莎与现实中的、现时态的、当下语境中的你的"置换"，不只是活化了名画，也活化了那神秘的"微笑"的理解和阐释。平凡的日子，平凡日子里的平凡的人，原来可以这么生活，这么美。

这里有诗人的襟怀在。吕刚的精神空间、文化资源，可以说广大而灵动。有一种女性的姿媚、细腻和爱，如桃林的明月朗照。清辉下，花儿静默，芬芳淡淡。

这是属于另一类的心灵的言说，心灵的文字调动和组合，生成和生发。一如波涌之在江河，活泼泼的，自然生出万千气象。

神秘莫测的世界，纷扰错乱的世相，被吕刚"悬置"了，似乎是不愿，或者是不屑。他在人间的美好里，寻找宗教般的永恒与妙曼。《给仓央嘉措的诗》：

把经本一扔

你就出了宫

············

在八角街的街口

你猛然站住

你一眼就认出

黄楼后面

那熟悉的身影

你的心咯噔一下

便与另一颗心

结合一起

你长长地吸了口气

你深深地感到

仿佛佛的慈悲

就在这里

佛的慈悲，来自大爱，也来自肉身。来自肉身的自洁。唯其自洁，乃有人的提升，走向佛。在这种个人化的诗性诉说里，智慧性流行的公众的观念以及整个秩序的设定，吕刚予以了拒斥。正是这种拒斥，不经意地显示了吕刚言说的力度。《风中的戈壁》《陶罐》《藏行偶记》《如是佛说》等等，佛一般的大音希声。它救护了与约定俗成的架构相悖的个体信仰的生命感受，把与个体生命本真存在相关的彼岸引渡并接纳到切身的现世的个体此岸。

歌德说，谁拥有了艺术，谁就拥有了宗教。

诗，对于吕刚，作为一种信仰，近似宗教，又不是宗教。

这是投放大地的一抹晨光！

选自《边界上的风景》，西安出版社，2016年

守望中的担当与思考

——评沈奇诗评论集《拒绝与再造》

《拒绝与再造》是沈奇在孤寂中呈献给诗坛的又一本评论集。在这之前,他曾有《台湾诗人散论》出版,在海峡两岸的诗歌界引起热烈反响。与通常的学院派诗学批评明显不同的是,沈奇的文章具有较强的现实针对性。他从来不从固定的概念、抽象的学理出发,拿一个自己认为正确的理论框架去框定批判对象,而是努力把握诗人、诗作的实际,去发掘诗人与诗作本体所内含的诗性特征,展开具体的同时又是理性的评析。因了沈奇有诗歌创作的丰富而真切的实践体验,这种评析往往就能切入创作的内在规律,没有了隔与空的弊端,多了一份诗性与理性的交融带来的亲切感与征服力。

与传统的因袭某些意识形态陈规旧说的评论不同,沈奇的诗评具有一种明显的开创性,如关于《中国新诗的历史定位与两岸诗歌交流》,沈奇提出了关于中国新诗的三大板块说,应该说这一立论是颇具超前意识的。反思20世纪,尤其"五四"新文化运动以来,我国新诗创作的艰难而又辉煌的历程,我们不难发现沈奇的概括有他的合理性。而且,在某种程度上,这种概括还适用文学的其他文体,如小说、散文、戏剧等。问题也许不在于某种文体,而在于站在世纪末,回眸一个世纪的我们民族现代化进程的坎坷道路,我们理应以一种历史的眼光,梳理一番我们的文化、文艺的发展轨迹与现状，从民族复兴的高度，从经济全球化的走向，认真地冷静地思考我们该从怎样一个起点出发，在新的世纪的跋涉里，把我们的文化、文学事业推向真正的繁荣。

应该指出的是，沈奇的开创性的评论，并未落入文化虚无主义的陷阱，在沈奇的"诗学篇"里，在散见于"诗潮篇""诗评篇"的若干文章中，我们仍然可以看到沈奇对诗学的某些原则的尊重与倡导。例如，沈奇认为"'道'不在于可不可载，而是载什么样的'道'和如何载的问题"。这使沈奇与形式主义拉开了距离，与推卸或疏离诗歌社会责任的孤立主义也形成了对比。在沈奇看来，诗性的把握，除了诗人的生命写作，还取决于"对已有的中国文化及世界文化的重新认识与整合的程度，对未来人类精神的深入程度以及继续上升的艺术动力"。从总的倾向上，沈奇对中外优秀文化遗产仍然充满了热爱与敬重，他所期望的是拒绝的基础上的再造。

沈奇之所以要以"拒绝与再造"为这本评论集命名，显然有他的一番苦心，有他的深层用意。在《第三代后：拒绝与再造——谈当代中国诗歌》一文中，沈奇认为新时期以来的诗歌创作，朦胧诗是一种政治上的拒绝，第三代诗是一种文化上的拒绝。这种拒绝当然具有重大的历史意义，"然而问题的关键在于，假如我们从更宏观的历史角度审视这一段辉煌的过渡，我们会发现它的主要价值只是将自'五四'以来中断的新诗革命再次复活并仅仅跟上了国际诗歌的发展"，"这主要的是一次新的革命而远非创建"，"而整个二十世纪近百年历史的中国文化已是太多的革命而太少创建了"。从反思我们民族百年历史的角度来看，沈奇的这种认识应该说有他的合理性，对于当代中国诗歌创作不失为一种精神提示与警策，自有他高迈的意义和超前的价值。

选自《看到与没有看到的风景》，太白文艺出版社，2005年

后　记

陕西这一方圣土，拥有我们民族悠久而优秀的文化文学传统，不朽的《诗经》中不少篇章从这里唱响，被誉为"史家之绝唱，无韵之离骚"的《史记》在长安的晴空下写就，李白、杜甫、王维等一批伟大盛唐诗人装扮了我们民族诗歌的璀璨星空。

"五四"新文化运动，尤其是《在延安文艺座谈会上的讲话》揭开了陕西文学历史新篇章，《保卫延安》《创业史》为我们提供了社会主义新文学的成功范例。

进入新时期，陕西涌现了路遥、陈忠实、贾平凹为代表的一批优秀作家，为新时期文学贡献了《平凡的世界》《白鹿原》《秦腔》等作品。

优秀的文学作品呼唤优秀的文学评论。自新中国成立以来，以胡采为代表的文学评论饮誉文坛。新时期，以"笔耕组"为主力，以《小说评论》为阵地，王愚、刘建军、肖云儒、畅广元、李星等一批文学评论家进入全国文学评论视野。我有幸成为这支队伍中的一员，书写了一些放眼全国，关注陕西文学的评论文章。今天看来，我的这些文章不足之处是明显的。

感谢陕西作家群，这是一支不断自我更新不断创作新作品的队伍。

在新冠肆虐的艰难时候，是郭彤彤、吕刚、肖壁、骆尚利、王向力等行业同人为这本选集的编目、打印、审核、校对投入了巨大的精力，他们为此付出的辛勤劳作，我铭记在心。

曹鸿、魏奇、姜荣娟等也为此做了不少努力，一并感谢。

感谢霓虹女士给予的支持与帮助。

一如既往，我老伴李芳霞承担了校正、抄录文稿的繁重工作，我衷心感谢。

王仲生
2024年4月于华盛顿